신을 구한
라이프보트

신을 구한 라이프보트

미치 앨봄 지음

장성주 옮김

THE STRANGER
IN THE LIFEBOAT

월북

믿음이라는 놀라운 힘을 날마다 내게 보여주는
재닌과 트리샤, 코니에게

차례

제1장

바다

～～～～～～～～～～～～～～～～～～～～～～～～～～～～

물에서 건져내고 보니, 남자의 몸에는 긁힌 자국 하나 없었어. 내가 맨 먼저 알아차린 특징이 바로 그거야. 나를 비롯한 다른 사람들은 모두 베이고 멍들어서 상처투성이였는데, 남자의 아몬드 같은 갈색 피부는 흠 없이 매끈했어. 숱 많은 검은 머리는 바닷물에 젖어서 착 가라앉아 있었고.

그 남자, 상처가 하나도 없었어. 웃통을 벗었는데 딱히 근육질은 아니었고, 나이는 스무 살가량, 눈은 연청색이었어. 우리가 열대지방으로 떠나는 휴가를 꿈꿀 때 상상하는 바다 색깔 말이야. 끝없이 밀려오는 저 회색 파도, 사람 가득한 이 구명보트를 포위한 채 입을 쩍 벌린 무덤처럼 우리를 기다리는, 내 눈앞의 저 바다가 아니라.

　너무 절망적으로 말해서 미안해, 내 사랑. 갤럭시호가 침몰한 지 사흘이 지났어. 그런데 수색대는 아직 코빼기도 보이질 않아. 난 긍정적으로 생각하려고 애쓰는 중이야. 구조대가 근처에 와 있다고 믿으면서 말이야. 하지만 우린 식량도 물도 부족해. 상어 떼를 목격한 적도 있어. 이 보트에 탄 사람들 중에는 체념한 눈빛을 띤 사람이 많아. *우린 죽은 목숨이에요*라는 말은 너무 여러 번 들었고.

　만약 정말로 그렇게 된다면, 이게 정말로 나의 마지막이라면, 애너벨. 난 내가 떠난 후에 당신이 어떻게든 읽어주기를 바라며 이 수첩에 편지를 남기려고 해. 당신에게 꼭 들려줄 얘기가 있거든. 당신뿐 아니라 세상 사람들 모두에게 들려줘야 해.

　먼저 내가 그날 밤 갤럭시호에 왜 타고 있었는지부터 얘기할 수도 있을 거야. 아니면 도비의 계획에 관해, 아니면 요트 폭발에 대해 내가 느끼는 깊은 죄책감에 관해 먼저 얘기할 수도 있겠지. 무슨 일이 일어났는지 나도 확실히 알지는 못하지만 말이야. 하지만 우선은, 오늘 아침 우리가 그 낯선 젊은이를 바다에서 건져올린 이야기부터 시작해야 해. 파도 속에서 오르락내리락하는 모습이 우리 눈에 띄었을 때, 그 남자는 구명조끼를 입기는커녕 뭔가 붙잡고 있지도 않았어. 우린 그 사람에게 한숨 돌릴 틈을 준 다음, 보트 여기저기에 제각각 맡아놓은 자리에서 자기소개를 했어.

보트의 우두머리 격인 램버트가 맨 먼저 나섰어. "제이슨 램버트요. 갤럭시호 주인이지."

다음은 키가 큰 영국 남자 네빈 차례였는데, 가라앉는 배에서 탈출하다가 다리를 깊이 베이는 바람에 예의 없이 앉아서 인사하게 됐다며 사과하더군.

다음 차례인 제리는 고개만 까딱하고는 남자를 끌어올릴 때 썼던 구명줄을 공처럼 돌돌 말았어.

야니스는 남자에게 손을 내밀어 살며시 악수했고.

니나는 "안녕하세요"라고 중얼거렸지.

인도 출신인 라가리 부인은 아무 말도 안 했어. 새로 도착한 사람을 못 믿는 눈치더군.

아이티 출신 요리사 장필리프는 빙그레 웃으며 "잘 왔어요, 형제님"이라고 인사했지만, 그러면서도 한 손은 잠든 아내 베르나데트의 어깨를 감싸고 있었어. 베르나데트는 배가 폭발할 때 부상을 입었는데, 많이 다친 것 같아.

우리가 '꼬마 앨리스'라는 별명을 붙여준 어린 여자애는 입을 꾹 다물고 있었어. 그 애는 일광욕 의자에 매달려 바다에 떠 있다가 우리한테 구조된 후로 이때껏 한마디도 하지 않았어.

내 차례는 마지막이었어. "벤지예요. 제 이름, 벤지라고 해요." 어째선지 목이 메어서 목소리가 잘 안 나왔어.

우리는 그 낯선 남자가 뭔가 반응을 보일 줄 알고 기다렸지만, 그 남자는 초롱초롱한 눈으로 우리를 물끄러미 바라볼 뿐이었어.

"아마 쇼크를 먹어서 그러겠지." 램버트가 말하더군.

"물속에 얼마나 오래 있었어요?" 네빈이 커다란 목소리로 물었어. 아마 목소리를 크게 내면 그 남자가 정신을 차릴 줄 알았나봐.

남자가 대답 않고 가만히 있으니까, 니나가 남자의 어깨에 손을 얹으며 말했어. "뭐, 우리가 찾은 것만 해도 주님께 감사드릴 일이죠."

그 말을 들은 남자가 그제야 입을 열더군.

"*제가* 주님인데요." 남자는 나직이 말했어.

육지

형사는 담배를 꺼냈다. 그가 앉은 의자에서 삐걱거리는 소리가 났다. 이날 카리브해의 영국령 섬인 몬트세랫은 아침부터 날씨가 후끈해서 풀을 먹여 다린 형사의 하얀 셔츠가 땀에 젖어 등에 착 붙어 있었다. 숙취 때문에 양쪽 관자놀이가 지끈거렸다. 형사는 자신이 경찰서에 도착하기도 전에 미리 와서 기다리던 마른 체격에 턱수염을 기른 남자를 지그시 바라봤다.

"다시 시작해보죠." 형사가 말했다.

이날은 일요일이었다. 전화가 왔을 때 형사는 아직 잠도 깨기 전이었다. *웬 남자가 와 있는데요. 폭발 사고로 침몰한*

그 미국 요트 있잖아요. 그 배의 구명보트를 찾았다고 하네요. 형사는 욕을 중얼거렸다. 그의 아내 퍼트리스는 끙 소리를 내며 고개를 돌렸다.

"어젯밤에 몇 시에 들어왔어?" 퍼트리스가 중얼거렸다.

"늦게 왔어."

"얼마나?"

형사는 대답 없이 옷을 입고 인스턴트커피를 타서 스티로폼 컵에 따랐다. 집을 나서다가 그만 문틀에 엄지발가락을 세게 찧었는데, 그 발가락이 아직도 아팠다.

"저는 자티 르플뢰르 경감입니다." 형사는 책상 건너편에 앉은 남자를 찬찬히 뜯어보며 말했다. "이 섬의 수사 업무를 책임지고 있죠. 선생님은 성함이……?"

"롬이라고 합니다, 경감님."

"혹시 성도 있으신가요, 롬 씨?"

"예, 경감님."

르플뢰르는 한숨을 쉬었다. "성이 어떻게 되시죠?"

"로시입니다, 경감님."

르플뢰르는 이름을 받아적고 두 대째 담배에 불을 붙였다. 그러고는 이마를 문질렀다. 아스피린이 간절했다.

"그러니까 구명보트를 발견하셨다고요, 롬 씨?"

"예, 경감님."

"어디서요?"

"마거리타만에서요."

"언제요?"

"어제요."

르플뢰르가 고개를 들어보니 롬이라는 남자는 책상 위의 작은 사진 액자를 들여다보고 있었다. 사진에는 어린 딸의 손을 잡고 비치 타월 위에서 그네를 태우듯 앞뒤로 흔들어주는 르플뢰르 부부가 보였다.

"가족분들이신가요?" 롬이 물었다.

"그건 보지 마시고." 르플뢰르가 쏘아붙였다. "이쪽을 보세요. 그 구명보트 말인데. 그게 갤럭시호의 보트인 건 어떻게 알았나요?"

"안쪽에 배 이름이 적혀 있어요."

"그런데 그걸 그냥 바닷가에서 발견했다, 이건가요? 파도에 밀려온 걸?"

"예, 경감님."

"안에 사람은 없던가요?"

"없었습니다, 경감님."

르플뢰르는 땀이 났다. 그래서 책상 위 선풍기를 더 가까이 당겼다. 남자의 진술은 그럴듯했다. 섬 북쪽 바닷가에는 온갖 것들이 밀려오니까. 여행 가방, 낙하산, 마약, 이른바 '집어 장치'로 불리는 거대한 그물 따위가 해류에 휩쓸려서 북대서양을 가로질러 둥둥 떠내려왔다.

온갖 이상한 것들이 밀물을 타고 바닷가에 밀려왔다. 그런데 갤럭시호의 구명보트라니? 사실이라면 엄청난 사건이었다. 그 거대한 호화 요트는 지난해 서아프리카 카보베르데 해안으로부터 약 80킬로미터 떨어진 해상에서 침몰했다. 그 사고가 전 세계적인 뉴스가 된 까닭은 주로 배에 타고 있던 부유하고 유명한 사람들 덕분이었다. 침몰 후 탑승자는 한 명도 발견되지 않았다.

르플뢰르는 몸을 앞뒤로 꺼덕거렸다. *구명보트가 저절로 펼쳐졌을 리 없어.* 어쩌면 수사 당국이 틀렸을지도 몰랐다. 어쩌면 갤럭시호의 비극에서 누군가 살아남았을지도 모른다. 적어도 얼마간은.

"좋아요, 롬 씨." 르플뢰르는 담배를 비벼서 껐다. "가서 한번 봅시다."

바다

～～～～～～～～～～～～～～～～～～～～～～～～～

"*제가 주님인데요.*"

내 사랑, 만약 이런 말을 들으면 뭐라고 대꾸할 거야? 평상시 같으면 웃거나 농담으로 받아치겠지. *주님이세요? 그럼 한잔 사세요.* 하지만 이 망망대해 한복판에 고립된 지금, 마실 물도 없어서 애가 타는 이 상황에서는, 글쎄, 솔직히 난 그 말을 듣고 머리가 멍해졌어.

"저 사람이 방금 뭐랬어요?" 니나가 나직이 물었어.

"자기가 *주님*이라는데." 램버트는 코웃음을 쳤고.

"혹시 성 말고 이름도 있나요, 주님?" 야니스가 물었어.

"저는 이름이 여러 개 있습니다." 낯선 남자가 말했어. 목소리는 차분하지만 허스키해서, 거의 쉰 목소리 같았지.

"그런데 사흘 동안이나 헤엄을 친 건가요? 그건 불가능한데." 라가리 부인이 끼어들더군.

"부인 말씀이 맞아요. 수온이 20도밖에 안 되거든요. 이렇게 차가운 물속에서 사흘이나 살 수는 없어요." 제리가 말했어.

제리는 우리 일행 중에 바다에 가장 익숙한 사람이야. 어릴 적엔 올림픽 수영 선수였는데, 두목 같은 말투 때문에 사람들이 눈치를 봐. 자신만만하고, 퉁명스럽고. 바보 같은 질문은 봐주는 법이 없어.

"뭔가 붙잡고 물 위에 떠 있었나요?" 네빈이 고함치듯 큰 소리로 물었어.

"하느님 맙소사, 네빈." 야니스였어. "저 사람 귀 안 먹었어요."

낯선 남자는 "하느님 맙소사"라는 말에 야니스를 바라봤어. 그러자 야니스는 입을 꾹 다물었지. 방금 뱉은 말을 다시 삼키고 싶은 표정으로.

"형씨, 진짜 정체가 뭐야?" 램버트가 물었어.

"여기 있는 모습 그대로입니다." 낯선 남자가 대답하더군.

"여긴 *어쩌다* 오게 됐어요?" 니나가 물었어.

"여러분이 이때껏 저를 부르지 않았나요?"

우린 서로를 힐긋거렸어. 다들 초라해 보이더군. 얼굴은 햇볕에 타서 물집이 잡히고, 옷은 짠물에 젖었다가 마른 탓에 버석거렸으니까. 우린 똑바로 서지도 못해서 번번이 다른 사람 몸 위로 넘어지곤 했어. 보트 바닥에선 고무와 접착제, 멀미 때문에 게운 토사물 냄새가 났지. 솔직히, 우리 대부분 어느 시점엔가 하늘의 도움을 바라며 울부짖은 건 사실이야. 첫날 밤 파도에 휩쓸려 허우적거리는 동안, 아니면 그 이후 드넓은 수평선만 바라보는 동안에. *주님, 제발!……도와주세요, 하느님!* 이 낯선 남자가 그 얘기를 하는 걸까? *여러분이 이때껏 저를 부르지 않았나요?* 애너벨, 당신도 알잖아. 내가 거의 한 평생을 신앙과 씨름하며 살아온 걸 말이야. 아일랜드 아이들이 곧잘 그렇듯이 어릴 적에는 성실한 복사服事였지만, 교회에 발길을 끊은 지 오래되었어. 우리 어머니 일 때문에. 당신 일 때문이기도 해. 실망이 너무 컸거든. 위안은 부족했고.

하지만 주님을 불렀는데 그분이 정말로 내 앞에 나타나면 어떡할지 고민해본 적은 한 번도 없었어.

"물을 좀 나눠주실 수 있을까요?" 그 남자가 물었어.

"하느님도 목이 마른가?" 램버트는 껄껄 웃었어. "멋지군. 뭐 더 필요하신 건 없고?"

"혹시 먹을 것도 있나요?"

"실없기는. 농담인 게 뻔하잖아요." 라가리 부인이 투덜거렸어.

"그렇지 않아요!" 니나가 갑자기 소리를 질렀어. 부탁을 거절당한 어린애처럼 찡그린 표정을 하고서. "저 사람이 얘기하게 놔두세요." 그러고는 남자 쪽으로 몸을 돌렸어. "우릴 구하러 오신 건가요?"

남자는 전보다 부드러운 목소리로 말했어. "제가 그렇게 하려면 먼저 여기 계신 분들 모두 제가 말하는 제 정체를 진심으로 믿어야 해요."

움직이는 사람은 아무도 없었어. 파도가 보트의 뱃전을 때리는 소리까지 또렷이 들리더군. 한참 후에, 그런 얘기를 참고 듣기에는 지나치게 실용주의자인 제리가 일행들의 표정을 찬찬히 살폈어. 꼭 짜증 난 담임 선생님처럼 말이야.

"그래요, 젊은 양반." 제리가 말했어. "우릴 구하는 데 성공하면 알려줘요. 지금은 우선 식량 배급량부터 조정하는 게 좋겠어요."

뉴스

....

기자   발레리 코르테스입니다. 저는 지금 제이슨 램버트 씨
               가 소유한 호화 요트 갤럭시호에 탑승했습니다. 억만
               장자 사업가 램버트 씨는 일주일간의 모험을 위해 세
               계 정상급 저명인사들을 한데 모았는데요, 지금 이
               자리에 함께 나와 계십니다. 안녕하세요, 제이슨.

램버트   잘 왔어요, 발레리.

기자   이 화려한 행사에 '위대한 아이디어'라는 이름을 붙
               이셨던데요. 이유가 뭡니까?

램버트   왜냐면 이 배에 탄 사람은 모두 위대한 일을 해냈기
               때문이죠. 자기 업계, 자기 나라, 어쩌면 아예 지구라

는 행성의 모습을 변화시킬 만한 일을요. 여기 모인 사람들은 기술 업계와 산업계, 정계, 연예계의 선구자들이에요. 거대한 아이디어를 지닌 사람들이죠.

기자　실천가와 혁신가라는 말씀이군요. 램버트 씨 본인처럼요.

램버트　글쎄요. 하하. 그건 잘 모르겠군요.

기자　그런 사람들을 한 곳에 모으신 이유는 뭡니까?

램버트　발레리, 이건 2억 달러짜리 요트예요. 즐거운 시간을 보내는 건 일도 아닐 것 같은데요!

기자　그야 당연하죠!

램버트　아니. 난 진지해요. 아이디어맨들은 아이디어맨끼리 모여 있어야 해요. 그래야 서로 자극하면서 세상을 바꿔가거든요.

기자　그럼 이 행사는 스위스 다보스에서 열리는 세계경제 포럼 같은 건가요?

램버트　맞아요. 하지만 그보다 더 재미있는 포럼이죠……. 물 위에서 열리는.

기자　이번 여행에서 위대한 아이디어가 많이 나올 거라고 기대하십니까?

램버트　그것도 그렇고, 끝내주는 숙취에 시달리는 사람도 가끔 나올 거예요.

기자 방금 숙취라고 하셨나요?

램버트 파티가 없으면 인생이 무슨 재미겠어요, 발레리? 안

그래요?

바다

~~~~~~

램버트가 토하는군. 무릎을 꿇고 뱃전 위로 몸을 들썩이고 있어. 티셔츠 밑으로 뚱뚱한 배가 튀어나왔는데, 배꼽 주위에 털이 부숭부숭해. 토사물이 바람에 날려 자기 얼굴에 튀어서 신음하는 소리가 들려.

지금은 저녁이야. 파도가 거칠게 넘실거려. 다른 사람들도 뱃멀미를 했어. 바람도 사나워. 비가 오려는 걸까. 갤럭시호가 침몰한 후로 비는 한 번도 안 내렸는데.

돌이켜보면 우린 첫날 아침까지는 희망을 품고 있었어. 벌어진 일에 충격을 받기는 했어도 살아남은 건 감사한 일이니까. 우리 일행 열 명은 구명보트 안에서 몸을 웅크린 채

다닥다닥 붙어 앉았어. 그 상태로 비행기가 구조하러 올 거라는 얘기를 나눴지. 수평선을 유심히 살피면서 말이야.

"여기 자녀가 있는 분 계신가요?" 라가리 부인이 느닷없이 물었어. 컴퓨터게임에서 급출발하는 자동차처럼 갑작스럽게. "난 아이가 둘이에요. 지금은 다 컸어요."

"난 셋이에요." 네빈이 대꾸했어.

"난 다섯. 내가 이겼군." 램버트였지.

"아내는 몇 명이었죠?" 네빈이 놀리듯이 물었어.

"그걸 물어본 게 아니잖아." 램버트가 말했어.

"난 너무 바빴어요." 야니스가 말했어.

"전 아직 때가 안 돼서." 이 말을 한 사람은 니나였고.

"남편은 있어요?" 라가리 부인이 물었어.

"꼭 있어야 하나요?"

니나의 말에 라가리 부인은 웃음을 터뜨렸어. "글쎄요, 나는 없으면 안 되겠던데요! 어쨌든, 당신은 애들 걱정은 안 해도 되겠군요."

"저희는 아들이 넷이에요." 장필리프가 큰 소리로 말했어. 잠든 아내 어깨에 한 손을 올리고서. "저랑 베르나데트의 아이들이에요. 착한 아들 네 명." 그러더니 내 쪽을 돌아보더군. "당신은요, 벤지?"

"난 아이가 없어요, 장필리프."

"아내는 있어요?"

난 대답을 망설였어.

"예."

"뭐, 그럼 집에 돌아가서 만들면 되겠네요!"

장필리프는 활짝 웃었고, 다른 일행들도 쿡쿡 웃었어. 하지만 그날 하루가 지나는 사이에 파도가 거칠어졌고 우리 모두 뱃멀미를 시작했어. 저녁 무렵이 되자 분위기가 바뀌었지. 꼭 바다 위에 머문 지 일주일은 된 기분이었어. 니나의 무릎에 누워 잠든 꼬마 앨리스의 모습이, 니나의 얼굴에 나 있던 눈물 자국이 기억나. "사람들이 우릴 못 찾으면 어떡하죠?" 니나가 이렇게 말했을 때, 라가리 부인은 니나의 손을 잡았어.

사람들이 우릴 못 찾으면 어떻게 해야 할까? 이 보트에는 나침반조차 없기 때문에, 제리는 별을 보며 우리가 떠내려가는 경로를 파악하려 했어. 제리가 보기에는 카보베르데에서 서남쪽으로 멀어지는 것 같대. 드넓고 막막한 대서양으로. 좋은 소식은 아니었지.

한편 우리는 직사광선을 피하려고 보트의 절반 이상을 가려주는 그늘막을 쳐놓고 그 아래서 지내는 중이야. 서로 간에 간격이라곤 한 뼘이 될까 말까 해. 다들 옷도 제대로 못 걸친 몰골로 땀을 뻘뻘 흘리고, 악취를 풍기는데 말이야. 갤럭시호에 비하면 하늘과 땅 차이지. 비록 우리 중 일부는 그 호화 요트에 승객으로 탔고, 일부는 노동자로 탔지만 말이야. 하지만 여기서는 우리 모두 똑같아. 다들 반쯤 벌거벗은 채 겁에 질렸다는 점에서는.

우리 모두를 이곳에 불러모은 항해, 그러니까 '위대한 아이디어'는 램버트의 발상이었어. 초청객에게는 세상을 바꾸기 위해 이곳에 모인 거라고 하더군. 난 처음부터 그 말을 안 믿었어. 거대한 요트의 크기, 몇 층이나 되는 갑판, 수영장과 체육관, 연회장. 램버트가 사람들 머릿속에 새기고 싶어 하는 기억은 그런 것들이었어.

니나와 베르나데트, 장필리프, 그리고 나 같은 승무원들은 어땠을까? 우린 그저 시중을 들려고 그 배에 탔을 뿐이야. 나는 제이슨 램버트 밑에서 일한 지 이제 다섯 달이 됐는데, 전에는 이 정도로 철저하게 투명 인간이 된 기분을 느낀 적이 한 번도 없었어. 갤럭시호 승무원은 규정상 승객과 눈을 마주치면 안 되고, 승객이 있는 곳에서는 음식을 먹어서도 안 돼. 반면 램버트는 마음 내키는 대로 해도 되지. 주방에 뛰어들어 와서 손가락으로 음식을 집어 볼이 미어지도

록 입에 집어넣는 거야. 그러는 동안 직원들은 고개를 숙이고 못 본 척하고. 램버트는 번쩍거리는 반지부터 비대한 배까지, 구석구석에 욕심쟁이라고 큼시막하게 써붙인 것 같아. 난 도비가 그자를 죽이고 싶어 한 것도 이해가 가.

.·.

난 구토하는 램버트에게서 고개를 돌려 우리 구명보트에 새로 도착한 낯선 남자를 가만히 살펴봤어. 그늘막 바깥쪽에 누워 입을 살짝 벌린 채 잠들어 있더군. 자칭 '전능하신 존재'치고는 딱히 눈에 띄는 구석이 없는 사람이야. 눈썹은 짙고, 볼은 처졌고, 턱은 넓적하고, 귀는 작은 편인데 검은 더벅머리에 살짝 가려졌어. 그가 어제 그 말을 했을 때 오싹했던 건 나도 인정해. *여기 있는 모습 그대로입니다. 여러분이 이때껏 저를 부르지 않았나요?* 하지만 나중에 제리가 땅콩버터 크래커를 내밀었을 때, 그 남자는 비닐 포장을 뜯고 크래커를 게 눈 감추듯 정신없이 먹어치웠어. 저러다가 목이 막히겠다 싶을 정도였지. 하느님이라면 그렇게까지 게걸스럽게 먹지 않았을 것 같아. 적어도 땅콩버터 크래커 앞에서는 절대 안 그럴걸.

그래도 지금은 그 남자가 우리 관심을 독차지하고 있어.

아까 그가 자는 동안, 우린 함께 모여서 제각각 이런저런 이야기를 속닥거렸어.

"정신이 나가서 헛소리하는 것 같죠?"

"당연하지! 분명 어디다 머릴 찧었을 거야."

"물 위를 걸으면서 사흘이나 살아남았을 리 없잖아요."

"전에 바다에서 스물여덟 시간이나 살아남은 남자에 관한 기사를 읽은 적이 있는데요."

"제일 오래 버틴 최고 기록은 얼마일까요?"

"그래도 사흘은 안 될걸요."

"정말로 자기가 하느님인 줄 아는 걸까요?"

"구명조끼도 안 입었잖아!"

"어쩌면 다른 구명보트에서 왔는지도 몰라요."

"구명보트가 또 있었다면 우리 눈에 띄었겠죠."

한참 후에 니나가 입을 열었어. 에티오피아 출신인 니나는 갤럭시호의 미용사였는데, 광대뼈가 도드라진 얼굴에 물결처럼 탐스러운 검은 머리 덕분에, 니나는 이 망망대해 한복판에서도 어느 정도 우아함을 유지하는 중이야. "가능성이 가장 희박한 추측이 정답일지도 모른다는 생각은 아무도 안 해봤나요?"

"그게 뭔데요?" 야니스가 물었어.

"만약 저 사람 말이 진실이라면요? 우리한테 절실히 필요한 순간에 찾아와준 거라면요?"

사람들은 서로 흘긋흘긋 눈치를 봤어. 이윽고 램버트가 웃음을 터뜨렸어. 걸걸한, 깔보듯이 낄낄거리는 웃음이었지. "아, 그래! 그야말로 우리 모두가 상상하는 하느님의 모습이지. 보트 위로 건져줄 때까지 해초처럼 둥둥 떠다녔으니까 말이야. 정신 차려. 저 친구 꼴 못 봤어? 무슨 서핑 보드에서 떨어진 섬마을 애송이 같잖아."

우린 다시 틈을 두고 떨어져 앉았어. 그 후로는 다들 말을 별로 안 하더군. 나는 하늘에 커다랗게 걸린 새하얀 달을 올려다봤어. 우리 가운데 몇몇은 정말로 믿는 걸까? 새로 도착한 이 낯선 남자가 주님의 현신일 수도 있다고?

내가 말할 수 있는 건 내 생각뿐이야.

내 생각은 이래. *아니, 난 안 믿어.*

육지

르플뢰르는 롬이라는 남자를 지프차에 태우고 섬 북쪽 해안으로 데려갔다. 가는 도중에 이야기를 나누려고 해봤지만, 롬은 공손한 대답으로 대화를 회피할 뿐이었다. "예, 경감님" 아니면 "아닙니다, 경감님"으로. 르플뢰르는 조수석 앞 사물함을 곁눈질했다. 그 안에는 위스키를 담아둔 조그만 휴대용 술병이 있었다.

"섬 북쪽 세인트존스 지구에 산다고요?" 르플뢰르가 대화를 시도했다.

롬은 고개를 살짝 끄덕였다.

"주로 어디서 어슬렁거려요?"

롬은 멍한 표정으로 르플뢰르를 봤다.

"어디서 어슬렁거리냐고요. 돌아다니는 거 말이에요. 놀러 가는 거."

반응이 없었다. 그들이 탄 차는 럼주를 파는 가게와 판자로 입구를 막은 디스코텍 겸 카페 앞을 지나갔다. 카페의 옥색 덧문은 경첩에서 떨어져 축 늘어진 상태였다.

"파도타기는요? 파도타기도 하고 그래요? 브랜스비포인트에서? 아니면 트랜츠만 같은 데서?"

"물을 별로 안 좋아해서요."

"에이, 왜 이러실까. 섬사람이 무슨 그런 말을!" 르플뢰르는 껄껄 웃었다.

롬은 앞만 똑바로 쳐다봤다. 형사는 대화를 포기했다. 그 대신 담뱃갑으로 다시 손을 뻗었다. 그의 시선은 열어놓은 차창 너머에 있는 산 쪽을 향했다.

24년 전, 몬트세랫의 화산인 수프리에르힐스산이 수백 년간의 침묵을 깨고 분화했고, 이 때문에 섬 남쪽이 온통 진흙과 화산재로 뒤덮이고 말았다. 자치령의 수도는 초토화됐다. 용암이 공항을 뒤덮었다. 그렇게 하루아침에 자치령 경제가 검은 연기 속에 묻혀버렸다. 이후 1년도 안 돼서 전체 인구의 3분의 2가 몬트세랫을 빠져나갔고, 그중 대부분이 임시

시민권이 발부되는 영국으로 향했다. 지금도 섬 남쪽 절반은 버려진 마을과 저택이 화산재로 뒤덮인 '출입 금지 구역' 즉 사람이 살지 않는 곳으로 남아 있다.

르플뢰르는 차 문 손잡이를 자꾸 두드려 신경을 거스르는 동승자를 흘긋 쳐다봤다. 퍼트리스에게 전화해 아침에 그렇게 갑작스레 집을 나선 것을 사과할까 하는 생각이 떠올랐다. 다만 그 생각을 실천하지는 않고 롬의 가슴 앞쪽으로 손을 뻗어 "잠깐 실례"라고 중얼거리고는, 조수석 앞 사물함을 벌컥 열고 술병을 꺼냈다.

"한 모금 할래요?" 르플뢰르가 물었다.

"아뇨, 감사하지만 사양하겠습니다, 경감님."

"술을 안 마시나 보죠?"

"끊었습니다."

"어쩌다가요?"

"전에는 잊으려고 마셨는데요."

"그랬는데요?"

"잊으려던 것들이 자꾸 기억나더군요."

르플뢰르는 잠시 말이 없다가, 이내 위스키를 한 모금 들이켰다. 두 사람은 차가 목적지에 도착할 때까지 내내 말이 없었다.

바다

~~~~~~

사랑하는 애너벨—

'주님'은 우리를 구원하지 않았어. 어떤 기적도 일으키지 않았지. 실은 한 일이 거의 없는데, 말수는 그보다 더 적었어. 보아하니 먹여 살릴 입 하나에 자리를 비켜줘야 할 몸뚱이 하나가 늘었을 뿐인 것 같아.

오늘은 바람도 파도도 다시 거세게 몰아쳐서, 우리 모두 피할 곳을 찾아 그늘막 아래로 모여들었어. 그러다 보니 서로 무릎과 무릎이 닿고 팔꿈치와 팔꿈치가 닿을 만큼 비좁게 붙어 앉아야 했지. 내 한쪽 옆에는 라가리 부인이, 반대편 옆에는 새로 온 그 남자가 앉았어. 가끔씩 그 남자의 맨살에 몸이 스치곤 했는데, 내 살갗하고 전혀 다르지 않았어.

"어이, 주님, 사실대로 말해." 램버트가 새로 온 남자를 가리키며 말했어. "내 배에는 어떻게 탄 거야?"

"전 선생님의 보트에 안 탔어요." 남자가 대답했어.

"그럼 어쩌다가 바다에 빠진 거예요?" 제리가 묻더군.

"전 빠지지 않았어요."

"그럼 물속에서 뭘 했는데요?"

"여러분에게 오는 중이었어요."

우린 서로 시선을 주고받았어.

"제가 정리해볼게요. 그러니까 하느님이 작정하고 하늘에서 떨어져서, 이 구명보트까지 헤엄쳐 와서, 우리한테 말을 건다, 이건가요?" 야니스가 말했어.

"전 언제나 여러분께 말을 걸어요. 하지만 여기에는 들으러 왔어요."

"뭘 듣는다는 거죠?" 내가 물었어.

"그만!" 램버트가 끼어들었어. "아는 게 그렇게 많으면 내 *빌어먹을* 요트가 어떻게 된 건지나 얘기해봐!"

남자는 빙그레 웃었어. "왜 그렇게 화가 났어요?"

"내 배가 침몰했잖아!"

"지금은 다른 배에 타고 있잖아요."

"그 배랑 이 배는 달라!"

"맞아요. 이 배는 아직 물 위에 떠 있죠."

남자의 말에 야니스가 킥킥 웃었어. 그리자 램버트가 야니스를 보며 눈을 부라리더군.

"왜요? 재미있잖아요." 야니스가 말했어.

라가리 부인은 조바심이 난 듯 한숨을 내쉬었어. "농담은 그 정도면 충분해요. 비행기는 어딨죠? 우리를 구하러 오는 비행기 말이에요. 그것만 말해줘요. 그럼 지금 당장 당신께 기도드릴 테니까요."

우린 대답을 기다렸어. 하지만 그 남자는 그냥 우두커니 앉아 있더군. 웃통을 벗은 모습으로, 빙그레 웃으면서. 보트 위의 분위기가 바뀌었어. 라가리 부인이 우리한테 일깨워준 거야. 새로 온 남자가 묘한 방식으로 기분 전환을 시켜주기는 하지만, 그래봤자 우리 상황은 여전히 절망적이라는 걸.

"저 친구한테 기도할 사람은 없을 것 같군." 램버트가 구시렁거렸어.

뉴스

....

기자   발레리 코르테스입니다. 제가 있는 곳은 억만장자 투
             자가인 제이슨 램버트 씨가 소유한 요트 갤럭시호인
             데요. 보시다시피 오늘은 비가 와서 실내에 머무는
             중입니다. 하지만 항해의 다섯째 밤이자 마지막 밤인
             지금도 '위대한 아이디어'는 상상을 뛰어넘는 재미를
             연달아 선사합니다.

앵커   오늘은 무슨 일이 있었나요, 발레리?

기자   오늘 참석자들은 전 미국 대통령 및 세계 최초의 전
             기 자동차 설계자, 그리고 세계 3대 인터넷 검색 엔
             진의 창업자들이 이끄는 토론 그룹에 참여했는데요.

이들이 한 무대에 함께 서기는 이번이 처음입니다.

앵커 지금 뒤쪽에서 들려오는 음악은 뭔가요?

기자 짐, 제가 전에 이 요트에는 헬리콥터 이륙장이 있다고 전해드렸을 텐데요. 지난 일주일 동안 내내 헬리콥터를 탄 방문객들이 이곳을 오갔습니다. 오늘 아침에는 인기 록 밴드 '패션엑스'가 공연을 위해 이곳까지 날아왔습니다. 지금 제 뒤쪽 연회장에서 연주가 들려오고 있습니다. 바로 패션엑스의 히트곡인 〈커밍 다운Coming Down, 침몰〉입니다.

앵커 이야. 정말 인상적이네요.

기자 그렇습니다. 그리고 패션엑스의 공연이 끝나면, 다음은…….

(커다란 소음. 화면이 흔들린다.)

앵커 발레리, 방금 무슨 일인가요?

기자 모르겠어요! 잠시만요

(다시 커다란 소음. 기자가 쓰러진다.)

기자	어떡해! 혹시 저게 뭔지 아시는 분—
앵커	발레리?
기자	방금 뭔가 부딪혔는데…… (정적) ……무슨 소리 가…… (정적) ……어디서 나는…….

(또다시 커다란 소음이 들리고, 뒤이어 영상이 끊긴다.)

앵커	발레리? 발레리, 내 말 들려요? ……발레리……? 연 결이 끊긴 것 같습니다. 시청자 여러분께서도 들으셨 다시피 방금 굉음이 여러 번 났는데요. 섣부른 추측 은 삼가도록 하겠습니다. 다만 지금 당장은 연결이 불가능…… 여보세요? ……발레리? 들립니까……?

육지

지프차가 전망대에 도착하자 르플뢰르는 엔진을 껐다. 그는
출발하기에 앞서 이 일대에 출입 금지 표시를 해달라고 관
할 지서에 요청했고, 그래서 산책로 앞에 쳐진 노란색 테이
프를 보고 안도했다.

"좋아요. 가서 뭘 찾았는지 봅시다." 르플뢰르가 롬에게 말
했다.

두 사람은 테이프를 넘어 아래로 내려갔다. 마거리타만은
풀밭으로 뒤덮인 바위산이 기다랗게 이어진 곳으로, 산비탈
끄트머리의 하얀 바위투성이 절벽이, 해변과 폭이 좁고 기
다란 모래사장을 둘러싼 지형이었다. 내려가는 길이 몇 갈

래 있었지만, 차가 다닐 만한 길은 아니어서 걸어가는 수밖에 없었다.

평지에 도착해 보트를 발견한 지점으로 걸어가는 동안 롬은 걸음을 늦췄고, 그래서 르플뢰르 혼자 그곳 근처까지 갔다. 작업화를 신은 덕분에 모래에 발이 빠지지 않았다. 작은 돌무더기를 돌아서 몇 걸음 더 가보니…….

그곳에 있었다. 커다란, 공기가 반쯤 빠진, 탁한 주황색 고무 구명보트가, 한낮의 태양 아래 바싹 말라가는 중이었다.

르플뢰르는 오싹한 느낌이 들었다. 선박의 잔해는 그것이 큰 배에서 나왔든, 아니면 조각배나 고무보트나 요트에서 나왔든 간에, 인간이 바다에 맞서 벌인 전투가 또다시 패배로 끝났다는 뜻이었다. 잔해에는 이야기가 깃들어 있다. 유령 이야기가. 르플뢰르가 이때껏 살아오면서 이미 들을 만큼 들은 이야기였다.

르플뢰르는 몸을 숙여 고무보트의 가장자리를 살펴봤다. 바닥 쪽 튜브가 군데군데 갈라져서 바람이 빠진 상태였다. *상어가 그랬을지도 모르지.* 그늘막은 찢겨서 사라지고 고정용 프레임 여기저기에 너덜너덜한 천 쪼가리만 붙어 있었다. 보트의 주황색 겉면에 **탑승 정원 15인**이라는 문구가 적혀 있었다. 보트 바닥은 폭이 약 4미터에 길이가 약 5미터로

널찍했다. 바닥에는 모래와 바닷말이 가득했다. 뒤엉킨 바닷말 더미 근처에 조그마한 게들이 돌아다녔다.

그중 르플뢰르가 눈길로 따라간 게 한 마리는 **갤럭시호 비품**이라는 문구 앞을 지나 보트 앞코 부분에 있는 단단히 닫힌 주머니처럼 보이는 곳에 이르렀다. 주머니는 안에 든 작은 덩어리 때문에 볼록했다. 르플뢰르는 주머니 겉면에 손을 댔다가 다시 뗐다.

주머니 안쪽에 무언가 들어 있었다.

르플뢰르는 맥박이 빠르게 뛰었다. 수사 절차는 손바닥 보듯 훤히 알고 있었다. *구명보트에 실린 물건은 건드리기 전에 반드시 선박 소유주에게 알려야 한다.* 하지만 그러려면 시간이 오래 걸릴지도 몰랐다. 게다가 요트의 주인은 폭발 사고 때 사망하지 않았던가? 탑승자 전원이 죽지 않았던가?

르플뢰르는 롬 쪽을 돌아봤다. 족히 10미터는 떨어진 곳에 우두커니 서서 구름을 바라보는 롬을. 저건 또 뭔 짓거리야. 르플뢰르는 속으로 말했다. 그의 일요일은 이미 엉망이었다.

르플뢰르는 보트 주머니 덮개를 열고 속에 든 것을 손가락 길이만큼만 꺼냈다. 그러고는 혹시 자기가 헛것을 보지는 않았는지 확인하려고 눈을 두 번 깜박거렸다. 비닐봉지로 꽁꽁 싸맨 그 물건은, 너덜너덜한 수첩이었다.

바다

~~~~~~

이제 막 정오가 지났어. 이 구명보트에 탄 지도 오늘로 나흘째야. 애너벨, 우린 굉장히 특이한 일을 목격했어. 자기가 주님이라고 주장하는 새로 도착한 남자와 관련된 일이야. 어쩌면 내가 잘못 봤는지도 모르겠어. 그 남자는 겉으로 보이는 게 다가 아닌지도 몰라.

오늘 아침 일찍 야니스가 보트 뱃전에 기대어 그리스어 노래를 부를 때였어(그리스 사람인 야니스는 나이가 아주 젊지만, 직업이 아마 대사인가 그럴 거야). 제리는 보트의 이동 경로를 기록하는 중이었지. 라가리 부인은 계속되는 두통을 달래려고 이마 양옆을 문질렀고. 꼬마 앨리스는 양팔로 무릎을 끌어안고 앉아 있었어. 그렇게 앉아서 새로 온 남자를 물끄러미 바라봤어. 남자가 온 후로 그 애는 대부분의 시간을 그렇게 보냈어.

그런데 갑자기 그 남자가 일어서더니, 보트 반대편에 있던 장필리프에게 다가가는 거야. 아내 베르나데트를 위해 기도하던 장필리프에게. 부부는 둘 다 아이티 사람이야. 착한 사람들이지. 낙천적이고. 난 카보베르데에 온 첫날, 그러니까 승무원들이 손님 맞을 준비를 하려고 갤릭시호에 탑승한 날 그들 부부와 만났어. 자기네는 큰 배의 요리사로 일한 지 벌써 몇 년째라고 하더군.

"벤지, 우리가 만든 음식은 정말 맛있어요!" 베르나데트는 자기 배를 두드리며 이렇게 말했어. "그래서 살쪄요!"

"왜 아이티를 떠났어요?" 내가 물었어.

"어휴, 거긴 살기 힘들어요, 벤지, 진짜 힘들어요."

"그러는 당신은요? 어디 출신이에요?" 장필리프가 내게 묻더군.

"아일랜드 출신인데, 나중엔 미국에서 살았어요."

"왜 떠났어요?" 베르나데트가 내게 물었어.

"어휴, 거긴 살기 힘들어요, 베르나데트, 진짜 힘들어요."

내 너스레에 우리 모두 와자하게 웃었지. 베르나데트는 잘 웃는 사람이었어. 눈빛은 나를 반갑게 맞이하는 것처럼 따뜻했고, 내가 뭔가 공감이 가는 말을 하면 인형처럼 열심히 고개를 끄덕였어. "아, *셰리!*('자기'라는 뜻의 프랑스어-옮긴이) 맞는 말이에요!" 이 말을 무슨 주문처럼 중얼거리면서 말이야. 하지만 이제는 말을 걸어도 대답이 없어. 금요일 밤에 요트에서 탈출하다가 심하게 다쳤거든. 장필리프 말로는 배가 기우뚱할 때 갑판에 넘어졌는데, 커다란 테이블이 몸 위로 쓰러져서 어깨하고 머리를 부딪혔대. 베르나데트는 지난 24시간 동안 몇 번이나 의식을 잃었다가 되찾았다가 하는 중이야.

집이었다면 당연히 병원에 입원했겠지. 하지만 여기서는, 바다 위를 표류하는 지금은, 우리가 지상에 마련된 스스로의 자리를 너무나 쉽게 당연한 것으로 여긴다는 생각이 가끔 들곤 해.

새로 도착한 남자가 베르나데트 위로 몸을 숙였어. 장필리프는 휘둥그레진 눈으로 그 모습을 지켜보더군.

"정말로 주님이신가요?"

"당신은 내가 주님이라고 믿나요?"

"증명해보세요. 제가 아내랑 다시 얘기하게 해주세요."

장필리프의 말에 나는 야니스를 흘깃 봤어. 그 친구도 눈살을 찌푸리더군. 사랑하는 사람의 목숨이 위태로울 때, 우리는 그렇게나 쉽게 누군가를 신뢰해버려. 그 낯선 남자에 관해 우리가 아는 거라곤 본인 입으로 늘어놓는 황당무계한 주장, 그리고 땅콩버터 크래커 한 통을 허겁지겁 먹어치웠다는 사실밖에 없는데도.

뒤이어 꼬마 앨리스가 장필리프의 손을 잡는 게 보였어. 새로 온 남자는 베르나데트 쪽으로 돌아앉아 다친 어깨와 이마를 손바닥으로 짚더군.

그냥 그렇게만 했는데, 베르나데트가 눈을 떴어.

"베르나데트?" 장필리프가 속삭이듯이 불렀어.

"*셰리?*" 베르나데트도 속삭이듯이 대답했어.

"정말로 해주셨군요." 장필리프의 목소리에는 주님을 우러러보는 느낌이 가득했어. "제 아내를 다시 데려다주셨어요. 감사합니다, 봉디예!(부두교에서 가장 높은 창조신의 이름-옮긴이) 베르나데트! 내 사랑!"

그런 광경은 처음 봤어, 애너벨. 방금 전까지도 의식이 없던 사람이, 순식간에 정신을 차려서 말을 하다니. 다른 사람들도 낌새를 채고 차츰 술렁거렸지. 제리는 베르나데트에게 물을 조금 따라줬어. 니나는 꼭 안아줬고. 성격이 꼬장꼬장한 라가리 부인조차도 기뻐하는 눈치였어. 비록 "어떻게 된

일인지 누가 설명해줘야 할 것 아니야"라고 중얼거리기는
했지만.

"주님이 하셨어요." 니나가 말했어.

새로 온 남자는 씩 웃더군. 라가리 부인은 웃지 않았고.

나중에 우리는 베르나데트와 장필리프가 단 둘이 있도록
다 같이 보트 뒤쪽으로 자리를 옮겼어. 낯선 남자도 같이. 나
는 남자의 얼굴을 가만히 관찰했어. 만약 지금 일어나는 일
이 기적이라면, 그 남자는 참으로 태연하게 기적을 행하는
셈이었으니까.

"저 사람을 어떻게 한 거예요?" 내가 물었어.

"장필리프는 저 여자분과 다시 얘기하고 싶어 했어요. 이
제 할 수 있게 됐죠."

"하지만 베르나데트는 숨이 넘어가기 직전이었는데요."

"삶과 죽음 사이의 거리는 생각만큼 멀지 않아요."

"정말요?" 야니스가 우리 쪽으로 돌아앉으며 물었어. "그
럼 왜 사람들이 죽은 후에 다시 지상으로 돌아오지 않는 거
예요?"

낯선 남자는 빙그레 웃었어. "그 사람들이 왜 돌아오려고
하겠어요?"

야니스는 코웃음을 쳤어. "그야 모르죠." 그러고는 이렇게

덧붙였지. "하지만 베르나데트는, 당신이 낫게 해준 거 아니에요? 이제 괜찮아지는 거죠?"

그 남자는 시선을 돌렸어.

"저분은 다 낫지 않았어요. 그래도 괜찮아질 거예요."

제2장

바다

~~~~~~

손목시계를 보니 지금은 새벽 1시야. 우리가 표류하면서 맞
는 닷새째 밤이고. 별이 하도 총총해서, 어떤 별이 새로 떠오
르고 어떤 별이 사그라드는지 도통 알 수 없어. 꼭 반짝이는
소금이 가득 담긴 통이 하늘에서 쾅 하고 폭발한 것 같아.

　지금은 몹시도 환하게 반짝이는 별 하나를 집중해서 보는
중이야. 어찌나 환한지, 누가 우리한테 보내는 신호 같아. *당
신들이 보인다. 손을 흔들도록. 신호를 보내면 우리가 구하
러 가겠다.* 그럼 얼마나 좋을까. 우린 여전히 사방을 둘러싼
이 장대한 풍경과 함께 표류하고 있어. 애너벨, 난 전부터 늘
궁금했어. 아름다움과 고통이 어떻게 한곳에 동시에 깃들

수 있는 건지.

저 별들을 당신과 함께, 어딘가 안전한 육지에서 보고 있
다면 얼마나 좋을까. 그러고 보니 우리가 처음 만났던 날이
떠올라. 기억나? 7월 4일, 독립기념일 말이야. 그때 난 시립
공원 정자에서 바닥을 쓸고 있었고, 당신은 포니테일로 머
리를 땋고 주황색 블라우스에 하얀 바지를 입고 있었어. 당
신이 다가와서 물었잖아. 불꽃놀이는 어디서 하냐고.

"불꽃놀이요?"

내가 말하는 순간 하늘에서 첫 번째 폭죽이 터졌고(지금도
선명하게 기억나, 빨간색하고 흰색이 섞인 별 모양 불꽃이었어),
우린 당신의 질문에 맞춰 불꽃이 쏘아진 것 같아서 함께 웃
음을 터뜨렸지. 우리는 정자에 있던 의자 두 개를 나란히 놓
고 앉아서 한 시간 동안 불꽃놀이를 구경했어. 꼭 집 현관
앞에 나란히 앉은 노부부처럼 말이야. 통성명은 폭죽이 다
터지고 나서야 했지.

나는 그 한 시간이 지금도 생생하게, 꼭 그 시간 속으로 걸
어들어가 손으로 더듬더듬 만질 수 있을 것처럼 생생하게
기억나. 신기하게 끌리는 느낌, 몰래 흘깃거리는 눈길, 내 머
릿속에서 이렇게 말하는 목소리까지도. *이 여자는 누구지?
성격은 어떨까? 왜 이렇게 나를 믿는 거지?* 타인에게 깃든

가능성이란! 이 지구상에 그토록 두근거리는 기대감을 주는 게 또 있을까? 그런 기대감이 없는 삶보다 더 외로운 게 있을까?

당신은 학력이 높고 재주가 많고 다정하고 아름다운 사람이었어. 그래서 솔직히, 내가 당신의 사랑을 받을 자격이 없다고 느꼈어. 난 고등학교 졸업장도 없으니까. 직업을 고를 여유도 없었어. 옷은 낡아서 후줄근했고, 깡마른 체격에 머리도 부스스해서 매력이란 걸 찾기가 힘들었지. 그래도 난 당신에게 첫눈에 반해버렸어. 그리고 놀랍게도, 나중에는 당신도 나를 사랑했어. 내가 살면서 그렇게 행복했던 적은 전에도 없었고, 아마 앞으로도 영영 없을 거야. 하지만 언젠가 내가 어떤 식으로든 당신을 실망시킬 거라는 예감은 늘 있었어. 나는 그 고요한 공포를 4년 동안 품고 살았어, 애너벨. 벌써 열 달 가까이 지났는데 이제 와서 이런 글을 쓰다니 말이 안 되지. 나도 알아. 하지만 지금처럼 표류하는 밤에는, 그런 생각이 힘이 돼. 전에 당신이 말했지. "벤지, 사람은 누구나 붙들고 버틸 무언가가 필요해." 부디 내가 붙들고 버티게 해줘. 당신을, 우리가 처음으로 함께 보낸 그 한 시간을, 색색의 하늘을 올려다보던 우리 둘의 기억을. 내 이야기가 끝날 때까지 함께해줘. 다 끝나면 놓고 떠날게. 당신도, 이

세상도.

⁘

새벽 4시. 다른 사람들은 그늘막 아래서 몸을 옹송그리고 자는 중이야. 몇몇은 드르렁 소리를 내며 코를 골아. 다른 사람들, 예컨대 램버트 같은 사람은, 전기톱처럼 요란하게 골아대고. 그 소리에 보트 안의 다른 사람들이 눈을 뜨지 않는 게 오히려 신기해. 아니, 고무보트라고 해야 할까. 제리는 나더러 자꾸만 이 배를 고무보트라고 부르래. 보트. 고무보트. 이름이 뭐가 중요할까?

나는 졸음에 맞서 필사적으로 싸워. 말도 못 하게 피곤하지만, 잠이 들면 갤럭시호가 침몰하는 꿈을 꾸거든. 그 꿈속에서 나는 다시 차갑고 캄캄한 물속에 있어.

애너벨, 그 요트가 어쩌다 그렇게 됐는지는 나도 몰라. 맹세코 몰라. 충격이 어쩌나 갑작스러웠던지, 난 내가 바다로 튕겨 나간 순간이 언제였는지조차 기억나질 않아. 비가 내렸어. 나는 아래 갑판에 혼자 있었고. 난간에 두 팔을 얹은 자세로, 고개는 숙인 채였어. 쾅 하는 소리가 들리는가 싶더니, 그다음은 내가 수면에 처박힌다는 사실밖에 알 수 없었어.

물에 첨벙 빠질 때의 충격, 순식간에 수면 아래로 가라앉아 물거품에 휩싸인 채 느끼는 정적, 수면 위로 다시 고개를 내밀었을 때 들린 육중한 굉음, 그 모든 것이 차갑고 혼란스러운 와중에도, 내 뇌는 슬슬 상황을 파악하고 내게 악을 질렀어. *이게 무슨 난리야?* 너 지금 바다에 *빠졌잖아!*

파도는 거칠었고, 빗방울이 머리를 두드렸어. 주위가 눈에 들어올 즈음에 갤럭시호는 이미 50미터는 족히 떨어진 곳에 있더군. 시커먼 연기가 뭉게뭉게 솟아오르는 게 보였어. 난 헤엄쳐 가면 배로 돌아갈 수 있다고 혼자서 중얼거렸어. 그러고 싶기도 했고. 왜냐면, 비록 부서지기는 했지만, 그 배 말고는 이 망망대해에 형체를 띤 게 하나도 없었거든. 아직 불이 꺼지지 않은 갑판이 내게 돌아오라고 손짓했어. 하지만 난 배가 이제 끝장났다는 걸 알았어. 꼭 마지막 잠을 청하려고 눕는 사람처럼, 점점 더 옆으로 기울어갔으니까.

나는 구명보트가 내려지고 있는지, 아니면 사람들이 뱃전에서 바다로 뛰어내리고 있지는 않는지 보려고 했지만, 쉬지 않고 부서지는 파도에 눈앞이 뿌옇어. 헤엄쳐보려고 했지만, 막상 헤엄쳐서 갈 곳이 떠오르지 않더군. 온갖 물건이 내 옆을 지나 떠내려갔던 게 기억나. 나처럼 갤럭시호에서 날아온 물건들이었지. 소파, 종이 상자, 심지어 야구 모자도 있었어. 나는 숨을 헐떡거리며 얼굴로 퍼붓는 빗방울을 닦아내다가, 바로 몇 미터 떨어진 곳에 둥둥 떠 있는 연두색 여행 가방을 발견했어.

보아하니 그 여행 가방은 단단한 재질이라서 물에 젖지 않는 것 같았어. 그래서 난 그 가방을 냉큼 붙잡고 매달렸어. 그리고 갤럭시호의 마지막 순간을 바라봤지. 요트 갑판은 점점 더 캄캄해졌어. 배의 윤곽을 표시하는 으스스한 초록색 불빛이 보이더군. 내가 지켜보는 동안 그 배는 차츰 깊숙이, 더 깊숙이 가라앉다가, 끝내는 시야에서 사라져버렸어. 뒤이어 높다란 파도가 그 자리를 지나가면서 수면에 남은 배의 잔해를 모조리 쓸어갔어.

나는 울음이 터졌어.

그렇게 물에 빠진 채 얼마나 오랫동안 어린애처럼 엉엉 울었는지 모르겠어. 불쌍했거든. 내가, 사라진 다른 사람들이, 심지어 갤럭시호까지도. 난 이상하게도 그 배가 안쓰럽게 느껴졌어. 하지만 애너벨, 다시 말해두는데, 난 그 배를 폭파한 일에 털끝만큼도 가담하지 않았어. 도비가 뭘 원했는지는 나도 알아. 그리고 어쩌면 내가 의도치 않게 도비의 계획을 도왔을지도 모른다는 사실도 알고 있어. 하지만 난 몸에 걸친 옷 말고는 아무것도 챙기지 못한 채 바다로 던져졌고, 얼어붙을 것처럼 차가운 물속에서 첨벙거리며 얼마나 오랫동안 버텼는지 몰라. 만약 그 여행 가방이 아니었다면 난 벌써 한참 전에 죽었을 거야.

물에 빠진 다른 승객들의 목소리가 하나둘 들려왔어. 몇몇은 울부짖었어. 어떤 사람들은 실제로 뭐라고 하는지 분간이 될 만큼 목소리가 또렷했어. *살려주세요!* 아니면 *제발!* 같은 소리였지. 그런데 갑자기, 그런 소리들이 싹 사라졌어. 바다는 그렇게 사람 귀에 장난을 쳐, 애너벨. 물살이 어찌나 센지 방금 전만 해도 몇 미터 앞에 있던 사람이 한순간에 영영 사라져버리는 거야.

나는 다리가 뻐근해졌어. 그때는 쉬지 않고 물장구치는 것 밖에 할 수 있는 일이 없었거든. 만에 하나 다리에 쥐라도 나면, 그래서 헤엄을 못 치게 되면 물속으로 가라앉아 죽을 판이었어. 그래서 겁먹은 어린애가 엄마 허리를 잡고 매달리듯이 여행 가방에 매달렸어. 어찌나 추운지 몸이 덜덜 떨렸고, 그러다가 눈이 영영 감기려던 찰나, 파도에 실려 넘실거리는 주황색 고무보트가 눈에 띄었어. 누군가 보트 위에서 손전등을 흔들어 신호를 보내더군.

나는 살려달라고 외치려고 했지만, 짠물을 하도 많이 삼킨 탓에 목이 따가워서 소리를 지르기가 힘들었어. 그래서 고무보트 쪽을 향해 물장구를 쳤는데, 여행 가방을 붙잡은 채로는 좀처럼 속도가 나질 않았어. 가방을 놓는 수밖에 없었지. 하지만 그러고 싶지 않았어. 이상하게 들릴지 모르겠지만, 난 그 여행 가방에 조금 애착을 느꼈거든.

곧이어 손전등 불빛이 다시 비쳤고, 이번에는 이렇게 외치는 목소리도 들렸어. "여기예요! 이쪽이에요!" 나는 여행 가방에서 손을 떼고 헤엄치기 시작했어. 머리는 수면 위로 유지했어. 불빛을 놓치면 안 되니까. 파도가 물로 이루어진 벽처럼 높게 솟았다가 무너져내렸어. 몸이 완전히 뒤틀려서 그만 방향감각을 송두리째 잃고 말았지. *안 돼!* 나는 속으로 외쳤어. *이제 거의 다 왔는데!* 수면 위로 머리를 내민 순간, 때마침 새로 밀려온 파도가 또다시 나를 덮쳤어. 다시 한번 나는 낚싯줄에 걸린 물고기처럼 빙그르르 돌며 한쪽으로 확 떠내려갔어. 다시 수면 위로 머리를 내밀었을 땐 숨이 차다 못해 목이 바싹 타드는 느낌이더군. 왼쪽을, 다시 오른쪽을 정신없이 두리번거렸지만…… 아무것도 없었어. 그래서 뒤쪽을 돌아봤어.

고무보트는 내 바로 뒤에 있었어.

나는 보트 뱃전의 구명줄을 붙잡았어. 손전등을 흔들던 그 정체 모를 사람은 사라져서 보이지 않았어. 나로서는 앞서 그 파도에 휩쓸려 떠내려갔다고 짐작하는 수밖에. 물에 빠진 시체가 있는지 찾아보려고 했지만, 그때 또 다른 파도가 불룩 솟아오를 채비를 했어. 그래서 양손으로 구명줄을 단단히 거머쥐었어. 그런데도 나는 또다시 내동댕이쳐졌지. 어느 쪽이 위고 어느 쪽이 아래인지조차 분간이 안 갔어. 구명줄을 어찌나 단단히 틀어쥐었던지 손바닥 살갗이 손톱에 눌려 파일 지경이었어. 수면 위로 머리를 내밀었을 때, 나는 다행히도 꿋꿋하게 구명줄을 잡고 있었어.

줄을 잡아당기며 고무보트 주위를 빙 돌다 보니 잡고 올라갈 만한 손잡이가 눈에 띄었어. 하지만 하도 기운이 없어서 번번이 미끄러지고 말았지. 그때 또다시 커다란 파도가 솟아오르기 시작했어. 그 파도는 도저히 못 견딜 것 같았어. 그래서 캄캄한 허공에 대고 목구멍 깊숙이서 우러나오는 함성을 토해냈어. "이야아아얍!" 그러고는 몸에 남은 힘을 바닥까지 긁어모아 뱃전을 넘은 다음, 검은 고무로 된 보트 바닥에 널브러졌어. 미친개처럼 정신없이 숨을 헐떡이면서.

뉴스

....

앵커 지금 보시는 화면은 카보베르데해안에서 약 80킬로 미터 떨어진 대서양 해역인데요. 지난 금요일 밤에 호화 요트 갤럭시호가 침몰했다고 알려진 곳입니다. 저희 특파원인 타일러 브루어 기자가 소식을 전해드리겠습니다.

기자 가도 가도 끝이 보이지 않는 저 드넓은 바다에서, 억만장자 제이슨 램버트가 소유한 2억 달러짜리 요트 갤럭시호에 무슨 일이 일어났을까요? 단서를 찾기 위해 수색대 및 구조대가 대서양 상공을 비행하는 중입니다. 배는 금요일 밤 11시 20분쯤 구난 신호를 보내 뭔가 사건이 일어났다고 알렸습니다. 그 뒤 곧바로 침몰했으리라 추정됩니다.

앵커 생존자 현황은 어떤가요, 타일러?

기자 전해진 소식은 밝지 않습니다. 구조대가 해당 해역에 도착했을 무렵, 갤럭시호는 이미 완전히 침몰한 후였습니다. 악천후에 거센 해류까지 겹친 탓에 시신뿐 아니라 생존자까지도 처음 물에 빠진 지점에서 몇 킬로미터나 떨어진 곳까지 떠내려갔을지도 모릅니다.

앵커 뭔가 발견한 건 없나요?

기자 구조대는 요트의 외부 선체에서 나온 파편을 목격했다고 전했습니다. 갤럭시호는 매우 가벼운 유리섬유로 만들어져 크기가 비슷한 다른 요트보다 속도가 더 빨랐다고 하는데요. 안타깝게도 바로 이 점 때문에 충격에는 더 취약했습니다. 현재 조사가 이루어지는 중입니다.

앵커 정확히 어떤 조사가 이루어지는 중인가요?

기자 솔직히 말씀드리면, 혹시 범죄행위가 있었는지에 관한 조사입니다. 항해 중인 선박에는 갖가지 일이 일어나게 마련입니다. 하지만 이 정도로 파괴적인 사건은 매우 이례적입니다.

앵커   우선 희생자 유가족께 추모와 기도를 보냅니다. 희생
       자 명단에는 이번 비극이 일어났을 때 갤럭시호에서
       취재 중이었던 발레리 코르테스 기자와 카메라맨 헥
       터 존슨도 포함됩니다.

기자   그렇습니다. 많은 유가족께서 승객 가운데 적어도 일
       부는 아직 살아 있으리라는 희망을 품고 계실 겁니
       다. 하지만 이곳의 바다는 차갑습니다. 시간이 지날
       수록 희망은 점점 희박해집니다.

바다

~~~~~~

표류 엿새째 날이야. 신기한 일이 또 일어나서 당신한테 얘기해주려고 해. 오늘 아침에는 하늘에 구름이 짙게 끼고 바람도 정신없이 돌아가는 엔진처럼 세차게 불었어. 그럴 때 바다는 귀청이 터질 것처럼 시끄러워, 애너벨. 고작 몇 걸음 떨어진 곳에서도 고함을 질러야 목소리가 들릴 정도야. 짠물이 얼굴을 후려쳐서 눈이 얼얼할 지경이고.

우리가 탄 고무보트는 파도를 타고 오르락내리락했는데, 아래로 내려갈 때마다 수면에 부딪히곤 했어. 사납게 날뛰는 말에 탄 기분이었지. 보트 밖으로 튕겨나가지 않으려고 다들 구명줄을 붙들고 버텼어.

한번은 꼬마 앨리스가 줄을 놓쳐서 그만 데구루루 굴렀어. 니나가 와락 달려들어 양팔로 아이를 붙잡는 순간, 파도가 부서지면서 다들 물에 빠진 생쥐 꼴이 됐지. 니나는 아이를 품에 안고 냉큼 자리로 돌아가 엉엉 울었어.

"그만해! ……제발 그만!"

앨리스가 보트 바닥에 쭈그리고 앉은 주님을 향해 팔을 내미는 모습이 눈에 띄었어. 그 소동을 보면서 눈도 깜짝 안 한 주님을 향해서.

그 남자는 양손으로 코와 입을 가리고 눈을 감았어. 그러자 갑자기 바람이 멈췄지 뭐야. 공기가 죽은 듯이 꼼짝도 하질 않았어. 소리도 모조리 사라졌고. 그야말로 T. S. 엘리엇 시에 나오는 "회전하는 세계의 정지점"이라는 구절이 어울리는 순간이었어. 그야말로 지구가 통째로 숨을 죽인 상태 같았으니까.

"방금 무슨 일이 일어난 거죠?" 네빈이 물었어.

우린 저마다 앉은 자리에서 주위를 두리번거렸어. 이제는 보트가 아예 제자리에 정박한 것처럼 보이더군. 그 남자는 잠깐 우리와 눈길을 마주치고는, 이내 고개를 돌려 바다 저 편을 응시했어. 꼬마 앨리스는 니나의 목을 끌어안았고, 니나는 그런 아이를 진정시키려고 소곤소곤 말했어.

"괜찮아······. 우린 무사해."

주위가 하도 조용해서 니나의 말 한마디 한마디가 다 들렸어.

잠시 후에 보트가 살며시 흔들리는가 싶더니, 바다에 조그맣고 얌전한 파도가 일기 시작했어. 산들바람에 이어 평범한 바닷소리도 다시 돌아왔고. 하지만 내 사랑, 아까 그 순간은 전혀 평범하지 않았어. 조금도 평범하지 않았어.

✦

"상어 떼가 아직도 따라오나요?" 해가 수평선 아래로 가라앉을 즈음에 니나가 물었어.

야니스가 뱃전 너머를 흘깃 보더군. "안 보이는데요."

우린 바다를 떠돈 지 이틀째 되던 날에 상어 떼를 발견했어. 제리 말로는 보트 바닥에 붙은 물고기 때문에 이리로 모여드는 거래.

"한 시간 전까지는 있었어요. 지느러미를 본 것 같은데······." 네빈이 말했어.

"도무지 이해가 가질 않아요!" 라가리 부인이 불쑥 내뱉더군. "도대체 *비행기*는 어디 있죠? 수색대가 올 거라고 제이슨이 그랬잖아요. 왜 비행기가 여태 한 대도 보이지 않는 거예요?"

우리 가운데 몇몇은 시선을 내리깐 채 고개를 가로저었어. 리가리 부인이 입버릇처럼 그렇게 투덜거렸으니까. *비행기는 어디 있는 거예요?* 우리가 발견해서 보트로 건진 램버트는 자기 요트 승무원들이 구난 신호를 보냈을 거라는 말부터 했어. 구조대가 금방 올 거라면서. 그래서 우린 비행기가 오기를 기다렸어. 하늘을 샅샅이 훑어봤지. 그때까지만 해도 램버트의 요트에 탄 손님이라는 기분이 남아 있었어. 지금은 달라. 하루하루 지는 해를 볼 때마다 희망이 점점 바닥을 드러내서, 이젠 어느 누구의 손님으로도 느껴지질 않아. 우린 그저 정처 없이 표류하는 사람들일 뿐이야.

이런 게 바로 죽어가는 기분일까 하는 생각이 들어, 애너벨. 처음에는 세상과 너무나 단단히 연결된 나머지, 놓아버린다는 상상은 아예 하지도 못해. 그러다가 시간이 흐르면 포기하고 표류하는 단계로 넘어가지. 그다음은, 차마 내 입으로는 말 못 하겠어.

누군가는 말하겠지. 그다음은 주님을 만날 차례라고.

.⁺.

우리 구명보트에 탄 이방인을 보면서, 나도 여러 번 그 생각을 했어. 정말이야. 애너벨, 내가 그 사람을 이방인이라고 부르는 건, 만약 그 사람이 진정으로 어떤 신성한 존재라면, 그가 나한테서 당신만큼이나 멀리 떨어져 있어야 하기 때문이야. 어릴 적 우리는 스스로가 하느님에게서 비롯됐다고 배우지. 그분의 모습을 따라 창조됐다고 말이야. 하지만 우리가 자라면서 저지르는 짓이나 행동하는 방식에 하느님을 닮은 구석이 과연 있을까? 우리에게 닥치는 끔찍한 일들은 또 어떻고? 가장 높으신 분께서 어떻게 그런 일들이 벌어지도록 놔두실 수가 있을까?

아니야. 그 남자에게 어울리는 이름은 *이방인*이야. 하느님도 나에게는 이때껏 이방인이었어. 그 남자의 진짜 정체가 뭔지에 대해서는, 보트 안에서도 여전히 의견이 분분한 상태야. 아까 장필리프와 둘이서 보트 뒤쪽에 나란히 앉았을 때 물어봤어.

"당신이 보기엔 우리가 곧 죽을 것 같나요, 장필리프?"

"아니요, 벤지. 난 주님께서 우리를 구원하러 오셨다고 생각해요."

"하지만 저 사람을 좀 봐요. 그냥…… 평범하잖아요."

장필리프는 빙그레 웃었어. "주님의 모습이 어떨 거라고 기대했어요? 우린 입버릇처럼 말하지 않나요? '하느님을 눈으로 볼 수만 있다면, 그분이 진짜라는 걸 알 텐데'라고요. 그런데, 만약 그분께서 마침내 우리에게 눈으로 볼 기회를 주셨다면요? 그걸로도 부족한가요?"

그래요, 부족해요. 난 이렇게 말하고 싶었어. 오늘 우리가 경험한 그 기이한 순간은 나도 직접 봐서 알아. 베르나데트가 정신을 차린 사소한 기적도 봤고. 하지만 인간에게 기적이 베풀어지고 나서 시간이 흐르면 으레 그렇듯이, 이번에도 땅 위의 관점을 따르는 해석이 하나둘 등장했어.

"순전히 우연이야." 오늘 아침 그 이야기를 나누던 중에 램버트가 한 말이야. "베르나데트는 이미 의식을 회복하는 중이었을 거야."

"아니면 저 사람이 정신을 차리게 했든가요." 네빈이 넌지시 말했어.

그늘막 아래에 있던 이방인이 바깥으로 나오자 라가리 부인은 정체를 이미 다 파악했다는 듯한 눈빛으로 그를 쏘아봤어.

"베르나데트한테 한 짓이 그건가요?" 부인이 묻더군. "무슨 속임수 같은 걸 썼냐는 말이에요."

이방인은 고개를 꼿꼿이 들었어. "속임수가 아니에요."

"의심이 가는걸요."

"전 의심받는 데 꽤 익숙해요."

"마음이 불편하지 않다는 말씀이세요?" 니나가 물었어.

"많은 이들이 처음에는 망설이면서 저를 찾아오거든요."

"아니면 아예 안 찾아가기도 하죠." 야니스의 말이었어. "과학에 대한 믿음을 고수하면서요."

"과학이라." 이방인은 그렇게 중얼거리고는 하늘을 올려다 봤어. "맞아요. 당신들은 과학으로 태양의 신비를 밝혀냈어 요. 내가 저 궁창穹蒼에 박아넣은 별들의 신비도 밝혀냈고요. 모든 피조물, 내가 지상에 풀어놓은 크고 작은 모든 동물의 수수께끼도 풀었지요. 심지어는 나의 가장 위대한 피조물마 저 낱낱이 파악했어요."

"그게 뭔데요?" 내가 물었어.

"당신들요."

이방인은 보트의 겉면을 손으로 쓸어내리며 말을 이었어. "과학에 힘입어 당신들은 스스로의 진화 과정을 거슬러 올 라가 원시 생명체까지 이르렀고, 심지어는 그 이전의 원시 적 형태까지 밝혀냈어요. 하지만 궁극의 질문에 대해서는 결코 대답하지 못할걸요."

"궁극의 질문이라뇨?"

"'그 모든 게 어디서 시작했을까?'라는 질문요." 이방인은 빙그레 웃었어. "답은 오직 나에게서만 찾을 수 있어요."

램버트는 웃음을 꾹 참으며 말했어. "그래, 알았어. 자네가 그렇게 대단한 존재라면, 우릴 이 수라장에서 좀 꺼내줘. 여객선이 짠 하고 나타나게 한다거나. 입으로 떠들지만 말고 어떻게 좀 해보란 말이야. 아니면 우리 목숨을 직접 구해주는 건 어때?"

"그렇게 하려면 뭐가 필요한지 이미 다 알려드렸어요." 이방인이 말했어.

"그래, 그래, 우리 모두가 동시에 당신이 말하는 당신의 정체를 믿어야 한다고. 너무 기대하진 마."

대화는 그렇게 사그라졌어. 이방인은 분명 수수께끼야, 애너벨. 혼란의 원천이자, 가끔은 불만의 근원이기도 하고. 하지만 결국에는, 이방인도 해답은 아니야. 우리에겐 답이 없어. 라가리 부인이 "비행기는 어디 있죠?"라고 물었을 때 우리 가운데 여럿이 무슨 생각을 했는지, 난 알아. 만약 비행기가 올 거라면 이미 한참 전에 왔을 거라는 생각이야.

⁛

내 사랑, 난 긍정적으로 생각하려고 애쓰는 중이야. 당신을 생각하고, 집을 생각하고, 식사를 한 다음 맥주 한 잔을 마셔야겠다는, 그리고 오랫동안 한숨 푹 자야겠다는 생각도 해. 사소하지. 한편으론 보트 위에서 활동적으로 움직이려고 좌우 뱃전을 오가기도 하고, 근육 스트레칭도 힘닿는 데까지 해보지만, 쉬지 않고 내리쬐는 뙤약볕 때문에 힘이 빠질 때가 많아. 난 그늘이 얼마나 소중한지 이제야 비로소 깨달았어. 몸이 이렇게 빨개지기는 태어나서 처음이거든. 살갗은 조그만 뾰루지로 뒤덮였고. 제리는 갤럭시호에서 탈출하기 전에 영리하게도 배낭을 챙겼는데, 그 안에 알로에 로션이 한 통 들어 있었어. 하지만 모두가 함께 쓰기에는 턱없이 모자라.

우린 가장 아픈 곳에만 로션을 아주 조금씩 발라. 유일한 탈출구는 그늘막 아래로 기어들어 가는 거야. 하지만 모두가 그 안에 들어가 있으면 비좁아서 숨이 턱 막히고 똑바로 앉기도 힘들어. 제리의 배낭에는 조그만 휴대용 선풍기도 같이 들어 있어서, 우린 그걸 손에서 손으로 전달하며 희미한 미풍을 쐬곤 해. 그나마도 배터리를 아끼려고 재빨리 꺼버리지만.

깨끗한 물은 여전히 우리에게 소중한 재화야. 지금 있는 물은 구명보트의 '구난 가방'에 들어 있던 건데, 그 가방에는 다른 비상 용품도 여러 가지 들어 있어. 보트에 들이친 바닷물을 퍼내는 바가지, 낚싯줄, 노, 신호탄 발사기 같은 것들 말이야.

그중에서도 가장 중요한 건 조그만 깡통에 들어 있는 식수인데, 이제 거의 바닥났어. 우린 이때껏 하루에 두 번씩 스테인리스 컵에 똑같은 양의 물을 배급받았어. 물을 받으면 홀짝홀짝 마시고 나서 다음 사람에게 컵을 건네는 식으로.

제리는 꼬마 앨리스가 물 마실 차례를 놓치지 않도록 꼭꼭 챙겨줘. 오늘 저녁, 그러니까 바람이 갑자기 멈춘 그 이상한 사건이 일어나고 나서, 그 애는 자기 몫의 물을 받아 보트 바닥을 엉금엉금 기어 주님에게 다가갔어.

"저 이상한 꼬마가 지금 뭘 하는 거지?" 램버트가 말했어.

앨리스는 이방인에게 컵을 건넸고, 이방인은 받은 물을 단번에 들이켰어. 그러고는 고맙다는 듯이 고개를 끄덕이며 컵을 돌려주더군. 애너벨, 그 남자를 어떻게 하면 좋을까? 그 남자가 도착한 후에 일어난 신비한 일들은 신경 쓸 것 없어. 정말로 하느님이라면 목마른 어린애가 준 물을 냉큼 마시겠어?

육지

르플뢰르는 가슴이 쿵쾅거렸다. 롬을 등지고 선 채 그는 고무보트의 주머니에서 비닐봉지를 꺼냈다. 봉지 속에 든 수첩은 앞표지가 두 갈래로 찢어졌고 뒤쪽 판지는 봉지에 스며든 바닷물에 젖어서 썩은 상태였다. 일지 같은 것일까? 아니면 갤럭시호가 어떻게 됐는지 알려주는 내용이 담긴 일기? 어느 쪽이든, 르플뢰르는 지금 자신이 국제적으로 중요한 물건을 손에 쥐고 있는지도 모른다고 생각했다.

그리고 그런 물건이 있다는 것을 르플뢰르 말고는 아무도 알지 못했다.

올바른 절차는 비닐봉지를 즉시 제자리에 되돌려놓고 상

부에 보고하는 것이었다. 위쪽에 넘겨야 했다. 한 발 물러나야 했다. 르플뢰르도 잘 아는 사실이었다.

하지만 상부에 보고하는 순간 수사 절차에서 배제되리라는 것 또한 잘 알았다. 게다가 그 고무보트는 어딘가 관심을 끄는 구석이 있었다. 이번 일은 의심할 것도 없이 르플뢰르가 이곳에서 일하며 겪은 가장 흥미진진한 사건이었다. 몬트세랫은 범죄가 없다시피 한 곳이었다. 르플뢰르는 답답하고 지루하게 보내는 날이 많았고, 그래서 생각하지 않으려 애썼다. 지난 4년 동안 자기 삶이 어떻게 허물어졌는지, 결혼 생활은 어떻게 달라졌는지, 모든 것이 어떻게 변해버렸는지에 관해.

르플뢰르는 눈을 세게 깜빡거렸다. 이날은 일요일이었다. 그의 상관은 비번이었고, 아무도 그가 이 현장에 있는 사실을 알지 못했다. 수첩을 슬쩍 펼쳐보고 다시 넣어둔다고 한들, 누가 눈치나 챌 수 있을까?

르플뢰르가 흘깃 돌아보니 롬은 반대쪽으로 돌아서서 만의 절벽을 가만히 바라보는 중이었다. 르플뢰르는 비닐봉지를 바지 허리춤에 찔러넣고 셔츠 자락으로 가렸다. 그런 다음 바닷가 아래쪽으로 걸어가며 어깨 너머로 외쳤다.

"거기 있어요, 롬! 혹시 떠내려온 잔해가 더 있는지 보고

올게요."

롬은 고개를 끄덕였다.

몇 분 후, 르플뢰르는 만의 모래톱에 혼자 있었다. 그는 모래 바닥에 무릎을 꿇고 앉았다. 그리고 양쪽 무릎에 체중을 싣고 허리를 쭉 편 다음, 허리춤에서 수첩을 꺼냈다. 그러고는 천천히 비닐봉지를 벗기기 시작했다. 머릿속에서는 그를 설득하는 이성의 목소리가 계속해서 들려왔다. *안 돼, 이러면 안 돼.*

뉴스

앵커   오늘은 억만장자 투자가인 제이슨 램버트의 추모식이 열리는 날입니다. 램버트는 지난달 대서양에서 호화 요트 갤럭시호가 침몰하면서 승객 40여 명과 함께 실종됐는데요. 추모식 현장에서 타일러 브루어 기자가 자세한 소식을 전해드립니다.

기자   그렇습니다, 짐. 미국 해안경비대는 무려 26일에 걸쳐 철저한 수색 및 구조를 시도한 끝에 갤럭시호가 바다에서 실종됐다는 공식 성명을 발표했습니다. 갤럭시호는 모종의 폭발이나 충격 때문에 부서졌으리라 추정됩니다. 정확한 원인은 아직 밝혀지지 않았습니다.

앵커   타일러, 실종자 명단이 정말 엄청나지 않나요? 전직 대통령에 세계적으로 유명한 사상가, 산업계의 선구자, 인기 연예인까지요.

기자   예, 맞습니다. 그래서인지 외국 정부에서 이번 비극의 원인이 정치나 금전상의 동기 때문은 아닌지 확인해달라고 요청하기도 했습니다.

앵커   그런데 당장은 엄숙한 장례식 광경이 먼저 떠오르는데요. 실제 시신이 없어서 더욱 비통할 것 같습니다.

기자   그렇습니다. 제이슨 램버트의 추모식에는 관이 없고, 매장하는 의식도 진행하지 않습니다. 전처 세 명과 자녀 다섯 명을 비롯한 친구 및 가족이 램버트와 함께한 추억을 되새길 텐데요. 참석자들 가운데 추모사를 낭독할 사람은 램버트의 오랜 동업자인 브루스 모리스뿐이고, 친구 및 가족 중에는 단 한 명도 없다고 합니다.

이는 물론 제이슨 램버트가 대부호이자 논란의 대상이었기 때문인데요. 생전 그는 세상 사람들에게 자기 재산을 재미 삼아 자랑하는 인물로 보였습니다. 약사의 아들로 미국 메릴랜드주에서 어린 시절을 보낸 램버트는 진공청소기 판매원으로 직업전선에 뛰어들었습니다. 그 후 3년도 안 돼서 자기 직장이었던 사업체를 인수했습니다. 그다음에는 자기 회사를 담보로 다른 회사를 인수했고, 나중에는 재정학 석사 학위를 취득한 후에 유명한 투자 회사인 섹스턴트캐피털을 창립했습니다. 이 회사는 현재 세계 3위 규모의 대형 펀드로 성장했습니다. 그 밖의 재산으로 영화사와 항공사, 프로야구 구단, 호주 럭비 클럽 등을 소유하고 있습니다. 한편 램버트는 열렬한 골퍼이기도 합니다.

'위대한 아이디어'는 램버트의 마지막 작품이었습니다. 어떤 사람들은 그 계획을 선견지명이라고 칭송했고, 어떤 사람들은 부자와 권력자들의 경박한 모임이라고 비판했습니다. 물론 그 항해의 앞날이 이렇게 어두울 줄은 아무도 알지 못했습니다. 이로써 제이슨 램버트는 향년 예순네 살에 사망했으리라 추정됩니다.

앵커   갤럭시호에 유명 인사들 외에 승무원과 종업원 같은 노동자들이 함께 타고 있었다는 점도 언급해야 할 것 같은데요.

기자   예. 그분들도 마땅히 함께 기억해야 합니다.

바다

～～～～～～～～～～～～～～～～～～～～～～～～～～～

베르나데트가 사라졌어, 애너벨! 사라져버렸어! 진정해야겠어. 정신을 똑바로 차려야 해. 정확히 무슨 일이 있었는지 여기에 적어둘 거야. 누군가는 알아야 하니까!

어제 내가 얘기했잖아. 우리가 '주님'이라고 부르는 남자가 몸에 살짝 손을 댔을 뿐인데 베르나데트가 눈을 떴다고 말이야. 우린 베르나데트가 살며시 웃으며 장필리프에게 나직이 소곤거리는 광경을 함께 목격했어. 장필리프는 정말로 행복해 보이더군. 몇 번이나 이렇게 말했어. "이건 기적이에요! 기적을 행하셨어요!" 내가 얘기했었지? 안 했어? 미안. 너무 당황해서 그런가, 기억이 또렷하질 않네.

어젯밤엔 보트가 파도에 흔들리는 바람에 좀처럼 눈을 붙이기가 힘들었어. 한 네 시간쯤 잔 것 같아. 꿈속에서 난 바비큐 식당에 앉아 있었어. 바비큐 냄새가 어찌나 진짜 같은지, 너무나 날카롭게 코를 찌르지 뭐야. 하지만 음식이 나오질 않는 거야. 아무리 목을 빼고 주방 쪽을 들여다봐도 말이야. 그러다 문득 어느 손님이 울부짖는 소리가 들렸어.

장필리프가 우는 소리였어. 나는 그 소리를 듣고 잠에서 깼어.

몸을 돌리자 장필리프가 양팔을 축 늘어뜨린 채 고개를 숙이고 있었어. '주님'은 장필리프 어깨에 손을 얹고 있었고. 그 둘 사이, 베르나데트가 누워서 쉬던 그 자리가, 휑하니 비어 있었어.

"장필리프." 나는 가르랑거리는 목소리로 물었어. "아내는 어디 있어요?"

대답이 돌아오지 않았어. 네빈도 잠에서 깨 다친 자기 다리를 살펴보는 중이었어. 그러다 나하고 눈길이 마주쳤는데, 네빈은 말없이 고개만 가로저었어. 라가리 부인도 일어나 있었지만, 캄캄한 바다만 바라볼 뿐이었지.

"베르나데트 어디 있어요?" 나는 다시 물으며 몸을 일으켰어. "무슨 일 있었어요? 베르나데트는 어딜 간 거예요?"

"우리도 몰라요." 한참 만에 네빈이 입을 열더군.

그러고는 장필리프와 주님 쪽을 가리켰어.

"저 사람들은 입을 꾹 다물었고요."

제3장

육지

르플뢰르는 커다란 바위에 몸을 기대고 수첩을 비닐봉지에서 꺼낸 다음, 자세히 살펴봤다. 소금기 때문인지 종잇장이 다닥다닥 들러붙어 있었고, 그래서 일이 까다로워지겠다는 생각이 들었다. 하지만 거기에는 글이 적혀 있었다. 그것도 영어로. 르플뢰르는 손이 떨렸다. 그래서 부서지는 파도 쪽으로 눈을 돌리고 이제부터 어떻게 해야 할지 곰곰이 생각했다.

거의 한평생을 르플뢰르는 원칙주의자로 살았다. 학교에서는 우등생이었고, 보이스카우트에서는 업적의 증거인 배지를 줄줄이 땄으며, 경찰 임용 시험에서도 높은 점수를 받았다. 일찍이 몬트세랫을 떠나 영국에서 경찰 간부 교육을 받겠다는 생각도 했었다. 르플뢰르는 경찰관이 되기에 훌륭한 인재였다. 큰 키에 어깨는 떡 벌어졌고, 웃는 입 모양을 덥수룩한 콧수염이 가려주는 덕분에 표정이 꽤나 엄숙해 보였다.

그랬던 르플뢰르가 퍼트리스를 만났다. 14년 전, 새해 전야제 파티에서였다. 몬트세랫의 연례 축제 가운데 하나인 그 전야제에는 시가행진과 특이한 의상으로 분장한 댄서들의 공연, 전통음악 경연 대회인 '칼립소 킹' 등이 열렸다. 둘은 춤을 췄다. 술을 마셨다. 그리고 조금 더 춤을 췄다. 자정이 되자 함께 입을 맞췄고, 열정 넘치는 새해를 맞이했다. 이후 몇 달 동안 둘은 하루도 빼놓지 않고 함께 시간을 보냈다. 누가 봐도 곧 결혼할 사이로 보였다.

그해 여름이 오기 전에 둘은 부부가 됐다. 조그마한 집을 사서 노란색으로 페인트칠을 했고, 캐노피 침대를 구입해 그 안에서 아주 긴 시간을 보냈다. 르플뢰르는 일어나서 침대를 나서는 퍼트리스를 보며 빙긋 웃었고, 침대로 돌아오는 퍼트리스를 볼 때면 활짝 웃었다. 그러고는 생각했다. '영국행은 그냥 잊어야겠다.' 그는 아무 데도 가지 않았다.

몇 년 후, 르플뢰르와 퍼트리스는 딸 릴리를 얻었고, 갓 부

모가 된 이들이 으레 그렇듯이 아이를 애지중지 키웠다. 그
들 부부는 딸의 몸짓 하나하나 사진에 담고, 딸에게 동요를
가르쳐주고, 시장에 갈 때는 목말을 태워 데려갔다. 르플뢰
르는 집의 작은 방을 연분홍색으로 칠하고 천장에는 조그
만 분홍색 별을 수십 개나 그려놓았다. 그 별들 아래서, 부
부는 매일 밤 릴리를 잠재웠다. 르플뢰르에게 그 시절은 너
무나 행복해서 분에 넘치는 느낌마저 들었던 기억으로 남았
다. 마치 누군가 그의 몫으로 정해진 행복의 총량을 두 배로
늘려주기라도 한 것처럼.

그러다 릴리가 세상을 떠났다.

그때 릴리는 겨우 네 살이었다. 어느 날 릴리는 외할머니
인 도리스의 집에 놀러갔다가, 이튿날 오전 외할머니와 둘
이서 바닷가에 나갔다. 심장에 문제가 생겨 고생하던 도리
스는 아침 식사 후에 새로 받은 약을 먹었는데, 그 약에 졸
음을 일으키는 부작용이 있다는 사실은 미처 알지 못했다.
일광욕 의자에 누운 도리스는 뜨거운 태양 아래 잠이 들었
다. 눈을 껌벅이며 잠에서 깼을 때, 손녀는 파도 속에 얼굴을
묻은 채 꼼짝도 하지 않았다.

릴리는 일주일 후에 묻혔다. 그 후로 지금껏 르플뢰르와
퍼트리스는 안개 속에서 살았다. 둘은 더는 함께 외출하지

않았다. 잠자리를 함께하는 일은 없다시피 했다. 낮에는 기어다니듯이 힘없이 돌아다녔고 밤이 되면 쓰러지듯이 침대에 몸을 뉘었다. 음식을 먹어도 맛이 느껴지지 않았다. 대화는 재미를 잃고 시들해졌다. 무감각한 분위기가 뒤덮인 집안에서 부부는 딱히 눈여겨보는 것도 없이 한참 동안 먼 곳을 응시하곤 했다. 그러다가 한쪽이 "뭐라고?"라고 물으면 다른 한쪽은 "뭐가?"라고 답했고, 뒤이어 "난 아무 말도 안했는데"라고 말하곤 했다.

4년이 지났다. 시간이 흐르면서 이웃과 친구들의 눈에 비친 그들 부부의 모습은 평정을 되찾은 듯했다. 실은 그 두 사람 자체가 몬트세랫섬 같은 존재로 변한 상태였다. 화산처럼 산산이 폭발해서, 재를 뒤집어쓴 채 살아갔다. 르플뢰르는 릴리 방의 문을 막아버렸다. 그리고 그 방에 들어가지 않았다. 그는 점점 더 내성적으로 변해갔고, 퍼트리스가 사고 이야기를 꺼내려 할 때마다 번번이 고개를 가로저었다.

퍼트리스는 신앙에서 위안을 찾았다. 틈만 나면 교회에 갔다. 날마다 기도를 드렸다. 릴리는 이제 "하느님 곁에 있을 것"이라고 말하곤 했다. 교회 친구들에게서 릴리는 더 좋은 곳으로 갔으므로 더는 걱정할 필요가 없다는 말을 하면 눈물을 흘리며 고개를 끄덕였다.

르플뢰르는 그런 아내를 받아들이지 못했다. 그는 하느님도, 예수 그리스도도, 성령도, 어린 시절 교회에서 배운 것이라면 그 어떤 것도 인정하지 않았다. 자비로운 신이 있다면 그의 자식을 그런 식으로 데려갈 리 없었다. 천국 같은 곳이 있다면 그의 딸을 데려가려 그토록 안달했을 리 없었다. 고작 네 살인 아이를, 익사시키면서까지. 신앙? 그런 바보 짓거리가. 르플뢰르는 속으로 뇌까렸다. 그의 세계는 어둡고 모순적인 곳으로 변했다. 주량도 늘었다. 담배도 전보다 많이 피웠다. 그에게는 중요한 일이 별로 없었다. 노란색으로 칠한 집과 캐노피 침대도 곰팡내가 날 것처럼 보였다. 기다랗게 드리워진 그림자야말로 불행이 지닌 힘이었다. 그 그림자는 시야에 보이는 모든 것을 캄캄하게 뒤덮었다.

하지만 이 주황색 구명보트와 거기에 감춰진 수첩은? 그것들은 불행을 향해 날리는 일격이었다. 어째서 그런지는 설명하기 힘들었다. 어쩌면 무언가가, 하다못해 종이 쪼가리 몇 장일지언정, 비극적인 사고를 견디고 드넓은 대양을 건너 르플뢰르의 손까지 전해졌다는 생각 때문인지도 몰랐다. 그 수첩은 *살아남았다.* 그리고 어떤 생존을 목격한 사람은 자신 또한 생존하리라고 믿기도 한다.

르플뢰르는 수첩 앞표지와 첫 페이지를 조심스레 분리했

다. 속표지에 빽빽하게 적힌 글이 눈에 들어왔다. 파란색 잉크로 흘려쓴 메시지였다.

이 수첩을 발견하시는 분께—
아무도 안 남았어요. 저의 죄를 용서해주세요.
사랑해, 애너벨 드채플—

그 아래는 찢겨나가고 없었다.

바다

~~~~~~

오늘은 구명보트에서 보내는 여드레째 날이야, 애너벨. 난
입술과 어깨에 물집이 잡혔고, 얼굴은 뾰족뾰족 돋은 수염
때문에 간질거려. 이젠 머릿속에 음식 생각이 아주 들러붙
었어. 무슨 생각을 해도 음식 생각이 끼어드는 지경이야. 벌
써부터 내 몸의 뼈를 덮은 살이 얇아진 느낌이 들어. 음식을
못 먹으면 우리 몸은 먼저 자기 지방을 먹어치우고, 그다음
엔 근육을 먹는대. 이대로 시간이 지나면 내 몸은 뇌까지 먹
어치울 거야.

이따금 발이 마비될 때가 있어. 움직이질 않아서 그럴 거
야. 우리가 서로에게 자리를 마련해주려고 비좁게 앉았기

때문이기도 할 테고. 우린 보트의 균형을 유지하려고 이쪽
저쪽으로 움직여. 가끔은 다리를 쭉 펴려고 여럿이서 다리
를 번갈아 겹쳐놓기도 해. 나무 블록 쌓기 게임을 할 때처럼
말이야. 보트 바닥은 늘 축축한데, 그 말은 곧 우리 아랫도리
도 늘 젖은 상태라 물집과 발진이 가실 날이 없다는 뜻이지.
제리가 그러는데 정기적으로 일어서서 돌아다니지 않으면
발진이 더 심해지고 자칫하면 치질까지 생길 수 있대. 하지
만 한꺼번에 일어서면 보트가 뒤집히니까 우린 순서를 정해
서 돌아가며 일어서. 한 사람이 무릎을 대고 기어서 보트 바
닥을 돌고, 다 돌면 다음 사람이 뒤이어 돌고, 그다음 사람이
또 도는 식으로. 교도소 운동장의 운동 시간하고 비슷하게
말이야. 제리는 계속 말을 하고 대화를 나눠야 한다고도 우
리에게 상기시켜 주는데, 그래야 정신이 또렷한 상태를 유
지한대. 쉬운 일은 아니야. 거의 종일 날씨가 무덥거든.

　제리는 갤럭시호에서는 그냥 승객이었지만, 이 구명보트
에서는 든든한 버팀목이야. 젊었을 적에 배를 몰아본 경험
이 있는 데다가, 캘리포니아주 출신이라 바다에서 잔뼈가
굵었거든. 처음에는 무슨 일이 있으면 사람들이 장필리프나
나에게 질문했어. 우리가 요트 승무원이니까. 하지만 장필리
프는 아내를 잃은 슬픔에 빠져서 이제 좀처럼 입을 열지 않

아. 나야 갤럭시호에 오기 전에 탄 배가 딱 한 척뿐인데 그나마도 하급 갑판원이었으니까. 화재 방지 요령이나 기본적인 응급처치는 배워서 알아. 하지만 내가 맡은 일은 주로 청소와 선체 방수 작업, 왁스 칠 같은 거였어. 승객을 응대하는 일도 했고. 지금 상황을 견디는 데 도움이 될 만한 일은 하나도 안 해본 거야.

제리가 계산해봤는데, 마지막 남은 물 한 통은 내일 바닥날 거래. 그게 무슨 뜻인지 우리 모두 알아. 물이 없으면 생존자도 없을 거야. 제리는 구난 가방에 들어 있던 태양광 증류기를 조립하느라 여태 애를 먹었어. 플라스틱으로 된 그 외뿔 모양 장치는 증발한 바닷물이 응결되는 원리를 이용해 담수를 만들어. 제리는 그 장치를 만들어서 줄에 묶어 보트 뒤쪽 수면에 띄워놨어. 하지만 아직은 효과가 없어. 제리 말로는 찢어져서 그렇대. 솔직히, 우린 열 명이나 되는데 그걸로 어떻게 넉넉한 양의 물을 만들어내겠어?

내가 방금 "우리는 열 명"이라고 적었지. 그러고 보니 베르나데트가 어떻게 됐는지 얘기하는 걸 깜박했네. 미안해, 애너벨. 지난 이틀 동안은 차마 글을 쓸 엄두가 안 났어. 충격을 가라앉힐 시간이 필요했으니까.

장필리프에게서 끝내 답을 얻어낸 사람은 라가리 부인이었어. 장필리프는 몇 시간이 지나도록 입을 다문 채 나직이 훌쩍이기만 했지. 주님은 그 곁에 앉아 양손으로 보트의 노를 빙글빙글 돌렸고.

마침내 라가리 부인이 무릎으로 바닥을 짚고 일어났어. 옷은 제리가 준 기다란 분홍색 티셔츠 차림 그대로에, 희끗희끗한 머리를 질끈 동여맨 모습으로. 부인은 키가 작은 사람이었지만, 다른 이들에게 경외심을 불러일으켰어. 그런 부인이 단호한 어조로 이렇게 말한 거야.

"미스터 장필리프. 당신이 몹시 슬픈 것, 나도 알아요. 하지만 베르나데트가 어떻게 됐는지는 가르쳐줘야죠. 우리 사이에 비밀이 있으면 안 되잖아요. 이 남자가 베르나데트를 되살린 후에……." 부인이 주님을 가리켰어. "혹시 또 무슨 짓을 했나요?"

"주님은 해가 될 일은 아무것도 안 하셨어요, 라가리 부인. 베르나데트는 죽었어요." 장필리프는 나직이 중얼거렸어.

몇 명이 헉하는 소리를 내더군.

"하지만 의식을 회복했잖아요." 네빈이 말했어.

"괜찮아 보이던데요." 나도 한마디 보탰고.

"저 사람이 치료한 줄 알았어요." 니나가 말했어.

"잠깐만. 내가 저 사람한테 당신이 병을 고쳐줬냐고 물었을 때, 저 사람은 아니라고 했어요." 야니스가 끼어들더군. 야니스는 그렇게 말하고는 주님 쪽을 돌아봤어. "하지만 베르나데트가 괜찮을 거라는 말은 했죠."

"실제로 괜찮아졌어요." 주님이 대꾸했어.

"사라져버렸잖아요."

"더 좋은 곳으로 간 거예요."

"망할 놈이 잘난 척하기는. 너 대체 *무슨 짓*을 한 거야?" 램버트였어.

"그러지 마세요, 제발요." 장필리프가 나직이 말했어. 두 손에 얼굴을 묻은 채로. "베르나데트가 말했어요. 지금은 하느님을 믿어야 할 때라고요. 그래서 이렇게 대답했어요. '그래, *셰리*, 그렇게 할게.' 그랬더니 베르나데트가 빙그레 웃고는, 눈을 감았어요." 그는 떨리는 목소리로 말을 이었어. "그렇게 예쁘게 웃는 사람이 또 있을까요?"

라가리 부인은 장필리프 쪽으로 몸을 기울였어. "그걸 본 사람이 당신 말고 또 있나요?"

"앨리스가 봤어요. 가여운 애죠. 전 그 애한테 베르나데트가 잠들었다고 얘기했어요. 그냥 자는 거라고요. 예쁘게……

웃으면서 자는 거라고."

장필리프는 울음을 터뜨렸어. 다른 사람들도 대부분 울었어. 꼭 베르나데트가 불쌍해서만이 아니라, 스스로가 불쌍해서. 보이지 않는 방패가 부서졌거든. 죽음이 처음으로 우리 사이를 비집고 쳐들어온 거야.

"시체는 어딨지?" 램버트가 물었어.

난 램버트가 왜 그걸 물어보는지 이해가 가질 않았어. 답은 보나 마나 뻔했으니까.

"주님께서 베르나데트의 영혼은 이미 다른 곳으로 떠났다고 하셨어요." 장필리프는 갈라진 목소리로 중얼거렸어.

"잠깐만. 저 인간이 자네 아내를 배 밖으로 던지라고 했단 말이야? 자네 아내를, 자네 손으로?"

"그만해요, 제이슨!" 라가리 부인이 고함을 질렀어.

"베르나데트를 바다에 버렸단 말이야?"

"닥쳐요, 제이슨!" 야니스도 쏘아붙였어.

램버트는 히죽히죽 웃으며 자리에 앉았어. "거 대단한 신이로군." 그러고는 껄껄 웃었어.

.·.

오늘 저녁 해질 무렵, 우리 일행 가운데 한 무리가 그늘막 바깥에 앉아 있었어. 어둠은 두려움을 불러일으키지. 그런데 한편으로는 우리를 더없이 가깝게 단합시키기도 해. 꼭 우리가 눈에 보이지 않는 침략자 앞에 옹기종기 모여 있기라도 한 것처럼 말이야. 오늘 밤, 우리는 베르나데트의 빈자리 때문에 전보다 더 예민해진 것 같아. 몹시도 긴 시간이 흐르는 동안 누구도 입 한 번 뻥긋하지 않았어.

그러다가 난데없이 야니스가 노래를 부르기 시작했어.

존비John B호의 돛을 올리자

보라, 큰 돛이 펼쳐지는 모습을……(서인도제도 바하마에 전해지는 민요 〈요트 존비호〉의 노랫말이다. 1960년대 미국의 인기 밴드 비치보이스가 편곡해 발표하면서 전 세계에 널리 알려졌다-옮긴이)

야니스는 노래를 멈추고 주위를 둘러봤어. 다들 눈길을 주고받을 뿐 아무 말도 않더군. 니나는 야니스에게 힘없는 웃음으로 화답했고. 야니스는 그걸 보고 입을 다물어버렸어. 그 친구 목소리가 음이 높고 불안정해서, 어차피 오래 듣고 싶지도 않았어.

그런데 그때 네빈이 바닥을 짚고 몸을 일으키더군. 그러고는 기침을 한 번 하고 나서 이렇게 말했어.

"노래를 부를 거면 제대로 불러, 이 친구야."

네빈은 고개를 치켜들었어. 볼록한 목울대가 눈에 띄었어. 네빈은 목을 가다듬고 노래를 부르기 시작했어.

존비호의 돛을 올리자
보라, 큰 돛이 펼쳐지는 모습을……

그다음은 라가리 부인이 이어받았어.

선장에게 말해야지, 배를 부두에 대라고
나를 집에 보내달라고……

다른 사람들도 덩달아 노래를 흥얼거리기 시작했어.

나를 집에 보내줘,
이제 집에 가고 싶어,
지칠 대로 지친 몸, 이제 집에 가고 싶어

"미친 몸이야." 네빈이 끼어들었어. "지친 몸이 아니라."

"지친 몸이 맞아요." 야니스가 말했어.

"원래 가사는 달라."

"애초에 '미친 몸'이라는 게 말이 돼?" 램버트였어.

"지친 몸이 맞아요!" 라가리 부인이 단언했지. "자, 이제 다시 불러봅시다."

그렇게 우리는 노래를 불렀어. 서너 번쯤 되풀이해서.

나를 집에 보내줘, 나를 집에 보내줘,

이제 집에 가고 싶어, 정말로, 정말로……

가사를 아는 것 같지는 않았지만, 주님도 우리와 함께 노래했어. 꼬마 앨리스는 생전 처음 보는 광경인 것처럼 가만히 구경하더군. 우리 노랫소리는 밤바다의 공허한 하늘로 사라져갔고, 그 순간 이 지구상에 남은 사람이 우리밖에 없다고 누군가 말했다면, 난 그 말을 믿었을 거야.

뉴스

앵커   세계 곳곳의 여러 가정이 사랑하는 가족을 잃고 추모 식을 치르고 있습니다. 저희 방송국도 지난달 갤럭시 호 침몰 사고로 세상을 떠난 분들을 기리는 연속 추 모 보도를 시작합니다. 오늘 밤에는 처절한 가난을 극복하고 한 업계의 왕좌에 오른 놀라운 여성의 사연 을 타일러 브루어 기자가 소개합니다.

기자   고맙습니다, 짐. 라사 라가리는 인도 콜카타의 빈민 가인 바산티에서 태어났습니다. 어린 시절에는 나무 와 함석판으로 지은 비좁은 판잣집에서 살았다고 하 는데요. 그 집에는 전기도 들어오지 않고 수돗물도 나오지 않았습니다. 식사는 하루에 한 끼만 먹었다고 합니다.

그러다가 부모님이 사이클론에 휩쓸려 사망하자 친척이 라가리를 데려가 기숙학교에 보냈습니다. 화학 성적이 우수했던 라가리는 졸업 후에 의대에 진학하고 싶었지만, 라가리 같은 출신 배경의 여성이 받을 만한 장학금은 전혀 없었습니다. 그래서 의대 진학을 포기하고 정육 공장에서 2년간 일하며 호주로 떠날 경비를 모았고, 그곳에서 화장품 제조업체에 취직했습니다.

풍부한 화학 관련 배경지식과 지칠 줄 모르는 근면성 덕분에 라가리는 제품 검사원에서 시작해 호주에서 가장 큰 화장품 회사인 토블러의 개발 부문 책임자로 성장했습니다. 1989년 라가리는 토블러를 그만두고 인도에 자기 회사를 세웠는데요. 그 회사는 이후 세계 20대 화장품 회사 가운데 한 곳으로 성장했고, 지금은 '스매커스'라는 립스틱 브랜드로 인기를 끌고 있습니다.

흥미롭게도 라사 라가리 본인은 화장을 거의 하지 않았습니다. 우아하고 냉철한 사업가로 알려진 라가리는 이동통신 분야에서 부자가 된 데브 바트와 결혼해 아들 둘을 낳아 길렀습니다.

바트 "라사는 우리 가족의 주춧돌이었어요. 일에는 더없이 엄격했지만, 아이들에게는 다정하고 자상했지요. 언제나 아이들을 위해, 또 저를 위해 시간을 내줬고요. 라사가 말하길, 우리 가족은 자신이 어렸을 때 잃은 식구들 대신 받은 선물이라고 했어요."

기자 제이슨 램버트의 요트에 초대받아, 비극으로 끝난 '위대한 아이디어' 항해에 참여했을 때, 라사 라가리는 일흔한 살이었습니다. 라가리는 비탄에 빠진 가족과 《포천》이 선정한 500대 기업 중 한 회사, 콜카타에 설립한 여성교육센터 등을 남기고 떠났습니다. 어느 인터뷰에서 라가리는 학교 교육을 통틀어 지금까지 배운 교훈 중에 가장 중요했던 교훈은, 바산티 빈민가에서 태어나 여섯 살이 될 때까지 배운 것이라고 말한 적이 있습니다. 그 교훈이 뭐냐는 질문에 라가리는 이렇게 대답했습니다. "일단 내일까지 살아남아야 한다는 거예요."

바다

~~~~~~

표류 아흐레째야, 애너벨. 날은 저물었고 난 너무 피곤해. 오늘 두 번이나 당신에게 편지를 쓰려고 했지만 그러지 못했어. 아침에 받은 충격이 아직도 가시질 않았거든. 우리 보트에 또 죽음이 닥쳤어.

내가 보트 뒤쪽에서 쉬고 있을 때, 제리가 무릎으로 기어서 나에게 왔어. 그러고는 이렇게 말했어. "벤지, 마침 당신한테 수첩이 있으니까, 그걸로 물품 목록을 만들어보면 어떨까요? 배급을 꼼꼼히 관리해야 하니까요."

나는 알겠다는 뜻으로 고개를 끄덕였어. 그러고는 돌아서서 모두에게 지금 가진 걸 죄다 꺼내 보트 한복판에 모아놓으라고 했어. 곧이어 우리 눈앞에 펼쳐진 물자 현황은, 보잘 것 없었어.

물은 고작 깡통 반 개 분량밖에 남지 않았어.

식량은 구난 가방에 있던 단백질 바 세 개와 갤럭시호가 침몰한 날 밤에 바다에서 건진 과자 네 봉지, 시리얼 두 상 자, 사과 세 개, 그리고 제리가 배에서 뛰어내리기 전에 배낭 에 챙겨 넣은 땅콩버터 크래커 한 상자의 부스러기가 전부 였어.

생존 용품으로는 역시 구난 가방에 들어 있던 노 두 개와 손전등, 구명줄, 칼, 튜브에 바람을 넣는 조그만 펌프, 물을 퍼낼 때 쓰는 바가지, 신호탄 발사기, 신호탄 세 개, 쌍안경, 보트 구멍 때우는 땜질 도구 세트가 있었어. 그리고 멀미약 도 한 알 있었고. 약은 처음 이틀 동안 다 먹어치우는 바람 에 그것만 남은 거야.

여기에 추가로 제리의 배낭에서 나온 구급상자와 작은 튜 브형 알로에 로션, 티셔츠와 반바지 몇 장, 가위, 선글라스, 조그만 휴대용 선풍기, 헐렁한 모자가 있었어.

마지막으로 파도 속에서 건진 쟁반, 테니스공, 방석, 요가 매트, 플라스틱 상자에 든 펜과 노트(덕분에 지금 이 편지를 쓰 고 있는 거야), 자동차 잡지 한 권. 그 잡지는 여러 번 물에 젖었다 말랐다 했지만, 여기에서 그걸 안 읽은 사람은 거의 없어. 읽고 있으면 우리가 떠나온 세상이 눈앞에 떠오르니까.

가라앉는 배에서 탈출할 당시에 입었던 옷도 있었어. 긴 바지와 버튼다운칼라 셔츠, 라가리 부인의 파란색 드레스 같은 옷 말이야. 어쩌면 나중에 그 옷의 천이 쓸모가 있을지도 몰라.

내가 수첩에 물품을 기록하는 동안 아무도 별말 하지 않았어. 남은 식량과 물로 오래 버틸 수 없다는 사실은 다들 알았으니까. 우린 물고기를 잡으려고도 해봤어. 노를 들고 후려치기도 해봤고 보트 뱃전으로 몸을 내밀어 손으로 붙잡아보기도 했어. 온갖 방법을 시도했지. 하지만 낚싯바늘이 없는 이상 성공할 가망은 희박해. 구난 가방에 왜 낚싯바늘이 안 들어 있는지 모르겠어. 제리가 그러는데 구난 가방의 내용물은 가방을 싸는 사람이 누구냐에 따라 달라진대.

물품을 유심히 살펴보던 램버트가 불쑥 이렇게 내뱉었어. "내가 작년에 펀드를 굴려서 번 돈이 얼마인지 알아?"

아무도 대답하지 않았어. 아무도 신경 쓰지 않았고.

"80억 달러야." 램버트는 아랑곳하지 않고 말했어.

"지금 그 돈이 뭐가 중요한데요?" 니나가 묻더군.

"지금 제일 중요한 게 바로 그 돈이야." 램버트가 말했어.

"사람들이 수색 작업을 멈추지 않을 이유가 바로 그 돈이니까. 갤럭시호를 파괴한 범인이 누군지 끝내 밝혀내는 것도 내 돈 더분일 테고. 내 남은 평생이 걸린다고 해도 내게 이런 짓을 한 짐승 같은 놈을 끝까지 추적해서 붙잡을 거야."

"도대체 무슨 소릴 하는 거예요, 제이슨? 그 배가 어떻게 된 건지는 아무도 모르잖아요."라가리 부인이 말했어.

"*나*는 알아요!" 램버트가 꽥 소리를 질렀어. "그 요트는 최고급이었어요. 사소한 부분 하나하나까지 꼼꼼하게 관리했다고요. 그런 배가 저절로 가라앉을 리가 없어요. 누군가 고의로 파괴한 거예요!"

램버트는 머리를 긁적이더니 자기 손끝을 가만히 내려다봤어. "어쩌면 나를 죽이려고 그랬는지도 모르지." 램버트가 중얼거렸어. "그래, 어떠냐, 이 피라미 자식들아. 난 이렇게 멀쩡히 살아 있다."

그러고는 내 쪽을 돌아봤어. 난 램버트의 눈길을 피했어. 도비가 생각나더군. 도비와 내가 램버트 그 인간을 얼마나 싫어했는지도 생각났고.

램버트는 빙그레 웃는 주님 쪽으로 눈을 돌렸어.

"이 정신 나간 인간아, 뭐가 신나서 실실 쪼개?"

주님은 말이 없었어.

"혹시 몰라서 말해두는 건데, 만약 당신이 진짜 하느님이라면, 난 당신한테 와달라고 한 적 없어. 단 한 번도. 물속에서 허우적거릴 때조차도."

"그래도 저는 계속 듣고 있습니다." 주님이 말했어.

"그만 좀 떠들어요, 제이슨!" 니나가 쏘아붙였어.

램버트는 그런 니나를 향해 눈을 부라렸지. "당신은 어떻게 내 요트에 탄 거야? 뭐 하는 사람인데?"

"난 승객들의 머리를 손질하는 미용사예요."

"아, 그래. 그리고 거기, 장필리프, 당신은 요리사지?"

장필리프는 고개를 끄덕였어.

"그리고 거기, 필기 담당, 벤지. 난 자네한테 무슨 일을 시키고 월급을 주는지 기억이 안 나는데, 어떻게 된 일이지?"

나를 빤히 보는 램버트의 눈길이 느껴졌어. 내 가슴속에서 뭔가 울컥하더군. 난 갤릭시호에서 다섯 달을 일했어. 그런데도 램버트는 내가 누군지 까맣게 몰랐던 거야. 하지만 난 그를 잘 알았어.

"전 갑판원이었습니다." 내가 말했어.

램버트는 불만스러운 듯이 끙 소리를 내더군. "갑판원에, 미용사에, 요리사라. 지금 이 판국에 퍽이나 도움이 되는 인재들이구먼."

"그만 좀 해요, 제이슨." 제리가 말했어. "벤지, 물품 목록은 다 작성했어요?"

"거의 다 했어요." 내가 대답했어.

"이 말은 지금 꼭 해둬야겠어요." 니나가 내뱉듯이 한 말이야. "혹시라도 여기서 뭔가 안 좋은 일이 생기면." 니나의 손가락이 램버트를 가리켰어. "다 저 사람 때문이에요!"

"어련하시겠어. 다 내 잘못이겠지. 그런데 이걸 어쩌나. 봐, 아무 일도 안 일어나잖아. 허허, 이거 참." 램버트가 대꾸했어.

바로 그때, 주님이 보트 뱃전 너머로 손을 내미는 모습이 내 눈에 들어왔어. 왠지 이상하다는 생각이 들더군.

잠시 후, 보트 바닥에서 짧게 쿵 하는 충격이 느껴졌어. 뭔가 보트 바닥을 뚫고 올라오려는 것처럼.

"상어예요!" 제리가 외쳤어.

그 말이 무슨 뜻인지 우리가 미처 깨닫기도 전에 보트 바닥이 다시 쿵 하고 울렸어. 그러더니 보트가 느닷없이 앞으로 휙 움직였고, 그 바람에 우리는 다 같이 바닥으로 쓰러지고 말았어. 보트는 몇 초 후에 멈춰서 왼쪽으로 빙그르르 도는가 싶더니, 또다시 앞으로 휙 튀어 나갔어.

"상어 떼가 보트를 끌고 가려고 해요! 꽉 잡아요!" 제리가 소리쳤어.

우리 모두 구명줄을 꽉 붙잡았어. 보트는 앞으로 휙 튀어나갔고. 그러다가 보트 앞쪽 절반이 위로 슥 올라가더니, 거대한 물고기의 회백색 살가죽이 보였어. 꼭 그 물고기가 우리 보트를 뒤집어엎을 것 같았어. 제리와 네빈과 장필리프는 앞으로 넘어졌고, 모아놓은 물품들은 뿔뿔이 흩어져서 몇몇은 바다에 빠지고 말았어.

"물건들 챙겨!" 램버트가 외쳤어.

나는 신호탄 발사기와 바가지를 붙잡았는데, 그 와중에 라가리 부인이 일어서서 쌍안경을 건지려고 하는 게 눈에 띄었어. 쌍안경이 부인의 파란색 드레스와 엉킨 채 바다로 떨어졌거든. 그 순간 보트가 심하게 출렁이는 바람에 부인은 균형을 잃고 비틀거렸고, 뱃전 너머로 나자빠지고 말았어.

"안 돼! 부인을 끌어올려요!" 니나가 외쳤어.

내가 뱃전으로 허둥지둥 달려가 손을 뻗었지만, 라가리 부인은 내 손이 닿을락 말락 하는 곳에서 정신없이 팔을 허우적대며 물을 뱉어냈어. 너무 놀라서 소리도 못 지르는 것 같았어.

"가만있어요! 우리가 구하러 갈게요! 움직이면 안 돼요!" 제리가 외쳤어. 그러고는 노를 집어 들고 물을 저어서 라가리 부인 쪽으로 다가갔어. 그러는 동안에도 부인은 수면 위로 계속 팔을 허우적댔고. "부인을 당장 잡아요, 벤지!"

난 팔을 쭉 뻗은 채로 몸을 앞으로 숙였어. 하지만 내 손이 미처 닿기 전에 라가리 부인은 물보라와 함께 사라져버렸어. 꼭 무슨 미사일이 날아와 부인을 맞힌 것처럼. 난 겁에 질려 뒤로 벌렁 자빠지고 말았어. 지금도 그 광경이 머릿속에서 떨쳐지지 않아, 애너벨. 라가리 부인이 그냥 옆으로 휙 날아가서는, 그대로 사라져버렸어.

"부인은 어디 있어요?" 니나가 외치는 소리가 들렸어.

제리는 정신없이 이쪽저쪽을 돌아봤어. "아아, 안 돼, 안 돼, 안 돼……."

수면 위로 번지는 붉은 피가 우리 눈에 들어왔어.

그 후로 우린 라가리 부인을 두 번 다시 보지 못했어.

나는 보트 바닥에 주저앉아 숨을 헐떡였어. 숨을 쉴 수가 없었어. 몸을 움직일 수도 없었고. 그러다 꼬마 앨리스를 품에 안은 주님의 모습이 언뜻 눈에 띄더군. 그 사람이 내 쪽을 향해 몸을 틀었어. 마치 나를 똑바로 꿰뚫어보는 것처럼.

제4장

육지

르플뢰르는 허리춤에 찔러넣은 비닐봉지가 롬의 눈에 띄지 않게 하려고 몸을 옆으로 살짝 튼 자세로 지프차를 운전했다. 그렇다고 롬이 딱히 관심을 보인 것은 아니었다. 그는 열린 유리창 너머 바깥을 멍하니 내다볼 뿐이었다. 산들바람이 구불구불한 머리카락을 흐트러뜨려도 아랑곳하지 않고.

르플뢰르는 수첩 맨 앞에 적힌 몇 줄밖에 읽지 못했다. 다음 쪽으로 넘기려고 했는데 종이가 손끝에서 찢어졌다. 종이가 더 심하게 손상될까 두려웠던 그는 수첩을 다시 비닐봉지에 넣었다. 하지만 봐야 할 것은 충분히 봤다. 전문가들의 의견은 틀렸다. 침몰한 갤럭시호에서 살아남은 승객들이

있었던 것이다. 지금 당장은 그 사실을 아는 사람이 르플뢰르 한 명뿐이었다.

고무보트는 순찰용 지프차에 싣기에는 너무 컸기 때문에 바닷가에 그대로 두었다. 르플뢰르는 몬트세랫 방위군에 병사 두 명을 보내달라고 요청했고, 이들에게 자신이 트럭을 몰고 올 이튿날까지 보트를 지키도록 했다. 방위군 병사들은 대부분 자원봉사자였다. 르플뢰르는 그들이 정신을 바짝 차리고 임무를 수행해주기를 바랄 뿐이었다.

"저 앞에서 차를 세울 겁니다. 먹을 것 좀 사려고요. 그래도 되죠?" 르플뢰르가 말했다.

"그럼요, 경감님." 롬이 대답했다.

"출출하실 것 같은데요. 안 그런가요?"

"그렇습니다, 경감님."

"저기, 너무 그렇게 격식 차리지 않으셔도 돼요, 아셨죠? 선생님은 지금 조사받는 중이 아니니까요."

그 말에 롬은 르플뢰르 쪽을 돌아봤다.

"지금은 조사 중이 아닌가요?"

"아니에요. 선생님은 그냥 구명보트만 찾았잖아요. 거기다 무슨 짓을 한 것도 아니고요."

롬이 다시 고개를 돌렸다.

"아니죠?"르플뢰르가 물었다.

"예, 경감님."

참 별난 사람이라고 르플뢰르는 속으로 생각했다. 북쪽 해안에는 롬과 비슷한 남자들, 그러니까 마른 체격에 옷차림이 허름하고 어떤 경우에도 결코 서두르지 않는 떠돌이들이 많이 모여드는 것 같았다. 그들은 담배를 뻑뻑 피워댔고 자전거를 타거나 기타를 메고 다녔다. 르플뢰르는 그런 사람들을 보며 길 잃은 영혼들 같다고, 그런데 어째선지 몬트세랫에 머물 자리를 찾은 것 같다고 자주 생각했다. 어쩌면 이섬 자체가 절반 정도는 화산재에 파묻혀 길을 찾을 수 없는 상태이기 때문인지도 몰랐다.

그들은 작은 모텔에 딸린 노천 식당 앞에 차를 댔다. 르플뢰르는 바깥쪽 테이블을 가리키며 롬에게 가서 자리를 잡아 두라고 말했다.

"화장실 좀 다녀올게요. 편하게 주문하세요."

모텔 안으로 들어선 르플뢰르는 접수대에 놓인 종을 울렸다. 뒤쪽 사무실에서 검은 머리를 이마 위로 빗어넘긴 중년 여자가 나왔다.

"어서 오세요."

"저기요."르플뢰르는 목소리를 나직이 깔고 말했다."방을 딱 한 시간 정도만 빌리려고 하는데요."

여자는 주위를 두리번거렸다.

"혼자예요." 르플뢰르는 답답하다는 듯 한숨을 쉬었다.

여자는 숙박객 명부를 내밀었다.

"작성해주세요." 여자의 목소리는 심드렁했다.

"현금으로 계산할게요."

그 말에 여자는 명부를 옆으로 치웠다.

"그리고, 종이 타월 좀 얻을 수 있을까요?"

잠시 후, 르플뢰르는 더블베드와 책상, 램프, 발 없는 선풍기, 잡지가 몇 권 쌓인 소형 냉장고가 있는 소박한 방으로 안내받았다. 그는 곧장 욕실로 들어가 욕조에 물을 받은 다음, 비닐봉지에서 수첩을 꺼냈다. 그러고는 수첩을 욕조에 담긴 물에 살며시, 딱 한 번 담갔다가 뺐다. 이물질을 제거하고 종이끼리 들러붙게 하는 소금기를 없애기 위해서였다. 그런 다음 속지 사이사이에 종이 타월을 끼우고 꾹 눌렀다. 몇 분 후, 그는 수첩 표지와 속지를 무사히 분리하고 맨 앞 페이지에 적힌 글을 다시 읽었다.

물에서 건져내고 보니, 남자의 몸에는 긁힌 자국 하나 없었어. 내가 맨 먼저 알아차린 특징이 바로 그거야. 나를 비롯한 다른 사람들은 모두 베이고 멍들어서 상처투성이였는데, 남자의 아몬드 같은 갈색 피부는 흠 없이 매끈했어.

이 남자는 누굴까? 르플뢰르는 궁금했다. 손목시계를 흘깃 보니 롬이 한참 기다렸으리라는 생각이 퍼뜩 들었다. 그가 가장 바라지 않는 사태가 바로 롬이 의심을 품는 것이었다.

르플뢰르는 수첩을 책상 위에 세로로 세워놓고 속지가 빨리 마르도록 선풍기를 틀었다. 이윽고 허겁지겁 객실을 나선 다음, 방문을 잠갔다.

식당에 도착한 르플뢰르는 구석 테이블에 앉은 롬을 발견했다. 롬 앞에는 얼음물 한 잔이 놓여 있었다.

"원하시던 건 제대로 찾으셨나요, 경감님?"

르플뢰르는 침을 삼켰다. "뭐라고요?"

"화장실 말이에요."

"아, 예. 찾았어요."

르플뢰르는 메뉴판을 집었다. "이제 먹어볼까요."

바다

~~~~~~

지금은 새벽이야, 애너벨. 밤새 한숨도 못 잤어. 당신에게 편
지를 쓰고 싶어서 날이 밝기를 기다렸거든. 라가리 부인의
죽음이 머릿속에서 사라지질 않는데, 내 곁엔 그 일에 관해
이야기할 사람이 아무도 없어. 내가 당신에게 하는 것처럼
이야기할 사람 말이야.

　난 어떤 기억에 관해 쭉 생각했어. 이제는 그 기억이 머릿
속에 생생하게 떠올라. 며칠 전, 까무룩 잠들었다가 눈을 떠
보니 라가리 부인이 손빗으로 꼬마 앨리스의 머리를 빗어주
고 있었어. 부인은 느긋하고 부드럽게 머리를 빗질했고, 앨
리스는 사람의 손길이 닿아서 즐거운 듯했어. 그 할머니는

어린 여자애의 앞머리를 똑바로 폈어. 침을 바른 손가락 끝으로 아이 눈썹을 슥 훑어 정리했고. 그러고는 마지막으로 '다 됐어'라고 말하듯이 아이 어깨를 다독였어. 앨리스는 부인을 끌어안고 몸을 기댔어.

그랬던 라가리 부인이 사라져버렸어. 이제 고무보트에 남은 사람은 아홉 명이야. 이 편지를 쓰는 지금도 난 믿을 수가 없어. 우리한테 도대체 무슨 일이 일어나는 걸까?

⁘

그러고 보니 갤럭시호가 침몰한 밤에 라가리 부인이나 앨리스를 비롯한 다른 일행들이 어떻게 이 구명보트에 탔는지 여기에 아직 적질 않았네. 솔직히 말하면, 나도 잘 기억이 안나. 나 혼자 힘으로 이 보트에 올라타느라 하도 기진맥진한 탓에 기절했던 것 같아. 정신이 들었을 때 나는 똑바로 누워 있었고, 누군가 내 뺨을 툭툭 치는 느낌이 들었어. 초점을 잡으려고 눈을 깜박거리다 보니까, 머리가 짧은 여자가 나를 빤히 내려다보고 있었어.

"시앵커(선박이 악천후와 파도에 뒤집히지 않도록 물속에 펼치는 낙하산 모양의 항해 도구-옮긴이)를 내렸어요?" 제리가 내게 물었어.

초현실적인 느낌이었어. 그 질문도, 눈앞의 광경도, 제리의 얼굴도, 그리고 희끄무레한 달빛을 받아 어렴풋이 보이던, 제리 뒤편에 있던 사람들의 얼굴도. 승무원인 장필리프와 니나의 얼굴은 곧바로 눈에 띄었어. 다른 사람들은 물에 빠진 생쥐 같은 몰골을 한 데다 겁에 질린 표정이라서 누가 누군지 분간이 안 가더군. 나는 입을 헤 벌린 채 꿈속의 풍경을 보는 사람처럼 주위를 두리번거렸어.

"시앵커를 내렸냐니까요?" 제리가 다시 물었어.

내가 아니라는 뜻으로 고개를 가로젓자 제리는 재빨리 다른 곳으로 가버렸어. 다른 사람들에게 부축을 받아서 일어나 앉았는데, 그러는 동안 구난 가방을 샅샅이 뒤지는 제리의 모습이 눈에 띄더군. 난 그제야 보트에 탄 우리 일행이 여덟 명인 걸 알아차렸어. 야니스, 네빈, 라가리 부인, 니나, 제리, 장필리프, 머리에 붕대를 감고 그늘막 아래 누워 있던 베르나데트, 그리고 나.

제리는 시앵커를, 그러니까 노란색 천으로 만든 조그만 낙하산 두 개를 찾아서 바다에 던진 다음, 구명보트에 달린 쇠고리에 낙하산 줄을 묶었어.

"이렇게 하면 보트의 속력이 느려져서 구조대가 우릴 발견할 거예요." 제리가 말했어. "이미 한참 표류하긴 했지만요."

그때 니나는 엉엉 울고 있었어. "우리가 여기 있는 걸 누가 알기는 할까요?"

"요트가 틀림없이 구난 신호를 보냈을 거예요. 우린 그냥 기다리기만 하면 돼요."

"기다리다니, 뭘요?" 라가리 부인이 제리에게 물었어.

"비행기나 헬리콥터, 아니면 다른 보트겠죠. 다들 정신을 바짝 차리고 있다가, 혹시 뭔가 눈에 띄면 신호탄을 쏘세요."

제리는 사람들에게 찬물을 머금은 옷을 벗으라고 하고는, 배에서 뛰어내리기 전에 챙긴 자기 배낭에서 커다란 분홍색 티셔츠를 꺼내 라가리 부인에게 건넸어. 라가리 부인이 니나에게 드레스 등 쪽 지퍼를 열어달라고 부탁하고 우리에게 잠깐 뒤로 돌아달라고 한 다음, 드레스를 벗느라 낑낑댔던 기억이 나. 사람들은 그렇게 구명보트에서도 체면을 지켰어. 폭발은 디너파티 도중에 일어났기 때문에, 우리는 대부분 드레스나 턱시도 차림이었어. 그런데 그렇게 차려입은 옷이 물에 흠뻑 젖고 찢어져서는 고무보트에 옹기종기 모여 앉아 있으려니, 자연이 우리 인간의 계획을 얼마나 하찮게 여기는지 뼈저리게 느껴졌어.

그 후로 우리는 입을 거의 열지 않고 하늘만 올려다봤어. 혹시라도 우리 쪽으로 날아오는 비행기가 있을까 싶어서 말이야. 자는 사람은 한 명도 없었어. 몇몇은 기도를 했고. 그러다 하늘이 차츰 밝아올 무렵, 우린 바다에 떠 있는 다른 사람을 발견했어. 제리가 구난 가방에서 손전등을 찾았는데, 우린한 명씩 돌아가면서 그 손전등을 항로 표시등처럼 흔들었어. 새벽 다섯 시경, 멀리서 누가 외치는 소리가 들리더군.

"저쪽이에요." 제리가 손으로 어딘가 가리키며 말했어. "우리 오른쪽으로 약 20도 방향."

저 앞쪽 바다에, 손전등이 비춘 불빛 속에, 웬 남자가 큼지막한 덩어리에 매달린 채 둥둥 떠 있었어. 보트가 그쪽으로 가까이 다가가는 사이에 나는 그 덩어리가 갤럭시호의 유리섬유 선체라는 걸, 그리고 거기 매달린 남자는 그 배 소유주인 제이슨 램버트라는 걸 알아차렸어.

나는 뒤로 벌렁 나자빠져서 숨을 고르려고 애썼어. *저 인간은 안 돼!* 사람들은 램버트의 뚱뚱한 몸뚱이를 보트 위로 끌어올리려고 안간힘을 썼고, 그러는 동안 램버트는 목구멍 깊숙한 곳에서 나오는 듯한 으르렁거리는 신음을 냈어.

"제이슨이잖아!" 라가리 부인이 외쳤어.

램버트는 옆으로 구르며 토했고.

제리는 아침 해가 떠오르면서 점점 더 또렷해지는 수평선 쪽을 돌아봤어. "모두 바다를 유심히 보세요! 혹시 다른 생존자가 있으면 지금이 구조할 절호의 기회니까요!"

제리가 그 말을 하는 순간, 난 머릿속에서 종이 울리는 것만 같았어. *다른 생존자가 있으면? 그럼 우리가 생존자란 말이야? 우리뿐이라고?* 안 될 말이었어. 난 받아들일 수 없었어. 생존자가 더 있어야만 했어. 다른 구명보트를 탄 사람들이. 이 거친 바다 위 어딘가 다른 곳에. 난 도비 생각이 났어. *도비는 어떻게 됐을까? 어디로 갔을까? 이 재앙은 정말 도비 때문에 닥친 걸까?*

제리는 배낭에서 쌍안경을 꺼냈어. 우린 보트 곳곳으로 흩어져서 자리를 잡은 다음 혹시 있을지 모르는 생존자를 찾으려고 쌍안경을 돌려가며 사용했어. 이윽고 내 차례가 왔어. 쌍안경 렌즈 너머로 보니까 처음에는 잔물결 하나하나가 다 살아 있는 생물 같더군. 파도 사이로 돌고래가, 아니면 무슨 기계의 잔해 같은 게 번득인 것 같았어. 그런데 다음 순간에 뭔가 빨간 점 같은 게 보였는데, 빨간색은 바다와 혼동할 만한 색이 절대 아니잖아.

"누군가 보이는 것 같아요!" 내가 외쳤어.

제리는 쌍안경을 들고 그 점의 정체를 확인했어. 그러고는 주머니에서 축축하게 젖은 종이를 꺼내 귀퉁이를 조그맣게 찢어서 바다에 던지더니, 몸을 숙이고 그 종잇조각을 가만히 관찰했어.

"뭐 하는 거예요?" 라가리 부인이 묻더군.

"해류를 보는 거예요. 종이가 보트 쪽으로 되돌아오는 게 보이죠? 저 멀리 있는 게 뭐든 간에 우리가 여기 가만히 있으면 우리 쪽으로 올 거예요."

제리는 보트가 떠내려가지 않도록 손으로 노를 저으라고 했어. 내가 지켜보는 동안, 그 빨간 물체는 점점 더 우리 쪽으로 다가왔어. 한참 후에 야니스가, 그때는 그 사람이 쌍안경을 들고 있었는데, 이렇게 외치더군.

"하느님 맙소사……. *어린애예요!*"

우리는 노 젓기를 멈추고 그쪽을 바라봤어. 밝아오는 햇빛 속에, 여덟 살쯤으로 보이는 조그만 여자애가, 일광욕 의자에 매달린 채 둥둥 떠 있는 거야. 옷은 빨간 드레스 차림이었고 연갈색 머리카락은 흠뻑 젖어서 머리에 들러붙어 있었어. 눈은 떴지만 표정은 텅 빈 것처럼 멍했어. 마치 뭔가 시작하기를 차분하게 기다리는 사람 같더군. 난 그 애가 충격을 받은 거라고 짐작했어.

"얘! 너 괜찮니?" 우리가 외쳤어. "애야!"

그 순간 풍덩! 소리와 함께 제리가 바다로 뛰어들었어. 그러고는 일광욕 의자까지 단숨에 헤엄쳐 갔어. 여자애한테 양팔로 자기 목을 끌어안게 한 다음, 헤엄쳐서 보트로 다시 돌아왔어.

우린 그렇게 앨리스를 발견한 거야.

그 후로 지금껏 말을 한마디도 하지 않은 그 애를.

해가 지고 하늘이 호박색으로 물들어갈 무렵, 제리가 일어서서 모두에게 말했어.

"다들 주목해주세요. 라가리 부인에게 일어난 일이 끔찍했다는 건 나도 알아요. 하지만 우린 마음을 다잡아야 해요. 지금은 살아남는 일에만 집중할 때예요."

나는 주님 쪽으로 눈을 돌렸어. 난 그 사람이 물속에 손을 담갔던 일이나 묘한 표정으로 나를 바라본 일을 아무에게도 말하지 않았어. 내가 엉뚱한 상상을 하는 걸까? 아니면 그 남자가 우리를 공격한 상어 떼와 어떤 식으로든 관련이 있을까? 대체 어떤 하느님이 그런 짓을 할까?

장필리프는 남은 물품을 한곳에 모았어. 쌍안경과 선글라스, 그리고 식량 가운데 일부가 사라졌는데, 가장 아쉬운 건 역시 식량이었지. 시앵커도 사라지고 없었어. 보트는 상어 떼가 바닥을 찢어놓아서 비스듬히 기울었고, 자꾸만 물이 솟아올랐어. 누군가 한 명은 쉬지 않고 물을 퍼내야 했어. 제리는 찢어진 자리를 때울 방법을 궁리했어. 어쩌면 물속에 들어가서 보트 바닥에 접근해야 할지도 몰랐는데, 하지만 방금 일어난 일을 보고도 물속에 들어갈 사람은 아무도 없었어.

"지금부터는 상어가 가까이 오면 이걸 써야 해요." 제리는 노를 들고 말했어. "이걸로 상어 주둥이를 때리는 거예요. 있는 힘껏."

"그러면 녀석들이 화내지 않을까요?" 야니스가 묻더군.

"상어는 화를 안 내요. 상어가 공격에 나서는 건 냄새를 맡거나 기척을 느꼈을 때뿐인데……."

"그만해요! 그만! 라가리 부인 이야기를 해야죠! 그분한테 제대로 *작별인사*도 하지 않고 앞으로 어떻게 할지 토론할 순 없잖아요! 다들 도대체 *왜* 이래요?" 니나가 외쳤어.

모두가 입을 다물었어. 솔직히 우리 가운데 라가리 부인을 잘 아는 사람은 한 명도 없어. 우리 모두 서로를 잘 몰라. 내가 갤럭시호에서 사람들과 대화하다가 알게 된 사실은 라가리 부인이 인도 출신이고, 자녀가 둘 있고, 화장품 업계에서 일한다는 것 정도였어.

"저는 그분을 좋아했어요." 한참 만에 내가 말을 꺼냈어. 딱히 이유가 있어서 한 말은 아니야. 그러자 다른 사람들도 부인을 좋아했다고 하더군. 야니스가 부인의 억양을 흉내 냈고, 그걸 본 몇몇이 쿡쿡 웃었어. 그렇게 웃는 게 옳은 일 같지 않았지만, 그래도 울 때보다는 기분이 나았어. 어쩌면 사람의 죽음 앞에서 소리 내어 웃는 건, 그 사람이 어떤 의미에서는 아직 존재한다는 걸 우리가 스스로에게 일깨우는 방법인지도 몰라. 또는 우리 자신이 아직 살아 있다는 걸 스스로에게 가르쳐주는 방법이거나.

"라가리 부인이 더 좋은 곳으로 갔다고 말해주세요." 니나는 간곡히 부탁했어. 이방인을 보면서.

"부인은 더 좋은 곳으로 가셨어요." 이방인이 말했어.

제리는 쑥스러운 듯 머리를 긁적였어. 그러고는 네빈을 흘깃 봤는데, 그때 네빈은 졸음과 싸우기라도 하는 것처럼 고개를 위아래로 꺼떡거렸어.

"네빈? 당신도 한마디 덧붙이고 싶어요?"

네빈은 정신없이 눈을 껌벅거렸어. "예? ……아, 그래요……. 라가리 부인은 참 다정한 사람이었죠." 그는 그 말을 하고 나서 한숨을 쉬며 다친 허벅지를 문질렀어. "미안해요. 별 도움이 못 돼서."

네빈의 상처는 더 심해졌어. 섬뜩한 각도로 뒤틀린 발목은 갤럭시호 갑판에서 사물함에 부딪혀 넘어졌을 때 다친 거야. 허벅지 상처도 그 사물함에 걸려 찢어지는 바람에 생겼는데, 너무 깊이 팬 탓에 아물질 않아. 며칠이 지난 지금은 검붉은 색으로 변해서 악취까지 풍겨. 제리가 보기에는 상처 속에 조그만 금속 조각이 박혀서 감염을 일으킨 것 같대. 만약 그렇다면, 우리 힘으론 어떻게 할 방법이 없어. 네빈을 도울 방법이 없는 거야. 라가리 부인을 돕지 못한 것처럼. 베르나데트에게도 그랬던 것처럼. 난 지금 상황에서 우리가 아무것도 못 할까 봐 두려워. 기도하면서 죽음을 기다리는 일 말고는, 아무것도 못 할까 봐.

뉴스

....

앵커 불가사의한 갤럭시호 침몰 사고로 바다에서 목숨을 잃은 희생자들을 조명하는 타일러 브루어 기자의 연속 보도는 오늘 밤에도 이어집니다. 오늘 살펴볼 열 번째 인물은 텔레비전 화면 속 풍경을 새롭게 바꾼 영국의 언론사 대표입니다.

기자 고맙습니다, 짐. 미국인이라면 네빈 캠벨이라는 이름을 모를 수도 있지만, 영국에서는 거의 모든 인기 텔레비전 프로그램에 캠벨의 이름이 들어갑니다. BBC에서 일하며 잔뼈가 굵은 캠벨은 영상 스트리밍 서비스인 '미티어'를 설립해 오늘날 영국에서 구독자가 가장 많은 회사로 키워냈습니다.

네빈 캠벨은 미티어 설립 초창기에 모험을 감행했습니다. 자금을 대출받아 〈의회에서 생긴 일〉이나 〈클레오파트라〉, 〈셜록 홈즈를 아시나요?〉 같은 대작 드라마를 제작한 겁니다. 한때 캠벨은 집을 담보로 대출을 세 건이나 받았을 뿐 아니라, 자동차 유지비가 없어서 자전거를 타고 런던 시내를 누비기도 했습니다. 하지만 그가 도박을 걸었던 드라마들은 엄청나게 높은 시청률을 기록했고, 이로써 네빈 캠벨은 영국에서 가장 성공한 방송계 인사의 반열에 올랐습니다.

《타임스》는 네빈이 불의의 사고로 세상을 떠나기 직전에 발행한 기사에서 그를 "할리우드의 거물들에게 뒤지지 않을 실력자"라고 묘사하며 이렇게 적었습니다. "만약 캠벨이 당신의 제작사에 투자하기로 결정한다면, 당신은 부자가 될 것이다. 만약 그가 당신을 캐스팅한다면, 당신은 스타가 될 것이다."

네빈 캠벨은 유복한 가정에서 태어났습니다. 아버지는 저명한 문학 저작권 대리인인 데이비드 캠벨 경이고, 어머니는 케임브리지대학교 법학 교수입니다.

캠벨은 키가 193센티미터로 학창 시절에는 장대높이

뛰기에서 두각을 나타냈습니다. 일찍이 잉글랜드 대표로 올림픽에 출전할 꿈을 품기도 했지만, 선발 대회에서 4위에 그치는 바람에 한 자리 차이로 아깝게 선수단에 합류하지 못했습니다. 세월이 흐른 후 캠벨은 CNN 인터뷰에서 이렇게 말했습니다. "그때 다짐했죠. 입상도 못 하고 경기를 마치는 일은 두 번 다시 없을 거라고요."

제이슨 램버트에게 초청받아 '위대한 아이디어' 항해에 참가했을 때, 네빈 캠벨은 쉰여섯 살이었습니다. 램버트와 캠벨의 인연은 미티어 설립 과정에서 맺은 한 건의 거래로 시작됐는데요. 갤럭시호가 비운의 항해에 나서기 전, 캠벨은 갑판에서 인터뷰하며 다음과 같이 말했습니다.

캠벨 "제이슨은 우리가 세상을 변화시키려고 여기에 모였다지만, 저에게는 조금 거창한 목표인 것 같군요. 저는 그저 다른 분들 이야기를 듣고, 몇 가지 가르침을 얻고, 선탠도 좀 하면 기쁘겠습니다. 제가 매일 일만 하니까 동료들이 너무 창백하다고 해서요."

기자 캠벨은 전처 펠리시티와 2012년에 이혼했습니다. 두 사람 사이에는 자녀가 셋 있습니다. 사망 당시 캠벨은 영국 배우 노엘 심프슨과 약혼한 상태였습니다. 심프슨은 인스타그램에 올린 메시지에서 대중이 보내준 애도에 감사하는 한편, 이 힘든 시기에 본인의 사생활을 존중해달라고 밝혔습니다.

바다

~~~~~~

내 사랑, 오늘은 우리가 바다에서 살아남은 지 열흘째 되는 날이야. 운명일 수도 있고, 순전히 운이 좋아서일 수도 있고, 아니면 우리 보트에 계신 주님 덕분일 수도 있지. 솔직히, 난 이제 그 사람을 어떻게 생각해야 할지 모르겠어.

어제 또다시 시련이 닥쳤어. 우린 오전 내내 철썩이는 파도 소리를 들으며 조용히 앉아 있었어. 누구도 결론이 정해진 뻔한 이야기를 하고 싶지는 않았으니까.

그러다 마침내 야니스가 입을 열었어. "물이 다 떨어졌는데, 살아남으려면 어떡해야 할까요?"

그저 물을 언급했을 뿐인데도 목이 마르더군. 애너벨, 내가 갈증에 관해 여기에 적지 않은 이유는, 그 생각을 하지 않을수록 견디기가 더 수월하기 때문이야. 하지만 갈증이라는 욕구는 강력해. 갈증은 채울 방법이 없을 때 비로소 떠오르는데, 일단 떠오르고 나면 오로지 그 생각뿐이야. 입술은 물기를 애타게 원해. 목구멍은 나무처럼 바싹 말라붙고. 난 혀에서 침이 배어나게 하려고 마실 것을 상상해. 각진 얼음을 띄운 코카콜라, 아니면 목이 기다란 잔에 가득 채운 차가운 맥주. 그런 상상은 너무나 생생해서 액체가 이를 스치는 느낌이 들 정도야. 하지만 그래봤자 목만 더 마를 뿐이지. 몸이 가장 갈망하는 대상을 금지당하는 건 독특한 고통이야. 그럴 때 사람의 집중력은 오직 단 한 가지 생각에 쏠리게 마련이야. 어떻게 해야 그걸 얻을 수 있을까?

"태양광 증류기요?" 나는 제리에게 물었어.

"안에 구멍이 났어요." 제리는 고개를 가로저었어. "구멍을 때워도 매번 다시 터져버려요."

니나는 주님을 돌아봤어. 그때 그 사람은 검은 수염이 돋은 자기 턱을 손으로 문지르고 있더군.

"어떻게 좀 해주실 수 없어요?" 니나는 간청하듯 말했어. "먼저 모든 사람이 믿어주길 바라시는 건 저도 알아요. 하지만 저희가 얼마나 걱정하는지 모르시겠어요?"

주님은 햇빛에 눈이 부신지 얼굴을 찡그렸어.

"걱정은 여러분 스스로가 만들어내는 거예요."

"우리가 뭐 때문에 걱정을 만든다는 거죠?"

"빈자리를 채우려고요."

"무엇의 빈자리를요?"

"믿음."

"저는 믿음이 있어요." 니나는 그에게 더 가까이 다가갔어. 그러고는 양손을 내밀었어.

"저도요." 장필리프도 황급히 다가가서 니나의 손 위에 자기 손을 포개더군.

꼬마 앨리스도 고개를 들었어. 어쩌면 그 애까지 합해서 세 명이었는지도 몰라. 왠지 보트 안의 사람들이 갑작스럽게 분열된 느낌이 들었어. 꼭 우리가 저마다 지닌 믿음에 따라 분류된 것처럼 말이야. 생각해보면 세상은 대부분 그런 식으로 나뉘는 것 같아.

"제발 도와주세요. 이러다 목말라 죽겠어요." 니나가 나직이 말했어.

남자는 앨리스만 바라봤어. 그러다가 눈을 감고 몸을 뒤로 젖히더군. 꼭 낮잠을 자는 사람처럼 말이야. 그 반응은 도대체 뭐였을까, 애너벨? 거듭 말하지만, 그 남자 때문에 정말

미치겠어.

그런데 그가 그렇게 자는 사이에 하늘이 차츰 변해갔어. 띠처럼 가느다랗고 하얗던 구름이 점점 더 불룩해지더니 차츰 어두워지고 빽빽해졌어. 곧이어 구름이 해까지 가렸어.

잠시 후 빗방울이 떨어졌어. 처음에는 한두 방울이었어. 그러다가 점점 더 많이 쏟아졌어. 고개를 뒤로 젖힌 램버트가 내 눈에 띄었어. 입을 헤 벌리고 빗방울을 꿀꺽꿀꺽 삼켰어. 네빈은 헉 소리를 내더니 이렇게 중얼거렸어.

"이게 꿈이야, 생시야?"

야니스는 입고 있던 셔츠를 찢어버렸고, 장필리프도 똑같이 하고 나서 맑은 빗물로 소금기가 버석거리는 살갗을 씻었어. 소나기가 폭우로 바뀌는 사이에 니나의 웃음소리가 들렸어.

"물을 담을 게 있으면 다 가져와요!" 제리가 소리쳤어.

난 수첩이 들어 있던 플라스틱 상자를 찾아서 내용물을 그늘막 아래에 다 쏟아버렸어. 그리고 빗물을 받으러 뛰어나갔지. 제리도 바가지를 들고 똑같이 움직였어. 장필리프는 빈 깡통 두 개를 들고 빗물이 찰랑찰랑 넘치도록 가만히 들고 있었고.

"감사합니다!" 장필리프가 하늘을 향해 목청껏 외쳤어. "아아, 감사합니다, 봉디예!"

우린 폭풍우 속에서 기뻐하느라 보트 바닥에 물이 얼마나 찼는지 까맣게 몰랐어. 무릎을 움직이다가 그만 미끄러지고 말았지. 내가 플라스틱 상자에 받아놓은 물이 사방으로 쏟아졌어.

"어휴, 벤지! 일어나요! 다시 물을 받아요!" 야니스가 소리쳤어.

램버트는 그때까지도 물고기처럼 입을 벌리고 있었고, 네빈은 등을 대고 누운 채로 쟁반을 아랫니에 대고 기울여서 빗물을 입으로 흘려넣었어. 싱글벙글 웃는 앨리스가 눈에 띄더군. 머리부터 발끝까지 흠뻑 젖은 채로 말이야.

그러는 사이에 폭풍우는 앞서 내리기 시작했을 때처럼 순식간에 멈춰버렸어. 구름이 갈라지고 해가 다시 얼굴을 내밀었지.

나는 플라스틱 상자를 바라봤어. 내가 넘어지는 바람에 거의 비어버린 그 상자 말이야. 주님 쪽으로 고개를 돌려보니 이미 눈을 뜨고 우리를 지켜보더군.

"계속 내리게 해요!" 내가 외쳤어.

"당신은 내가 방금 그 폭풍우를 일으켰다고 믿는 건가요?" 그가 내게 물었어.

허를 찌르는 질문이었지. 난 비어버린 상자를 내려다보다가, 이렇게 대답했어. "설령 당신이 일으켰다고 해도, 그걸로는 모자라요."

"내가 누군지 증명하기에는 빗방울 하나만으로도 충분하지 않나요?"

"그냥 비나 계속 내리게 해요! 물을 더 달라고요!" 야니스가 외쳤어.

주님은 점점 옅어지는 구름을 올려다보며 말했어.

"안 돼요."

제5장

바다

~~~~~~

표류 열이틀째 날이야. 폭풍우가 뿌려준 물이 있으니 배급
만 제대로 하면 우린 며칠 더 버틸 거야. 야니스는 보트 바
닥에 고인 물도 모으려고 했지만, 제리가 그러지 말라고 했
어. 바닷물이 얼마나 섞였는지 알 수 없다면서. 우린 위험을
감수할 여유가 없어. 바닷물을 마셨다간 죽을 수도 있거든.
근육 경련이나 착란을 일으킬 수도 있고, 무엇보다 탈수로
이어지니까. 정말 이상해, 애너벨. 주위에 물이 이렇게 많은
데, 마셔도 되는 물은 한 방울도 없다니.

　사소한 피해가 또 한 건 발생했어. 이번엔 휴대용 선풍기
야. 한 시간 전에 완전히 망가졌어. 제리가 손에 들고 꼬마

앨리스 얼굴에 바람을 쐬어주는 동안 선풍기 날개가 멈췄어. 우리 일행 대부분이 그 모습을 지켜봤는데, 몇몇은 끙 소리를 내더군. 램버트의 신음이 가장 컸어.

"괜한 짓 하다가 망가졌잖아." 램버트가 중얼거렸어.

"닥쳐요, 제이슨." 야니스가 쏘아붙이더군.

오늘 아침 일찍, 주님이 그늘막 아래서 자는 사이에, 난 제리와 야니스, 니나, 램버트와 함께 그늘막 바깥에 둘러앉았어. 평소에는 햇빛이 너무 따가워서 바깥에 오래 머물지 않아. 하지만 그때 우린 주님에게 들리지 않을 곳에서 이야기를 나누고 싶었어.

"저 사람이 비를 내리게 한 것 같아요?" 야니스가 소곤소곤 말했어.

"무슨 바보 같은 소릴." 램버트의 말이야.

"우린 저 사람이 바다에서 어떻게 살아남았는지 아직 모르잖아요." 이번엔 제리였어.

"운이 좋았던 거지. 그게 뭐?"

"저 사람도 우리하고 똑같이 허기와 갈증을 느껴요." 내가 말했어.

"그리고 잠도 자요. 하느님이면 잠을 자겠어요?" 야니스가 덧붙였어.

"그럼 베르나데트 일은요?" 니나가 물었어.

"그건 설명하기가 좀 까다로워요." 야니스는 마지못해 그렇게 말했어.

"아니, 까다로울 것 없어. 저자가 정확히 무슨 짓을 했지?" 램버트가 말했어.

"베르나데트를 되살렸어요."

"그걸 어떻게 알아. 그냥 혼자 깨어났을 수도 있잖아."

"실제로 그 이튿날 죽었고요." 제리가 말했어.

"맞아." 램버트가 맞장구쳤어. "지금 말한 것 중에 뭐가 기적이라는 거야?"

"비가 내린 것도 그냥 우연이었을지 모르죠." 야니스가 말했어.

"그럼 그때까지는 왜 비가 한 번도 안 온 건데요?" 이렇게 말한 사람은 니나였어.

"하지만 하느님이 어째서 우리에게 물이 가장 절실히 필요할 때 비를 그치게 했을까요?" 내가 물었지.

"구약성서를 읽어봐." 램버트는 코웃음을 치고 이렇게 말했어. "하느님은 변덕스럽고, 쩨쩨하고, 앙심이 깊어. 내가 종교를 갖지 않은 이유 중 하나지."

"구약성서를 읽었어요?" 제리가 물었어.

"이제 그 얘기는 그만하지." 램버트가 중얼거리더군.

장필리프가 그늘막 아래에서 기어나오자 우리는 대화를 멈췄어. 그는 아내의 죽음을 자기가 택한 방식으로 믿고 싶어 했으니까. 우린 그의 결정을 존중해야 했어.

그나저나 네빈의 상태가 안 좋아져서 걱정이야. 얼굴은 창백하고, 다리 상처는 우리가 아무리 정성껏 돌봐도 점점 더 악화될 뿐이야. 한 시간 전, 그러니까 내가 이 편지를 막 쓰려고 할 때, 네빈이 내 이름을 부르는 소리가 들렸어. 입술에는 물집이 잔뜩 잡혔고, 목소리는 가느다랗고 자주 멈칫거렸어.

"벤지……." 네빈은 쉰 목소리로 중얼거리며 손가락 두 개를 까딱거렸어. "이리로…… 좀 와주겠나……?"

나는 키가 크고 마른 네빈을 향해 기어갔어. 다친 다리는 뱃전에 올려놨더군.

"왜 그러세요, 네빈 씨?"

"벤지…… 난 자식이 셋 있어……."

"잘됐네요."

"내가 보니까…… 자네는 그…… 수첩에…… 글을 적던데. 혹시 자네만 괜찮다면…… 내가 우리 애들한테 전하는 말을 좀…… 그러니까, 받아서 적어줄 수 있을까?"

나는 손에 쥔 펜을 내려다보며 말했어. "그럼요."

"사실…… 난 자식들하고…… 함께 보낸 시간이 많지가 않아……. 그러지 말았어야 했는데……."

"괜찮아요, 네빈, 앞으로 기회가 있을 거예요."

네빈은 끙 소리를 내며 억지로 살짝 웃었어. 내 말을 안 믿는 게 빤히 보였지.

"우리 막내…… 알렉산더는…… 착한 아들이야……. 조금 숫기가 없기는 해도……."

"그렇군요……."

"키가 커, 나처럼……. 멋진 여자하고 결혼했는데, 그…… 역사 교사일 거야……. 아마도……."

네빈의 목소리는 점점 가늘어졌어. 눈길도 내게서 차츰 멀어졌고.

"계속 말씀하세요, 네빈 씨. 또 뭐라고 적을까요?"

"난 그 애 결혼식에도 안 갔어." 네빈의 목소리가 거칠어졌어. "업무 회의를 한답시고……."

네빈이 다시 나를 돌아봤어. 꼭 애원하는 사람처럼.

"그때 난…… 그 애한테…… 우리 막둥이한테…… 어쩔 수 없다고 했어……." 네빈의 오른손이 가슴 위로 힘없이 툭 떨어졌어. "마음만 먹으면 갈 수 있었는데."

난 네빈에게 뭐라고 적으면 좋겠냐고 다시 물었어. 무슨 답을 들을지 이미 알면서도 말이야. 네빈은 힘없이 눈을 깜박거렸어. 그러고는 이렇게 말했어.

"미안하다."

육지

르플뢰르는 살금살금 집으로 들어섰다. 해는 이미 저문 후였다. 수첩은 서류 가방에 단단히 숨겨놓았다.

"자티? 어디 있다가 이제 와?"

퍼트리스가 주방에서 나왔다. 청바지 위에 입은 연두색 티셔츠가 가녀린 몸에 헐렁하게 걸쳐져 있었다. 발은 맨발이었다.

"미안."

"오늘 아침에 나갔잖아, 종일 전화 한 통 안 하고."

"그랬지."

"무슨 일 있어?"

"별일 아냐. 북쪽 해안에 선박 잔해가 떠내려왔어. 내가 직접 차를 몰고 가서 확인해보느라고."

"그래도 전화는 할 수 있잖아."

"그러게 말이야."

퍼트리스는 입을 다물고 남편을 빤히 봤다. 그러다가 팔꿈치를 긁적거렸다. "그래서? 뭐 특이한 거라도 나왔어?"

"별로."

"저녁 차려놨어."

"나 피곤한데."

"음식을 잔뜩 만들어놨다고."

"알았어, 알았어."

한 시간 후, 저녁을 다 먹은 르플뢰르는 축구 경기를 볼 거라고 말했다. 퍼트리스는 못 말리겠다는 듯이 천장을 올려다봤다. 이미 예상한 반응이었다. 르플뢰르는 둘 사이의 대화가 더 다정했던 시절을, 사랑이 깃든 부드러운 말이 오가던 시절을 떠올렸다. 그 시절은 릴리가 죽으면서 끝나고 말았다.

"그럼 난 위층으로 올라갈게." 퍼트리스가 말했다.

"나도 늦게까지 보진 않을 거야."

"자티, 당신 괜찮은 거야?"

"괜찮아."

"정말?"

"그럼. 경기가 시시하면 중간에 그만 볼 거야."

퍼트리스는 말없이 돌아서서 계단을 올라갔다. 르플뢰르는 안쪽 방으로 들어가 텔레비전을 켠 다음, 서류 가방에서 수첩을 살그머니 꺼냈다. 자신이 하는 일이 처음부터 끝까지 잘못인 줄은 알고 있었다. 이 수첩을 구명보트에서 가져온 것도. 상부에 보고하지 않은 것도. 퍼트리스에게 거짓말을 한 것도. 토끼굴에 빠져 하릴없이 점점 더 깊이 굴러떨어지는 기분이 들었다. 마음 한구석에서는 계속하고 싶다는, 다음 단계로 넘어가고 싶다는, 그의 삶에 예고도 없이 끼어든 이 비밀을 밝히고 싶다는 충동이 자꾸만 치솟았다.

르플뢰르는 수첩 속표지에 적힌 글을 다시 읽어봤다.

이 수첩을 발견하시는 분께—

아무도 안 남았어요. 저의 죄를 용서해주세요.

사랑해, 애너벨 드채플—

애너벨은 누구일까? 이 글을 쓴 사람은 수첩이 애너벨에게 전해지리라 믿었던 걸까? 그리고 이 수첩의 기록은 얼마나 오랜 기간에 걸쳐 쓴 것일까? 바다에 굴복하기 전에 며칠이나마 버틴 사람이 있었던 걸까? 아니면 그보다 더 오래 버텼을까? 몇 주? 몇 달?

느닷없이 전화벨이 울렸고, 르플뢰르는 도둑질을 하다가 들킨 사람처럼 화들짝 놀랐다.

르플뢰르는 손목시계를 흘깃 봤다. 일요일 밤 9시 반에 누가 전화를 했을까?

"여보세요?" 르플뢰르는 조심스레 전화를 받았다.

"르플뢰르 경감님이신가요?"

"전화하신 분은 누구시죠?"

"저는 아서 커시라고 합니다. 《마이애미헤럴드》 기자인데요, 확인할 일이 좀 있어서요."

르플뢰르는 잠시 생각에 잠겼다가 대답했다.

"무슨 일로 그러십니까?"

"갤럭시호의 구명보트가 몬트세랫에서 발견됐다는 게 사실인지 확인해주실 수 있을까요? 혹시 구명보트를 발견하셨나요?"

르플뢰르는 꿀꺽 소리가 날 정도로 세게 침을 삼켰다. 그러고는 무릎에 놔둔 수첩을 가만히 내려다봤다.

르플뢰르는 전화를 끊었다.

바다

~~~~~~

네빈이 죽었어.

어제, 네빈의 안색이 유령처럼 창백해졌어. 정신도 오락가락했고. 음식은 전혀 먹질 못했어. 가끔은 신음을 너무 크게 내서 일행 중 몇몇은 귀를 막기까지 했어.

"저 상처 속에 뭔가 있어요." 제리가 소곤소곤 말했어. "쇠붙이인지 뭔지 모르겠지만, 다리를 베일 때 들어간 것 같아요. 감염이 계속되고 있어요. 혹시라도 패혈증이라면……."

"어떻게 되는데요?" 나는 망설이다가 물었어.

"죽는 건가요?" 장필리프도 묻더군.

제리는 고개를 숙였어. 그 몸짓이 '그래요'라는 뜻인 건 우리 둘 다 알았어.

네빈이 죽은 걸 맨 먼저 알아차린 사람은 꼬마 앨리스였어. 해가 뜨기가 무섭게 그 애가 내 티셔츠를 잡아당겨서 돌아봤지. 난 네빈이 자는 줄 알았어. 그런데 앨리스가 네빈의 손을 들었다가 놓자 손이 힘없이 툭 떨어져버리는 거야. 가엾은 앨리스. 그 애가 이 보트에서 목격한 광경은 어떤 아이도 봐선 안 되는 건데. 애가 말을 안 하는 것도 당연해.

우린 조촐하게 장례식을 치렀어. 기도는 니나가 맡았고. 우리는 조용히 앉아서 다 함께 추도사를 궁리했지. 한참 만에 램버트가 말했어.

"네빈은 아주 끝내주는 프로그래머였지."

그 말을 들은 주님이 바닥에 무릎을 대고 섰어.

"그 사람에 관해 할 얘기가 분명 그것보다는 더 길 텐데요." 남자가 입은 와이셔츠는 갤럭시호가 가라앉을 때 야니스가 입었던 거였어. 그는 우리의 얼굴을 가만히 둘러봤어.

"네빈은 자녀가 셋이었어요. 좋은 아버지가 되고 싶어 했죠." 내가 먼저 운을 띄웠어.

"노래할 때 목소리가 멋있었어요. 네빈이 〈요트 존비호〉를 불렀던 거 기억나요?" 야니스가 덧붙였어.

"그 사람은 다른 이들을 사랑했나요?" 주님이 물었어. "가난한 이를 돌봤나요? 겸손하게 행동했나요? 나를, 그러니까 주님을 사랑했나요?"

그 말에 램버트가 인상을 찌푸렸어.

"예의를 갖춰. 지금 고인의 이야기를 하는 중이잖아." 램버트가 말했어.

.⁺.

어젯밤에 꿈을 꿨어. 꿈속의 나는 보트에서 자고 있었는데, 시끄러운 소리가 들려서 그만 깨고 말았어. 고개를 들었더니 거대한 여객선이 수평선을 다 가리고 있는 거야. 어마어마하게 커다란 하얀 선체에 둥그런 창문이 점점이 나 있고, 갑판에는 20세기 초 뉴욕 항구에 정박하는 배들처럼 수많은 승객이 빼곡히 서서 손을 흔들었어. 나는 어째선지 그 승객들이 갤럭시호에 탔던 사람들인 걸 알고 있었어. 사람들이 외치는 소리가 들렸어. "어디 있었어요?", "여태 찾았잖아요!" 많은 사람 중에 도비도 있었어. 머리를 길게 기르고 이빨이 훤히 보이게 웃는 그 친구가. 도비는 샴페인 병을 흔들며 어서 와서 같이 마시자고 손짓했어.

난 소스라치게 놀라 잠에서 깼고, 떠오르는 아침 해를 찡그린 눈으로 바라봤어. 수평선은 휑했어. 여객선은 없었지.

흐뭇해하는 승객들도. 그저 세상에서 가장 기다란, 지상에서 영원까지 이어진 직선뿐이었어.

나는 몸이 실제로 오그라드는 느낌이 들었어. 그 순간, 어째선지, 죽음이라는 극악함이 점점 더 사무치게 느껴졌어. 왜 그랬는지는 나도 몰라. 그전까지 난 죽음에 대해 집요하게 생각해보지 않았어 애너벨. 죽음에 관한 생각은 한쪽으로 미뤄뒀지. 우리가 언젠가 죽을 운명인 건 누구나 다 알지만, 그래도 마음속 깊숙한 곳에서는 그 사실을 믿지 않아. 마지막 순간에 집행유예를 받을 거라고, 그러니까 의학이 발전해서 우리를 죽음으로부터 구해줄 신약이 등장할 거라고 남몰래 생각하니까. 물론 그건 환상이야. 알지 못하는 것에 대한 두려움으로부터 우리 자신을 보호하는 수단이지. 하지만 죽음이 명백하게 모습을 드러내면, 그래서 더는 무시하지 못하는 때가 오면, 그런 환상은 더 이상 작동하지 않아.

지금이 그래, 내 사랑. 이제는 종말이 아득히 먼 개념이 아니야. 난 갤럭시호와 함께 가라앉은 모든 사람을 상상하곤 해. 바다가 삼켜버린 베르나데트와 라가리 부인과 네빈을 떠올려. 구조대가 안 오면 여기 남은 우리도 같은 운명을 맞을 거야. 이 고무보트에서, 아니면 보트 바깥 저 바다에서 숨을 거둘 테고, 우리 가운데 한 사람은 먼저 떠나는 다른 사람들을 마지막까지 지켜볼 거야. 살 방법을 찾는 건 인간의 본능이지만, 가장 늦게 죽고 싶어 하는 사람이 과연 있을까?

그런 생각을 하다가 고개를 들어보니 꼬마 앨리스가 내 앞까지 기어와 앉아 있었어. 눈은 말똥말똥하고 표정은 천진한 것이, 잠에서 막 깬 아이의 모습 같더군. 잠시 후에 주님도 몸을 움직여 앨리스 곁으로 왔어. 그러고는 앨리스와 함께 나를 바라봤지. 나는 그 상황이 불편했어.

"혼자 있고 싶은데요. 이것저것 생각할 게 있어서요." 내가 말했어.

"당신의 운명 말이군요." 주님이 말했어.

"비슷한 거죠."

"아마도 내가 도움이 될 것 같군요."

난 실제로 웃음을 터뜨리고 말았어. "왜요? 나는 내가 하느님이라도 진작 포기했을 인간인데요."

"하지만 당신은 하느님이 아니잖아요. 그리고 난 절대 당신을 포기하지 않아요." 주님은 자기 입술 앞에 집게손가락과 가운뎃손가락을 포갰어. "알고 있나요? 내가 이 세상을 창조할 때 천국을 두 군데 만들었다는 걸?"

"*당신이* 세상을 창조할 때 말이죠." 난 놀리듯이 말했어.

"맞아요. 천국은 두 군데예요." 그는 손가락으로 위아래를 가리켰어. "위에도 있고 아래에도 있어요. 어떤 순간에는 그 사이를 볼 수도 있죠."

꼬마 앨리스는 주님의 얼굴을 빤히 봤어. 앨리스가 그 남자를 왜 그렇게 우러러보는지 도무지 모르겠어. 그 남자가 하는 말은 한마디도 못 알아들을 텐데.

"그만 좀 해요, 알았어요? 우리가 지금 여기서 천천히 죽어가는 게 안 보여요?" 내가 말했어.

"사람들은 어디서나 천천히 죽어가고 있어요. 그러면서도 한편으로는 계속 살아가는 중이죠. 숨을 들이마시는 순간순간마다, 사람들은 내가 이 지구에 불어넣은 영광을 찾을 수 있어요. 찾겠다고 마음만 먹으면요."

나는 짙푸른 바다 쪽으로 돌아앉았어.

"솔직히 여긴 지옥에 더 가까운 것 같아요."

"장담하는데, 그렇지 않아요."

"하긴 당신은 잘 알겠네요. 안 그래요?"

"그래요."

나는 잠시 입을 다물었어.

"지옥이 *정말로* 있나요?"

"당신이 상상하는 모습은 아니에요."

"그럼 악한 사람들은 죽으면 어떻게 되죠?"

"왜 그걸 묻나요, 벤저민?" 그는 이렇게 물으며 내 쪽으로 몸을 기울였어. "혹시 나에게 하고 싶은 얘기가 있나요?"

난 그 남자에게 눈을 부라렸어. 그리고 말했어.

"나한테 가까이 오지 마요."

제6장

바다

~~~~~~

이제 도비 이야기를 쓸 때가 됐어. 당신이 알아야 하니까. 세상 사람들도 알아야 하고. 우선 나는 도비가 어떻게 됐는지 모른다는 말부터 해둘게. 도비가 다른 승객들하고 같이 죽었을 거라고 짐작은 하지만 말이야. 그날 밤 갤럭시호에서 내가 도비한테 "난 안 할 거야"라고 말한 후로, 우리는 대화를 나누지 않았어. 도비는 무척 화를 냈어. 나한테 배신감을 느꼈거든. 도비는 내가 자신의 분노를 공유한다고 생각했으니까, 그렇게 느낀 것도 이해는 가.

하지만 애너벨, 갤럭시호를 날려버리자는 건 도비의 발상이었지, 내 생각이 아니야. 지난여름, 그러니까 당신이 날 떠난 지 얼마 안 됐을 때 도비가 내 앞에 나타나지 않았다면, 난 내 갈 길을 알아서 갔을 거야. 마음속에 조용히 분노를 품은 채 말이야.

도비는 아주 활동적이었어. 소년 시절 도비는 선생님과 논쟁했고, 동네 불량배와 싸웠고, 나를 비롯한 친구들을 이끌고 자전거로 흙길을 질주할 때면 언제나 맨 앞에서 달리며 일등으로 길모퉁이를 돌던 아이였어. 도비는 남자아이용 중간 치수 티셔츠를 입고 나타난 반항의 화신이었지. 도비는 시끄러웠고, 제멋대로였고, 검은 머리는 까치집처럼 어수선했고, 눈썹은 찡그릴 때가 많았고, 아랫입술은 축 처져서 입이 살짝 벌어져 있었어. 늘 누군가에게 야단을 맞는 것처럼 말이야. 도비와 도비 엄마는 우리 가족보다 2년 늦게 보스턴으로 이주했어. 내 숙부인 도비 아빠가 아일랜드에서 돌아가신 후의 일이야. 그때 난 아홉 살이었어. 도비는 열한 살이었고. 도비 엄마가 우리 엄마한테 이렇게 말하는 걸 우연히 들은 기억이 나.

"저 애는 귀신이라도 씐 것처럼 정신없이 뛰어다녀."

하지만 도비는 영리했어. 엄청나게 영리했지. 도비는 잠시도 책을 손에서 놓지 않았어. 도서관에서 책을 빌려다가 아침, 점심, 저녁을 먹을 때 늘 곁에 놓고 읽었어. 내가 독서와

글쓰기에 관심을 가진 것도 도비 덕분이야, 애너벨. 난 도비를 닮고 싶었거든. 우린 누가 더 오싹한 괴담을 지어내는지 같은 사소한 시합을 벌이곤 했어. 승자는 언제나 도비였지. 도비는 나보다 상상력이 더 풍부했으니까. 게다가 도비는 내가 '정의'라는 말의 뜻을 알기도 전에 이미 정의를 애타게 갈구했어.

도비가 열네 살이었을 때 길고양이한테 돌을 던지는 손위 아이들 네 명을 겁에 질리게 했던 게 기억나. 도비는 쇠로 된 쓰레기통 뚜껑을 그 애들한테 던졌어. 그러면서 내내 이렇게 소리쳤지.

"조그만 돌멩이가 고양이한테는 이 뚜껑처럼 커다랗게 느껴지는 거야, 개자식들아!"

애들이 뿔뿔이 흩어지고 나자 도비는 고양이를 품에 안았어. 생판 딴 사람으로 변했지. 다정하고 참을성 있는 사람으로.

"이제 괜찮아. 넌 안전해." 도비가 고양이에게 속삭였어.

내 조그만 세상에서 그렇게 행동하는 사람은 아무도 없었어. 그런 도비를 내가 얼마나 우러러봤던지! 도비는 나보다 고작 두 살 많았지만, 그 또래에서 두 살은 대장과 부하를 결정지을 만한 차이야. 도비는 나를 보면 눈을 찡긋하고

'잘 있었냐, 벤지?'라며 호들갑스레 인사하곤 했어. 그럴 때면 나는 어김없이 웃음을 지었지. 가난한 우리 동네를 벗어나 장차 출세할 만한 인물과 내가 이어져 있다는 느낌을 받았으니까. 그때 우린 아직 어렸어. 그런데도 난 도비를 우상처럼 우러러봤어. 어린 시절의 우상은 세월이 흐른 후에도 우리를 지배하곤 해. 심지어는 우리가 철이 들고 나서 한참이 지난 후에도.

.·.

"이 인간들은 돼지야, 벤지."

신문에 실린 갤럭시호 기사를 처음 읽었을 때 도비가 말했어. 그때 난 보스턴에 있는 셋집 부엌에서 스크램블드에그를 만드는 중이었지. 도비가 빈털터리 신세로 술에 취한 채 〈벨라 차오〉를 부르며 나타나 현관문을 두드린 그날부터, 우린 그 집에서 함께 살았어. 우리가 만난 건 몇 년 만이었는데 도비는 이마 옆머리가 이미 희끗해졌더군.

"이 작자들은 자기들끼리 인류를 위해 뭘 하면 좋을지 결정해도 된다고 믿는 거야. 자기네가 이 행성의 지배자인 것처럼."

"그러게, 거 참." 내가 말했어.

"네가 이런 광대놀음에 낀다니, 믿을 수가 없구나."

"그 배는 제이슨 램버트 소유야. 내가 일하는 직장이기도 하고. 내가 안 끼고 배기겠어?"

"넌 그 인간이 역겹지도 않아? 입으로는 세상을 바꾸고 싶다고 떠들지. 그런데 막상 널 어떻게 대하는지 한번 봐."

"알았어, 사촌 형님." 나는 한숨을 쉬었어.

"가만히 있지 말고 어떻게 좀 해보지 그래?"

그 말에 나는 고개를 들었어.

"지금 무슨 소릴 하는 거야?"

"내가 아는 친구가 있는데……." 도비는 말끝을 흐렸어. 뒤이어 신문을 다시 들고 어떤 단락을 찾아 조용히 읽더군. 그러다가 내 눈을 똑바로 바라봤어. 더없이 차분한 표정으로.

"벤지. 너 나를 믿어?"

"당연하지, 사촌 형님."

그 말에 도비가 씩 웃더군. "그럼 *우리가* 세상을 한번 바꿔보자."

그게 시작이었어.

⁺₊

도비가 말한 '친구'는 금요일 밤에 갤럭시호에서 공연하기로 예정된 록 밴드 패션엑스의 행사 담당 매니저였어. 도비는 오랫동안 여러 밴드의 로드 매니저로 일했어. 그렇게 해서 다만 몇 푼이나마 모았던 거야. 도비는 악기를 잘 다뤘고, 여행과 공연을 좋아했고, 무대를 빠르게 조립했다가 해체하는 작업도 좋아했거든.

그런 건 내가 전부터 알았던 사실이야. 내가 몰랐던 건 도비가 로드 매니저로 일할 때 만든 연줄을 이용해 끔찍한 계획을 꾸미고 나까지 끌어들이려 한다는 사실이었어. 그 계획이란, 친구인 매니저를 꼬드겨 패션엑스 공연의 진행 요원으로 취직한 다음, 필요한 장비를 갤럭시호에 미리 실어놓는 거였어. 악기와 앰프, 음향 장비, 그리고 겉만 보면 어울리지만 실제로는 그렇지 않은 물건 하나도 함께.

그건 바로 부착형 기뢰였어.

그때 난 부착형 기뢰가 뭔지 몰랐어, 애너벨. 지금은 알아. 도비가 가르쳐줬거든. 그건 해군이 사용하는 폭발물인데, 자석이 붙어 있어서 배 아래쪽에 부착할 수 있어. 특공대원을 시켜 몰래 선체에 부착해놓고 원격으로 폭발시키는 경우가 많아. 부착형 기뢰는 제2차 세계대전 때부터 사용한 무기야. 그런 걸 도비가 어떻게 손에 넣었는지는 영영 수수께끼로 남을 거야.

보아하니 도비는 그 부착형 기뢰를 악기 사이에 끼워서 몰래 배로 들어왔던 모양이야. 그때는 '위대한 아이디어' 항해의 마지막 날인 금요일 오후였어. 도비는 나더러 드럼 보관함을 2층 갑판까지 같이 좀 나르자고 부탁했어. 그러다가 보는 눈이 없는 곳에서 멈춰서더니, 보관함 뚜껑을 위로 살짝 열었어.

"이걸 봐, 사촌."

보관함 안을 들여다보니 둥그런 암녹색 장치가 있더군. 지름은 약 30센티미터, 높이는 약 15센티미터였어.

"이게 뭐야?" 내가 물었어.

"이 요트를 통째로 가라앉힐 만큼 굉장한 물건이야. 제이슨 램버트하고 그 인간의 부자 친구들도 같이."

난 너무 놀라서 뭐라고 대답도 못했어. 숨이 가빠지더군. 복도를 정신없이 살피며 혹시 이쪽을 보는 사람이 있는지 확인했어. 도비는 나직한 목소리로 내게 설명하기 시작했어. 밤에 갤럭시호가 정박해 있을 때 자기 몸에 밧줄을 묶고 물속으로 내려달라고, 그러면 자기가 흘수선 아래쪽 선체에 기뢰를 부착할 거라고, 그곳에 부착해야 가장 큰 피해를 입힌다고.

난 도비가 하는 말이 잘 들리지도 않았어. 머릿속이 이미 쿵쾅거리는 소리로 가득했으니까.

"지금 대체 무슨 소릴 하는 거야?" 내가 한참 만에 더듬더듬 꺼낸 말이었어. "난 그런 짓 절대……."

"벤지, 내 말 잘 들어. 이 일이 어떤 결과를 낳을지 알기나 해? 이 요트에는 전 미국 대통령이 타고 있어! 지난 몇 년 동안 사람들의 주머니를 턴 첨단 기술 기업의 억만장자들도 있고! 은행가, 헤지 펀드 운영자, 그리고 다른 누구보다도, 그 돼지 램버트가 있지. 이른바 '우주의 지배자'라는 작자들이 다 모였단 말이야. 우린 그 인간들을 한꺼번에 날려버릴 수 있어. 역사적인 사건이 될 거야. 우리 손으로 역사를 만들자는 말이야, 벤지!"

나는 보관함 뚜껑을 세게 닫았어. 그리고 화를 억누르며 말했어. "도비, 방금 그 말은 *살인*을 저지르자는 거잖아."

"남한테 지독한 짓을 한 작자들이야. 남을 조종하고, 착취한 자들. 램버트처럼. 너도 그 인간을 증오하잖아, 안 그래?"

"우린 신을 흉내내선 안 돼."

"안 될 건 또 뭔데? 하느님은 아무것도 안 하고 구경만 하는데."

내가 대꾸하지 않자 도비는 내 팔뚝을 붙잡았어. 그러고는 목소리를 더 낮춰서 이렇게 말하더군.

"어이, 사촌. 지금은 우리가 주인공이 될 순간이야. 우리가 어린 시절 참아야 했던 그 많은 수모를 생각해봐. 어머니의 원한을 갚을 순간이 온 거야. 그리고 애너벨의 원한을."

도비가 당신 이름을 꺼냈을 때, 난 침을 어찌나 세게 삼켰던지 혀가 목으로 넘어가는 줄 알았어.

"우린 어떻게 되는 건데?" 내가 중얼거렸어.

"뭐, 이 계획이 배라면 우리가 선장인 셈인데." 도비는 입에 숨을 머금어 볼을 둥그렇게 부풀렸다가 터뜨리는 시늉을 했어. "배가 가라앉으면 선장도 함께 가라앉는 법이지."

"그 말은 그러니까……."

"그러니까 *뭐*냐면." 도비는 내 말을 끊고 나를 흘겨봤어. "네가 그 일을 중요하게 생각하느냐, 안 하느냐, 둘 중 하나라는 거야. 세상을 향해 한마디 하고 싶어? 아니면 남은 평생 남들한테 밟히는 현관 매트 같은 신세로 살면서, 부자들이 앉을 왕좌나 반들반들하게 닦고 싶어?"

머릿속에서 쿵쾅거리던 소리가 어느새 관자놀이를 쿵쿵 두들기는 충격으로 바뀌었어. 머리가 어질어질했지.

"도비. 정말…… 죽을 작정이야?" 난 나직이 말했어.

"개미처럼 사는 것보다는 그게 더 나아."

나는 그때 처음 알았어, 애너벨. 도비가 미쳤다는 걸.

"난 안 해." 내가 말했어. 들릴락 말락 하는 목소리로.

도비는 눈을 부라렸어.

"안 한다고." 이번에는 더 크게 말했어.

"사촌아, *제에바아알.*"

난 고개를 가로저었어.

그때 나를 보던 도비의 눈빛이 어땠는지, 난 제대로 설명 조차 못하겠어. 거기엔 슬픔, 배신감, 그리고 이게 현실이라고 믿지 못하는 불신까지 배어 있었어. 내가 일부러 하려고 해도 도비를 이보다 더 실망시키지는 못할 것 같았지. 도비는 바로 그 눈빛을 띠고 한참 동안 나를 바라봤어. 어렸을 때 그랬던 것처럼 아랫입술이 축 처진 채로. 그러다가 이내 입을 다물고 헛기침을 하더군.

"그래. 네 인생은 네 거니까."

도비는 드럼 보관함을 들고 돌아서서 복도 저편으로 걸어 가다가, 어느 문으로 들어가 더는 보이지 않았어. 그렇게 나는 도비의 계획을 저지하려는 시도를 전혀 하지 않았던 거야, 내 사랑. 전혀.

육지

"자티?" 퍼트리스가 큰 소리로 외쳤다. "누구 전화야?"

르플뢰르는 한숨이 나왔다. 그는 아내가 일찍 잠들었으면 하고 바라던 참이었다.

"아무도 아니야." 르플뢰르가 큰 소리로 대답했다.

아내가 계단을 올라오는 소리가 들렸다. 르플뢰르는 수첩을 서류 가방에 쑥 집어넣고 축구 경기 소리를 키웠다. 퍼트리스가 문간에 나타났다.

"'아무도 아니야'라는 사람은 일요일 밤에 남의 집에 전화를 걸지 않아. 자티, 무슨 일이야?"

르플뢰르는 손바닥으로 이마를 문지르고는, 마치 머릿속에

든 답을 꺼내려는 사람처럼 손바닥으로 이마를 꾹 눌렀다.

"그래, 얘기할게. 북쪽 해안에 떠내려온 건 단순한 쓰레기가 아니야. 고무보트야."

"어떤 보트인데?"

"구명보트."

퍼트리스는 소파에 앉았다. "그 안에 혹시……?"

"아니. 시신은 없었어. 생존자도 없었고." 수첩 이야기는 꺼내지 않았다.

"어떤 배에 실렸던 보트인지는 알아?"

"응." 르플뢰르는 숨을 내쉬며 말했다. "갤럭시호에서 나온 거야. 작년에 침몰한 그 요트."

"부자들이 잔뜩 탔다던 그 배?"

르플뢰르는 고개를 끄덕였다.

"방금 전화한 사람은 누구야?"

"기자. 《마이애미헤럴드》 소속이래."

퍼트리스는 손을 뻗어 남편의 팔을 잡았다.

"자기. 그 배 승객들, 뉴스에선 모두 죽었다고 했잖아."

"그랬지."

"그럼 그 구명보트에는 누가 탔을까?"

오늘의 바다는 사파이어처럼 짙푸른 색이고, 하늘은 솜처럼

바다

몽실몽실한 구름이 물결치듯 퍼져 있어. 갤럭시호가 침몰하고 나서 딱 2주가 흘렀어. 우린 식량이 다 떨어졌어. 폭풍우가 칠 때 받아둔 물도 바닥났고. 우리 마음은 휑하니 비었고, 몸은 쓰러지기 직전이야.

난 줄곧 *구원*이라는 말에 관해 생각했어, 애너벨. 이 '주님'이라는 남자가 우리를 구원하지 않겠다고 거절한 일에 관해. 라가리 부인이 쌍안경을 건지려다 그만 바다에 빠졌던 일에 관해. 그리고 내가 도비를 말리기만 했어도 갤럭시호의 많은 승객을 구했을지 모른다는 사실에 관해서도.

난 그 마지막 날 오후를 기억해. 내가 도비와 갈라섰던 그때를. 도비가 그렇게 가고 몇 시간 동안 난 머리가 지끈지끈 아팠어. 배도 아팠고. 승객이 부르는데 빨리 응대하지 않았다는 이유로 사무장한테 두 번이나 큰소리를 듣기도 했지. 그러면서도 짬이 날 때마다 도비를 찾아 복도를 두리번거리고, 계단 난간 너머를 살폈어. 도비는 끝내 보이지 않더군. 그날이 행사 마지막 날이라서 할 일이 너무 많았던 거야.

어쩌면 나는 부인하려 했는지도 몰라. 어쩌면 도비가 정말로 그 계획을 실행할 거라고는 생각하지 않았는지도 몰라. 도비가 화가 났냐고? 맞아. 특정한 대상 때문에 화가 났냐고? 그것도 맞아. 도비는 계급과 부, 특권 따위에 관해 며칠은 떠들 수도 있어. 하지만 알지도 못하는 사람들을 죽인다고? 사람이 자기 본성을 그렇게까지 철저히 바꾸는 게 가능할까? 아니면 사람은 자기 상상의 범위를 벗어난 것은 아예 믿으려 하지 않는다는 말이 바로 이 경우에 해당하는 걸까?

"벤지? 볕이 뜨거운데 이리 들어와요." 장필리프가 나를 불렀어.

장필리프는 다른 사람들과 함께 그늘막 아래에 있었어. 나 말고 그늘막 바깥에 있는 사람은 야니스가 유일했는데, 야니스는 그늘에서 엉금엉금 기어나와 뱃전 너머로 용변을 보러 간 참이었어. 이제 우리는 기어다니기 시작한 아기처럼 아주 느릿느릿 움직여.

"어서 와요, 친구. 그러다 타 죽겠어요." 장필리프가 말했어.

그러고 보니 땡볕에 노출되면 가장 위험한 한낮이었는데, 그늘막 바깥에 나와서 얼마나 오래 있었는지 기억도 나질 않더군. 난 장필리프를 향해 슬그머니 기어가 그늘이 간신히 드리운 자리까지 도착했어.

다들 말이 없었어. 볕에 타서 거뭇한 데다 물집까지 잡힌 다리를 다른 사람들 사이사이에 무슨 통나무처럼 쭉 뻗은 채로 말이야. 램버트는 자동차 잡지를 뒤적거리더군. 주님은 나와 눈이 마주치자 얼빠진 사람처럼 씩 웃었고. 그늘막 바깥으로 눈을 돌렸더니, 야니스가 무릎을 꿇고 앉아 하늘을 올려다보고 있었어.

"아아, 하느님." 야니스가 중얼거렸어. "다들 꼼짝 마요."

"뭐라고요?" 니나가 말했어.

"새가 있어요."

우리는 눈이 번쩍 뜨였어. 새라니? 니나가 그늘막 바깥을 내다보려고 몸을 일으켰지만, 제리는 그런 니나를 한 팔로 가로막고는 조용히 있으라고 손짓했어. 조그맣게 파닥거리는 소리가 우리 귀에 들려오더군. 뒤이어 그늘막 위에 그림자가 나타났어.

새의 두 발이 우리 바로 위에서 움직이고 있었어.

"벤지." 야니스가 소곤거리듯이 나를 불렀어. "새가 가장자리 쪽으로 가고 있어요."

나는 야니스를 빤히 보며 양 손바닥을 펼쳤어. 이렇게 묻는 것처럼 말이야. '나보고 어쩌라고?'

"내가 잡으라고 하면 손을 뻗어서 잡아요."

"*뭐라고요?*"

"당신이 제일 가까이 있잖아요. 당신이 잡아야 해요."

"왜요?"

"왜냐면 저건 *식량*이니까요."

난 땀이 삐질삐질 났어. 나한테 꽂히는 다른 사람들의 눈길이 느껴지더군. 램버트는 골이 난 표정이었어.

"저 망할 놈의 새를 잡아." 램버트가 말했어.

"*그렇게는 못해요.*"

"아니, 할 수 있어! 잡아!"

"벤지, 부탁이에요." 니나가 말했어.

"가장자리 쪽으로 걸어가고 있어요." 야니스의 목소리는 나직하고 담담했어. "내가 잡으라고 하면…… 손을 위로 뻗어서 발을 잡아요."

난 당황해서 어떡해야 좋을지 알 수가 없었어.

"슬슬 준비해요……."

나는 그늘막을 향해 양손을 뻗었어. 그 너머의 새가 어떻게 생겼을지 머릿속으로 애써 상상하면서 말이야. 그러면서 기도했지. 부디 새가 날아가기를, 그래서 자기 목숨을 구하기를, 그리고 나도 함께 이 곤경에서 구해주기를.

"그쪽으로 가는 중이에요……." 야니스가 말했어.

"침착하게 해요, 벤지." 제리의 목소리였어.

"할 수 있어요." 장필리프도 거들더군.

"난 하기 싫다고요." 내가 나직이 대꾸했어.

"잔말 말고 그냥 *잡아!*" 램버트였어.

난 손이 덜덜 떨렸어.

"지금이에요." 야니스가 말했어.

"잠깐만요……."

"잡아요, 벤지!"

"안 돼요, 안 돼, 안 돼." 난 신음을 내면서도 양손을 위로 휙 뻗었어. 그러고는 날렵하게 손을 하나로 모아 꽉 오므린 다음, 아래로 확 당겼어. 손아귀 안에 조그맣고 울퉁불퉁한 발톱이 느껴지기에 힘껏 움켜쥐었지. 새는 꽥꽥거리며 미친 듯이 날개를 퍼덕였어. 나는 그늘막 바깥으로 쓰러졌고, 새는 내 손에서 빠져나가려고 기다랗고 하얀 몸통을 필사적으로 뒤틀며 퍼덕거렸어. 새의 깃털이 내 턱을 때렸고, 부리는 내 손을 콕콕 쪼더군. 난 손을 더 꽉 오므리고 눈을 질끈 감았어.

"이제 어떡해요?"내가 악을 썼어.

"새를 죽여!"램버트가 외쳤지.

"난 못 해요! 못 한다고요!"

꽥꽥거리는 소리는 정말이지 끔찍했어. *살려주세요!* 그 소리는 마치 이렇게 외치는 것만 같았어. *난 당신들 일행이 아니에요! 놔주세요!*

"미안해! 미안!"

"절대 놓지 마!"

"벤지!"

"미안!"

그 순간 야니스가 내 위에 올라탔어. 그러고는 새의 대가리를 냉큼 붙잡고 거칠게 비틀어버렸어. 새는 순식간에 숨이 끊어졌어. 내 가슴에 깃털이 떨어지더군. 내 볼에는 눈물이 흘렀고. 나는 죽은 새를 바라봤어. 그러고는 야니스를 돌아봤어. 다른 사람들을, 자칭 주님이라는 남자를 포함해 일행들 모두를 둘러봤어. 그때 내 입에서 터져나온 말은 이 한마디뿐이었어.

"왜 그랬어요?"

뉴스

....

앵커   오늘 밤, 갤럭시호 침몰 사고 관련 연속 추모 보도의
열두 번째 편에서 타일러 브루어 기자가 소개하는 희
생자는, 한창 전성기를 누리다가 스러지고 만 전도유
망한 젊은 외교관입니다.

기자   야니스 미카엘 파파다풀루스는 1986년 그리스의 아
테네 교외에서 태어났습니다. 그의 아버지는 그리스
총리를 역임한 정치인이고 어머니는 유명한 오페라
가수입니다. 야니스는 어린 시절 내내 여러 나라를
옮겨다니며 자랐는데요. 미국 코네티컷주의 명문 사
립학교인 초트로즈메리홀 고등학교를 졸업한 후에

는 프린스턴대학교를 거쳐 하버드대학교의 경영학 전문 대학원을 수료할 때까지 계속 미국에 머물렀습니다.

야니스는 고국인 그리스에서 스타트업 기업을 여럿 세워 유명해졌고, 나중에는 공유 숙박 서비스를 출시해 그리스에서 가장 성공한 예약 대행사로 성장시켰습니다.

야니스는 잡지 《피플》의 해외 유명인 특집호에서 '가장 섹시한 그리스 남성'으로 선정되며 하루아침에 유명인이 됐습니다. 저예산 영화 두 편에 캐스팅됐고, 세계적으로 손꼽히는 파티 명소인 코트다쥐르, 이비자, 생바르텔미 같은 곳의 단골손님이 되기도 했습니다.

야니스의 아버지 요르요스 파파다풀루스는 아들에게 서른 살이 되면 그리스로 돌아와 "마음을 잡고 착실하게 살아라"라고 당부했습니다.

요르요스   "제 아들은 재능이 아주 뛰어났어요. 어릴 적에 이미 어려운 수학 방정식을 암산으로 풀 정도였죠. 저는 그 애가 리더십을 타고난 만큼, 경제학 같은 분야에 집중해 공부하면 조국에 큰 도움이 될 거라고 믿었습니다."

기자   그로부터 1년 후, 야니스는 자신의 명성에 크게 힘입어 초선 의원으로 당선됐는데요. 몇 년이 더 흐른 후에는 각료들의 반대를 이겨내고 그리스 역사상 최연소 유엔 대사로 임명됐습니다. 정적들은 그 직위가 아버지 덕분에 누리는 정치적 특혜라고 비판했는데요. 하지만 야니스는 실력 있는 대변인으로서 외국 정부의 차관 지원을 확보하는 데 기여했고, 이로써 그리스가 심각한 재정 위기에서 벗어나도록 공헌했습니다.

서른네 살이 되던 해, 야니스 파파다풀루스는 제이슨 램버트가 제창한 '위대한 아이디어' 항해에 최연소 참가자로 초청받았습니다. 그랬던 그가 지금은 사망했으리라 추정되며, 이로써 그의 짧은 생애와 촉망받던 경력 또한 그 비극의 밤에 바다에서 일어난 알 수 없는 사건의 희생자가 되고 말았습니다.

바다

~~~~~~

이제 조금만 있으면 표류 열이레째 날 자정이야. 미안해, 나
의 천사. 난 지금껏 글을 적을 여유가 없었어. 야니스가 그
새의 목을 꺾어 죽인 이후로 나는 줄곧 약에 취한 것 같았
어. 그 일 때문에 내가 왜 이렇게 슬픈지 모르겠어. 내 가슴
에 힘없이 축 늘어진 그 깃털 달린 주검. 난 그 모습이 머릿
속에서 도무지 지워지지가 않아. 몸이 무거워진 느낌이 들
어서 일어나 앉는 것도 간신히 할 지경이야.

그 후에 어떻게 됐는지 궁금하겠지. 아무 일도 없었어. 적
어도 몇 분 동안은. 보트에 탄 일행 중에 그 죽은 새를 어떻
게 하면 좋을지 아는 사람이 한 명도 없는 것 같더군. 우린

그저 서로 멍하니 바라보기만 했어. 그러다 한참 만에, 장필리프가 입을 열었어.

"미스 제리. 칼을 좀 빌려주시겠어요?" 장필리프의 목소리는 나직했어.

뒤이어 그 새의 껍질을 벗기고, 날개를 뽑고, 대가리를 잘랐어. 니나는 몸을 움츠리며 장필리프에게 뭘 알고 그러는 거냐고 물었어. 장필리프는 그렇다고, 아이티에 살던 어린 시절에 도맡아 하던 일이라고, 보통은 닭을 잡았지만 이 새도 크게 다르지는 않다고 대답했어. 새를 손질하면서 그리 흐뭇해 보이지는 않았어. 아마 어릴 적에도 흐뭇하게 일하지는 않았을 것 같아.

피와 내장이 쏟아져나와서 우린 한쪽으로 물러났어. 장필리프는 한참 만에 고기가 가장 많이 붙은 가슴 부위를 발라낸 다음, 가늘고 기다랗게 썰어서 여러 가닥으로 만들었어. 그러고는 우리한테 한 가닥씩 집으라고 했어.

"날고기를 먹으라는 거야?" 램버트가 물었어.

"햇볕에 말려서 먹어도 돼요." 야니스가 새고기를 한 가닥 집으며 말했어. "이틀 동안 기다리고 싶으면요."

그러고는 고기를 우물우물 씹더군. 니나는 차마 보기조차 힘든지 고개를 돌렸어. 제리는 고기를 집어 꼬마 앨리스에게 건넸어. 앨리스는 평소 하던 습관대로 자기 몫의 고기를 주님에게 줬고, 그걸 본 제리는 한 가닥을 더 집어 아이에게 줬어. 곧이어 그들 모두 입을 한껏 우물거리며 고기를 썹더군. 난 차마 그러지 못했지만.

"어서요, 벤지. 먹어야 해요." 장필리프가 말했어.

난 고개를 가로저었어.

"이 새를 죽인 것 때문에 죄책감을 느낄 필요는 없어요. 그건 당신이 우리 모두를 위해서 한 일이니까요."

난 장필리프를 바라봤어. 그러자 눈시울이 뜨거워지더군. 장필리프가 진실을 알았다면 어땠을까. 내가 일행 모두를 위해 아무것도 하지 않았다는 걸, 결정적인 순간에 아무것도 하지 않았다는 걸 알았다면.

나는 주님 쪽으로 눈을 돌렸어. 그 사람은 자기 몫의 고기를 질경질경 씹으며 시종 나를 빤히 보고 있었어. 그러다가 고기를 꿀꺽 삼키고 빙그레 웃더군.

"난 여기 있어요, 벤저민. 얘기하고 싶어지면 언제든 와요." 주님이 말했어.

✢

오늘 저녁, 해가 진 직후에, 니나와 야니스가 나란히 앉아 있는 모습이 내 눈에 띄었어. 이 구명보트에는 빈 공간이랄 게 없다 보니, 누가 누구 옆에 앉았는지 같은 건 별 의미가 없어. 언제나 누군가의 몸 위에 몸을 포갠 상태니까. 우리가 이 비좁은 공간에 얼마나 빠르게 적응했는지 생각해보면 참 신기해. 서로 지나다니기 편하게 몸을 비스듬히 틀어주고, 다른 사람이 몸을 쭉 펴도록 다리를 들어주는 식으로 말이야. 램버트와 제리, 야니스 같은 사람들은 널따란 집의 널따란 방이 익숙하겠지. 그 사람들은 지금 이 상황이 얼마나 이상할까. 자기 소유의 부동산이 하나도 없는 지금이 말이야.

하지만 니나와 야니스가 나란히 앉은 까닭은 실용적인 목적이 아니라, 친밀감 때문이었어. 야니스는 한 팔을 니나 등 뒤의 보트 뱃전에 걸치고 있었어. 니나는 어느 순간 야니스 어깨에 머리를 기댔고. 냇물처럼 치렁치렁한 니나의 머리카락이 야니스의 가슴을 스쳤지. 야니스는 니나의 팔을 꼭 쥐고 이마에 입을 맞추더군.

나는 본능적으로 눈을 돌렸어. 두 사람의 사생활을 존중해서 그랬는지 아니면 부러워서 그랬는지, 그건 나도 모르겠어. 우리는 물 때문에 길길이 날뛰고, 먹을 것을 놓고 서로 으르렁거려. 하지만 우리가 무엇보다 간절히 원하는 건 위안이야. 부드러운 포옹이고. 소곤거리는 목소리로 '괜찮아,

다 괜찮아'라고 말해줄 사람이야.

어쩌면 니나와 야니스는 서로에게서 그런 위안을 얻는지도 몰라. 난 지금 이 글을 끄적거리는 수첩 속지에서, 내 머릿속의 이런저런 생각에서 위안을 얻어, 애너벨. 그 생각들은 내 뇌에서 내려와 점점 번져나가. 손가락으로, 펜으로, 종이로. 당신에게로.

나에게는 당신이 위안이야.

이제 난 꼼짝없이 이 바다에서 죽을 운명 같아. 그렇다면 세상 사람들이 짧게나마 알아주면 좋겠어. 내가 누군지, 어떻게 살아왔는지를. 이 수첩이 내가 가지 못할 곳에 도착할 거라고 기대할 이유 같은 건 눈곱만큼도 없어. 하지만 거창한 계획이 모조리 물거품이 되면 우리는 사소한 소망에 매달리게 마련이지. 어쩌면 뭔가 계기가 생겨서 이 이야기가 빛을 보는 날이 올지도 몰라.

✦

자, 이제 여기에 내 인생을 요약해서 적어볼게. 난 외아들이고, 아일랜드 도니골이라는 작은 도시에서 태어났어. 내 고향 마을인 칸도나는 도니골에서도 북쪽, 그러니까 대서양과 헤브리디스제도 앞바다가 만나는 곳 바로 앞에 자리 잡은 조그만 바닷가 마을이야. 우리 어머니는 아일랜드 아이들이 대개 그렇듯이 어릴 적에 가까운 골프장에서 골프를 치곤 했어. 그런데 골프 실력이 어찌나 좋았던지 열여덟 살에 지역 대회에서 우승했고, 상으로 스코틀랜드에서 열리는 오픈 챔피언십 대회를 참관할 입장권과 버스 여행권을 받은 거야. 나중에 알았는데, 어머니는 거기서 우리 아버지를 만났어. 아니, 스쳤다고 하는 게 더 어울릴지도 모르겠군. 왜냐면 어머니는 그 후 오랫동안 아버지를 보지 못했으니까. 나는 그 대회로부터 아홉 달 후에 태어났는데 말이지. 어머니는 내가 아무리 뻔질나게 물어봐도 절대로 아버지의 이름을 가르쳐주지 않았어. 골프도 두 번 다시 치지 않았고. 어렸을 적, 밤늦게 부엌에서 목소리가 걸걸한 남자와 어머니가 말다툼하는 소리가 이따금 들리곤 했어. 그래서 난 그 남자가 우리 아버지이겠거니 했지. 하지만 그 남자는 어머니가 예전 스코틀랜드에 일주일 동안 여행을 가서 '신세를 망치지 않았다면' 결혼했을지도 모르는 옛 애인이었어. 그 남자는 그 말을 몇 번이고 몇 번이고 되풀이했어. 베개 밑에 머리를 파묻고 그 말을 들은 나는 나 자신이라는 존재를 영원토록 부끄러워하게 됐고.

나한테는 에밀리아라는 숙모와 카헐이라는 숙부가 계셨

어. 그분들이 바로 도비의 부모님이야. 내가 일곱 살이던 해 어느 날 아침, 두 분은 어머니와 나를 차에 태우고 공항까지 데려다주셨어. 잔디가 깔린 착륙장을 포장된 활주로로 교체한 지 얼마 안 된 지방 공항이었지. 우린 여행 가방을 수하물 담당자에게 맡겼어. 그런 다음 비행기를 타고 하늘로 날아올랐어.

도착한 곳은 눈보라가 한창 몰아치는 보스턴이었어. 난 사람들의 억양을 못 알아들었고, 수많은 자동차와 온 사방에 가득한 광고판에 기가 죽어 움츠러들기까지 했어. 광고판에는 던킨 도너츠, 맥도날드 햄버거, 온갖 다양한 맥주가 그려져 있었지. 우린 이탈리아계 이민자가 경영하는 빵집 옆 셋집에 살았는데, 어머니가 타이어 공장에 취직하고 나서는 나도 학교에 다니기 시작했어. 시에서 운영하는 공립학교였지. 난 공부를 못했어. 선생님들은 나이가 많고 퉁명스러웠고. 학교가 끝나는 종소리가 울리면 선생님들도 나만큼이나 안도하는 것처럼 보였어.

어느 날 오후에 학교가 끝나고 집에 와 보니 어머니가 처음 보는 꼭 끼는 은색 드레스 차림으로 거울 앞에 서 있었어. 바로 그날, 나는 어머니가 왜 하필이면 보스턴을, 미국을 선택했는지 알게 됐어. 어머니는 머리를 하고 화장까지 해서 꼭 모르는 사람 같았는데, 난데없는 그 모습이 깜짝 놀랄 만큼 아름다웠어. 어디 가냐고 물어보는 내게 어머니는 "때가 됐어, 벤저민"이라고만 대답했어. 내가 "때라뇨?"라고 묻자 어머니가 이러더군. "네 아버지를 만나러 갈 때야."

난 그게 무슨 말인지 이해가 안 갔어. 나에게 미국은 그때까지도 수수께끼 같은 나라였거든. 나는 유치한 상상력을 발휘해 보스턴 교외의 어떤 곳으로 향하는 어머니를 머릿속에 그려봤어. 높다란 언덕 위에선 그곳에 있는 아버지들이 저마다 휑뎅그렁한 방에 쓸쓸히 앉아서, 오랫동안 헤어져 살던 신부가 오기를 기다리는 거야. 어머니가 접수대 직원에게 용건을 말하면 직원이 조마조마하며 기다리는 남자들에게 어머니의 이름을 크게 외쳐주는 거지. 그러면 그들 중 한 남자가, 잘생기고 힘이 세고 검은 수염이 부숭부숭한 남자가 일어서서 "예, 제 가족입니다!"라고 외치고는 달려와서 어머니를 끌어안겠지. 어머니를 만나게 해달라던 아버지의 기도는 마침내 그렇게 응답을 받는 거야.

하지만 일이 그렇게 되지는 않았어.

누군지는 몰라도, 그 남자는 우리 어머니를 보고 반가워하지 않았어. 그날 밤에 난 어머니가 자기 방에서 물건을 깨부수는 소리를 듣고 잠에서 깼어. 후다닥 달려가서 보니 어머니는 그날 입었던 드레스를 가위로 서걱서걱 자르고 있었어. 화장은 눈물 때문에 얼룩덜룩하고 립스틱도 번져서 흉했는데, 그런 어머니가 나를 보고 소리치는 거야. "가! 가란 말이야!" 하지만 그 어린 나이에도 나는 훤히 알았어. 어머니는 내 아버지가 자신에게 보인 반응을 똑같이 흉내 낼 뿐이라는 걸 말이야.

어머니는 아버지에 관한 상세한 정보를 내게 거의 알려주지 않았어. 내가 들은 거라곤 아버지가 부자고, 사는 집이 부촌인 비컨힐에 있다는 것 정도였지. 어머니는 아버지가 나를 아낀다고 우기려 했지만, 난 그 말이 거짓인 걸 간파했어. 그 얘기를 하는 어머니 눈빛이 가슴이 미어질 만큼 슬퍼 보였으니까. 그 순간 나는 깨달았어. 어머니는 내가 태어난 이후로 줄곧 그날 밤을 준비했던 거야. 우리를 온전한 존재로 만들려고, 한 가족으로 되돌리려고, 망쳐버린 자기 신세를 바로잡으려고. 그랬는데 아버지한테 문전박대당한 거야. 그래서 아버지는 내 머릿속에서 영영 후레자식으로 굳어져버렸어. 나야 아버지 없이 자랐으니 원래부터 후레자식이었고.

우리 어머니는 여러 면에서 모순된 사람이었어. 깡마르고 연약했지만, 그런데도 혼자 힘으로 나를 데리고 낯선 이국 땅으로 이주했지. 꿈에 그리던 가족 상봉이 무산되자 어머니는 자신의 의무를 다했어. 타이어 공장에서 지칠 줄 모르고 일했지. 야근도 마다 않고, 주말 근무까지 해가면서. 장담컨대 어머니의 인내력은 남자 다섯 명 몫이었어. 하지만 어느 날, 어머니는 비계에서 떨어져 척추를 심하게 다치는 바람에 걷지 못하게 됐어. 공장 측은 거액의 배상금을 모면하려고 법정에서 어머니가 한눈을 팔았다고 증언했어. 어머니는 평생 단 한 순간도 한눈 판 적이 없었는데.

그 후로 어머니는 정신이 흐려졌어. 소리를 끈 채 텔레비전을 보곤 했지. 가끔은 며칠 동안 아무것도 안 먹기도 했고. 어머니는 공장에서 사고를 당했던 일이나 아버지를 만나서 있었던 일을 결코 입에 올리지 않았지만, 그래도 나는 다 알았어. 어머니는 더 나은 삶을 꿈꾸며 원대한 계획을 세우고, 그 계획을 시도했지만 실패해버렸다는 걸, 그리고 그 실패는 우리가 식사하는 조그만 부엌의 공기 속에, 칙칙한 초록색으로 칠한 우리 집 욕실에, 페인트가 벗겨져가는 내 방의 벽과 색이 바랜 카펫에 고스란히 드러난다는 걸. 내가 휠체어를 밀고 어머니와 산책을 나갈 때면 어머니는 가끔 아무 이유도 없이 울음을 터뜨리곤 했어. 누가 개를 데리고 곁을 지나갈 때, 아니면 아이들이 야구를 하는 광경이 눈에 띌 때 그러곤 했지. 어머니는 어떤 사물을 응시하면서도 실제로는 다른 것을 보는 듯했어. 그건 망가진 사람들이 하는 행동인데 말이지.

어머니가 내게 여러 번 되풀이해 들려준 조언은 바로 이거야. "살아가는 동안 신뢰할 수 있는 사람을 딱 한 명만 찾으렴." 파란만장했던 내 어린 시절에 어머니는 내게 그런 사람이 돼줬고, 나 역시 어머니에게 남은 시간 동안 그런 사람이 돼주려고 애썼어. 어머니가 돌아가시고 나서 난 늘 가슴이 무거웠어. 숨이 가빠지고 자세도 구부정해졌지. 어디 아픈 게 아닌가 하고 불안했어. 이제는 그게 단지 갈 곳 없는 사랑의 무게였다는 걸 알지만 말이야.

그렇게 나는 갈 곳 없는 사랑을 품은 채 세상을 떠돌았고, 그 사랑을 내려놓을 자리가 어딘지 찾아봤지만 어디도, 누구도 발견하지 못했어. 그러다가 마침내 당신을 만난 거야. 난 여러 면에서 부족한 사람이었어, 애너벨. 돌이켜보면 심지어 불행한 사람이기도 했던 것 같아. 하지만 가장 중요한 면에서는 운이 좋은 사람이었어. 그날 밤 불꽃놀이가 끝난 후에 당신은 내게 이름을 가르쳐줬고 난 당신에게 내 이름을 가르쳐줬지. 그러고 나서 당신은 눈을 크게 뜨고 나를 보며 이렇게 말했어. "벤저민 키어니, 다음에 나랑 데이트할래요?" 너무 당황해서 난 대답도 못했어. 당신은 나의 그런 반응이 재미있었나봐. 의자에서 일어서서 빙그레 웃으며 이렇게 말했으니까. "뭐, 아마 언젠가는 그렇게 할 거예요."

그 후로 내가 어떻게 살았는지는 중요한 것 같지 않아. 어디서 일했는지, 어느 동네에 살았는지, 특정한 문제들에 관해 어떻게 생각했는지 같은 것들 말이야. 나에게는 당신이 있었어, 애너벨. 오직 당신뿐이었어. 글을 적을 자리가 부족하다 보니 이 페이지 맨 밑에 닿기 전에 내 삶을 요약할 수 있겠다는 생각이 드는군.

이 지구상에서 37년을 살아오면서, 난 거의 평생 동안 바보였어. 그리고 스스로 늘 불안해했던 것처럼, 끝내는 당신을 실망시켰어.

모든 게 다 미안해.

육지

르플뢰르는 남은 커피를 단숨에 들이켜고 지프차의 엔진을 껐다. 아침은 구름 한 점 없이 맑았고 일기예보에서는 찜통 더위가 온다고 경고했다.

서류 가방을 들고 경찰서 앞문으로 향하는 동안에도, 르플 뢰르는 그 수첩을 계속 읽기 위해 시간을 얼마나 쪼갤 수 있 을지 궁리했다. 퍼트리스가 올라와 방해했을 때 그는 수첩 을 막 읽기 시작한 참이었다. 하지만 그 정도만 읽어도 구명 보트에 탄 사람들이 바다에 떠 있던 남자를 발견했고, 그 후 뭔가 이상한 일이 일어났다는 사실을 알기에는 충분했다.

남자가 대답 않고 가만히 있으니까, 니나가 남자의 어깨에 손을 얹으며 말했어. "뭐, 우리가 찾은 것만 해도 주님께 감사드릴 일이죠."

그 말을 들은 남자가 그제야 입을 열더군.

"*제가* 주님인데요." 남자는 나직이 말했어.

르플뢰르는 그 수첩의 존재와 갤럭시호 침몰에 얽힌 의문점만으로도 충분히 당황스러웠다. 하지만 이제는 신이라고 자칭하는 남자에게 승객들이 어떻게 반응했는지 확인하지 않고는 못 배길 것만 같았다. 르플뢰르에게는 혹시라도 하느님을 만날 기회가 있으면 물어보고 싶은 것들을 적어놓은 기다란 목록이 있었다. 그가 보기에 하느님이 반가워할 것 같지는 않은 목록이었다.

르플뢰르는 롬이 떠올랐다. 롬에게 정오에 경찰서로 오라고 말해둔 참이었다. *사람이 어떻게 휴대전화도 없이 살 수 있지.* 경찰서 문을 열고 들어서자 안에 있던 두 사람이 재빨리 일어섰다. 한 명은 감색 슈트에 오픈칼라 셔츠를 받쳐 입은 덩치 큰 남자였다. 다른 한 명은 누군지 대번에 알아볼 수 있었다. 레너드 스프레그. 다름 아닌 경찰서장이었다.

"자티, 나랑 얘기 좀 하지." 스프레그가 말했다.

"제 사무실에서요?" 르플뢰르는 침을 꿀걱 삼켰다. 그는 방어적인 목소리로 말하는 자신을 속으로 나무랐다.

스프레그는 대머리에 턱수염을 기른 통통하고 나이가 꽤 든 남자로, 서장 자리에 앉은 지는 10년도 더 됐다. 그와 르플뢰르는 보통 두 달에 한 번씩 본서에서 만났다. 그가 르플뢰르의 사무실까지 찾아오기는 이번이 처음이었다.

"갤럭시호에서 나온 구명보트를 찾았다던데, 사실인가?"

스프레그가 먼저 말을 꺼냈고, 르플뢰르는 고개를 끄덕였다. "마침 보고서를 쓰던 참이었는데……."

"어디서요?" 다른 남자가 르플뢰르의 말허리를 잘랐다.

"예?"

"그 구명보트를 어디서 찾으셨는데요?"

르플뢰르는 억지로 빙긋 웃었다. "실례지만 성함을 아직 못 들었는데……."

"어디냐니까요?" 남자는 퉁명스러웠다.

"말씀드려, 자티."

"북쪽 해안, 마거리타만입니다."

"아직 거기 있나요?"

"예. 제가 현지 경관들한테……."

남자는 르플뢰르의 말이 끝나기도 전에 벌떡 일어나 문으로 향했다.

"가죠." 남자가 으르렁거리듯 말했다.

르플뢰르는 스프레그를 돌아보며 나직이 물었다. "이게 대체 무슨 일이죠? *저 사람*은 또 누군가요?"

"제이슨 램버트 밑에서 일하는 사람이야." 스프레그는 그렇게 말하고는 엄지손가락과 나머지 손가락을 비비는 시늉을 했다. 돈이 얽힌 문제라는 뜻이었다.

제7장

뉴스

::

앵커   오늘 밤에는 타일러 브루어 기자가 바다에서 비극적
으로 목숨을 잃은 수영계 유명 인사를 소개할 텐데
요. 이로써 갤럭시호 침몰 사고 희생자들을 위한 연
속 추모 보도를 마칠 예정입니다.

기자   고맙습니다, 짐. 제리 리드는 물속에 있을 때 가장 편
안하다고 느낀 여성이었습니다. 무려 세 살 때부터
미국 캘리포니아주 미션비에호에 있는 동네 수영장
에서 수영을 할 정도였으니까요. 전국 대회에는 채
열 살이 되기도 전에 출전했습니다. 수영 강사 어머
니와 해양학자 아버지의 딸로 태어나 '수영장 귀신'

을 자청하던 제리는 열아홉 살에 미국 올림픽 대표팀에 선발됐습니다. 시드니 올림픽에서는 평영에서 금메달을, 또 계영 부문에서 은메달 두 개를 목에 걸었습니다. 4년 후 또다시 대표팀에 선발된 제리는 아테네 올림픽에서 은메달을 획득한 후에 은퇴했고, 이후 1년 동안 세계 기아 퇴치를 위한 국제 홍보 대사로 활동했습니다.

스물여섯 살 되던 해, 제리 리드는 의대에 진학하기로 결심했지만 입학 후 두 학기 만에 자퇴했습니다. 치열하게 경쟁하는 스포츠가 없으면 '안절부절못하는' 사람이라고 스스로를 평가하는 제리는 아테나호라는 요트에 1년 동안 승무원으로 탑승하며 국제 요트 경주 대회인 아메리카컵 대회에 출전하기도 했습니다.

마침내 제리는 스포츠 용품 회사와 제휴해 '워터워크스!'를 설립했는데요. 운동선수를 위한 건강관리 서비스를 제공하는 이 회사는 어마어마한 성공을 거뒀습니다. 제리는 자신의 상징과 같은 삐죽삐죽한 금발과 조금 매몰차기는 해도 명민해 보이는 스타일 덕분에 팬들에게 사랑받았을 뿐 아니라, '워터워크스!' 광

고의 홍보 대사가 되기도 했습니다.

결혼을 하거나 아이를 낳은 적은 없지만, 제리 리드는 아이들에게 일찍부터 수영을 가르치는 것이 중요한 일이라고 자주 언급했는데요. 한번은 이런 말도 했습니다. "사람이 원초적으로 느끼는 두려움 가운데 하나가 물에 대한 두려움이죠. 그 두려움을 일찍 극복할수록 다른 두려움을 극복하는 방법도 일찍 배울 수 있어요."

거의 40명이나 되는 갤럭시호의 다른 승객들과 함께 자취를 감췄을 때, 제리 리드는 서른아홉 살이었습니다.

"제리는 전 세계 젊은 여성들에게 영감을 주는 선구자였습니다." 미국수영연맹 대변인 유언 로스의 말입니다. "사람들은 수영장에서도 실생활에서도 제리와 한 팀이 되고 싶어 했습니다. 그런 제리를 잃은 것은 비극입니다."

바다

~~~~~~

내 사랑 애너벨. 마지막 편지를 쓰고 나서 며칠이 지났어. 난
몸도 마음도 약해지고 말았어. 종이 위에 펜을 대는 것조차
간신히 할 지경이야. 너무나 많은 일이 일어났는데, 난 그중
몇 가지는 아직도 받아들일 수가 없어.

표류 열아흐레째, 우린 허기와 갈증에 완전히 굴복하고 말
았어. 새의 주검에서 먹어도 되는 부위는 이미 모조리 먹어
치웠어. 제리는 낚시 미끼로 쓰려고 살점 일부를 동그랗게
뭉치더군. 그러고는 새 날개의 조그만 뼈로 낚싯바늘을 만
들고 낚싯줄을 연결해 물속에 담갔어. 우린 지친 몸을 이끌
고 뱃전으로 가서 낚싯바늘을 지켜봤어.

이윽고 야니스가 외쳤어. "저기 봐요!"

저 멀리, 회색 구름이 뭉실뭉실 모여서는, 깔때기 모양을 한 시커먼 어둠을 바다 위에 드리우고 있었어.

"비구름이에요." 제리가 말했어. 탈수 증상 때문에 목소리가 갈라졌더군.

우리는 마실 물이 생긴다는 기대 덕분에 기운을 차렸어. 그런데 바람이 점점 거세게 몰아치는 거야. 파도도 높아졌어. 우리 보트는 위로 솟구쳤다가 아래로 떨어졌고, 다시 솟구쳤다가 떨어졌어. 떨어질 때마다 보트 바닥에 사람들 몸이 부딪혀 철썩 소리가 났지.

"아무거나 잡고 버텨요!" 야니스가 외쳤어.

제리와 주님, 그리고 나는 구명줄에 팔을 걸었어. 램버트는 그늘막 아래로 몸을 숙였고, 니나와 앨리스, 장필리프도 똑같이 했어. 보트는 놀이 기구처럼 정신없이 흔들렸어. 갤럭시호가 침몰한 밤 이후로 그렇게 흔들린 적은 그때가 처음이었지. 하늘이 캄캄해졌어. 그러다 보트가 순식간에 획 기울어지는 거야. 언뜻 보니 제리는 내 어깨 너머를 바라보는 중이었어. 그러다 눈이 휘둥그레졌어.

"꽉 잡아요, 벤지!" 제리가 외쳤어.

뒤를 돌아보니 거대한 파도가 우리 보트 뒤쪽에 높다랗게 솟아 있었어. 꼭 하품을 하느라 쩍 벌어진 물짐승의 주둥이 같았지. 우리 보트는 파도 속으로 빨려들어가 금방이라도 뒤집힐 판이었어. 그 순간 머리 위로 하얀 물보라가 눈사태처럼 쏟아졌고, 난 놓치면 죽는다는 각오로 뱃전의 구명줄을 단단히 붙잡았어. 부글거리는 물보라 사이로 그늘막 아래에 있던 일행 중 한 명이 물에 순식간에 쓸려나가 뱃전 너머로 떨어지는 모습이 보였어.

"니나!" 야니스의 고함이 들렸어.

그리고 1초가 흘렀어. 2초. 3초. 우리 보트는 다시 평평하게 균형을 잡았어. 파도 소리를 뚫고 살려달라고 외치는 니나의 목소리가 들려왔어. 니나는 어디 있었던 걸까?

"저기예요! 저기 왼쪽!" 제리가 외쳤어.

내가 그 말을 듣고 반응하기도 전에 야니스가 바다로 몸을 던져 니나 쪽으로 헤엄치기 시작했어.

"안 돼요, 야니스!" 내가 외쳤어.

파도가 또다시 보트를 들어올렸고, 물로 이루어진 장벽이 우리 위로 무너져내렸어. 난 정신없이 눈을 닦았어. 저 멀리 수면 위로 올라왔다 내려갔다 하는 니나의 머리가 보이더군. 니나는 보트에서 20미터는 족히 떨어져 있었어. 또다시 밀려온 파도가 보트에 부딪혀 부서졌어. 언뜻 보니 제리가 노를 저으려고 하기에 난 그쪽으로 재빨리 기어가며 외쳤어.

"나머지 한 개는 나한테 줘요!"

또다시 파도가 부서졌어. 또다시 물보라가 쏟아졌고.

"그 사람들 어딨어요?" 나는 눈을 가린 물을 닦으며 소리쳤어. "어디로 간 거예요?"

"저기 있어요!" 장필리프가 외쳤어.

두 사람은 이제 보트 오른편에 있었지만, 아까보다 더 멀리 떨어져 있었어. 야니스가 마침내 니나를 붙잡는 모습이 보였어. 두 사람이 서로 끌어안는 모습도 보였고. 둘은 한 덩어리가 돼 물속으로 가라앉았다가, 다시 떠올랐어. 뒤이어 또다시 파도가 우리를 덮쳤어. 그리고 또다시. 그러고 나니까 두 사람이 보이지 않았어.

"제리! 이제 어떡해요?" 내가 외쳤어.

"노를 저어요!" 제리가 소리쳤어.

"어느 쪽으로요?"

제리는 주위를 두리번거렸어. 제리가 답을 내놓지 못한 경우는 이때가 처음이었어. 왜냐면 그때는 답이 없었거든. 야니스와 니나는 이미 시야에서 사라진 후였어. 나는 제리와 마찬가지로 미친 듯이 노를 저었고, 우리 보트는 사방에서 부서지는 파도를 뚫고 나아갔어. 바람이 어찌나 세게 얼굴을 때리던지 눈물이 다 흐를 지경이었지. 난 앞이 거의 안 보였어. 내가 아는 건 그저 우리 때문에 보트가 턴테이블처럼 빙빙 돌아간다는 것뿐이었어.

우린 그 둘을 끝내 찾지 못했어. 10분 후, 내 약해빠진 근육이 고통을 못 이기고 신음했어. 난 뒤로 벌렁 드러누워 "안 돼!"라고 외치고 엉엉 울다가, 나를 닥치게 하려는 것처럼 또다시 덮쳐온 파도에 흠뻑 젖고 말았어. 바람은 울부짖듯이 사나운 소리를 내며 불어닥쳤어. 보트 바닥에는 종아리 높이까지 바닷물이 찼고. 다른 사람들은 구명줄을 붙잡은 채 수평선만 바라봤어. 서로 눈길을 피하는 사람들의 표정을 보니 무슨 생각을 하는지 또렷이 드러나더군. 두 명 더 바다에 삼켜졌구나. 두 명 더 죽었구나. 모질게 포효하는 바닷소리 안에서 우쭐한 목소리가 들려와 내 귀를 스쳤어. *너흰 절대로 빠져나가지 못해. 내가 너희를 모조리 삼킬 테니까.*

몇 시간이 흘러도 아무도 입을 열지 않았어. 돌풍은 지나갔고, 비는 내리지 않았고, 해는 오늘도 부지런히 출근 카드를 찍는 지칠 줄 모르는 악마처럼 아침을 알리며 떠올랐어.

우린 고개를 푹 숙인 채 발끝만 내려다봤어. 할 말이 뭐가 있었겠어? 이 구명보트에서 죽은 사람만 다섯에, 갤럭시호가 침몰한 밤에는 수십 명이 더 죽었는데. 바다가 우리를 한 명씩 집어삼켜 데려가는 중이었어.

램버트는 이따금씩 알아듣지 못할 말을 중얼거렸어. 전화가 어쩌고저쩌고 하다가 "경비원! 경비원을 불러!" 같은 소릴 하더군. 횡설수설이지. 난 램버트 말을 무시했어. 꼬마 앨리스는 제리 몸 위에 축 늘어져서 제리의 팔을 붙들고 있었어. 라가리 부인이 앨리스의 머리를 빗어주던 아침이 생각나. 부인이 손가락에 침을 발라 아이의 눈썹을 가지런히 펴주고, 아이와 함께 빙그레 웃으며 서로 끌어안던 모습이. 그때가 몇 년 전 같아.

니나는……. 가엾은 니나. 갤럭시호에서 처음 봤을 때부터 니나는 남들을 신뢰하려고 했고, 죽는 순간까지도 우리 보트의 이방인이 자신을 구해줄 거라고 믿었어. 하지만 그 이방인은 구해주지 않았지. 손가락도 까딱하지 않았어. 그자가 가짜라는 증거가 이것 말고 또 필요할까? 언젠가 니나한테서 들었는데 주님에게 기도에 관해 물어본 적이 있다고 했어. 그가 말하길 모든 기도는 답을 얻게 마련이지만, "때로는 그 답이 거절일 때도 있다"라고 했다더군.

니나가 받은 답도 거절이었던 것 같아. 생각할수록 화가 끓어올라. 그래서 이글거리는 눈으로 그자를 노려보면, 그자는 평온한 표정으로 나를 마주 봐. 난 그자의 기분이 어떤지, 또 그자가 뭘 생각하는지 상상이 되질 않아, 애너벨. 그자에게 뭘 느끼고 생각할 능력이 있는지 없는지조차 모르겠어. 우리가 뭘 먹으면, 그자도 먹어. 물을 마시면 함께 마시고. 그자의 살갗도 우리와 마찬가지로 벗겨지고 물집이 잡혔어. 얼굴은 처음 발견했을 때보다 더 퀭하고 홀쭉해졌고. 그런데도 불평 한마디 하질 않아. 괴로워하는 것 같지도 않고. 어쩌면 그자에게는 망상이 가장 큰 힘이 돼주는지도 모르겠어. 우린 우리를 구원해줄 누군가를 찾곤 하잖아. 그자는 그 누군가가 자신이라고 생각하는 거야.

·:·

어제 아침, 눈을 떠보니 제리가 보트 수선용 땜질 도구 세트를 들고 호들갑을 떨고 있었어.

"뭐 하는 거예요?" 내가 물었어.

"바닥에 난 구멍을 때울 수 있을지 한번 봐야겠어요, 벤지. 지금 우린 물을 퍼낼 일손이 부족해요. 이대론 가라앉을 거예요."

난 힘없이 고개를 끄덕였어. 상어에게 공격받아 튜브에 구멍이 난 이후로 지금껏 내내, 우린 한 명씩 차례를 정해 기울어가는 보트에서 쉬지 않고 물을 퍼냈어. 우리가 그 끝나지 않는 고된 일을 참은 까닭은 오로지 머릿수가 많기 때문이었어. 하지만 램버트는 물을 퍼내는 속도가 느릴 뿐 아니라 요즘 들어서는 정신마저 흐려졌어. 꼬마 앨리스는 애써거들기는 해도 금방 지쳐버리고. 그 둘을 제외하면 나하고제리, 장필리프, 주님뿐이야. 모두가 힘을 합친다고 해도, 이제 우리에겐 남은 힘이 없어.

"그 상어 떼 말인데요, 미스 제리. 그놈들이 다시 돌아오면어떡하죠?" 장필리프가 따지듯이 말했어.

제리는 장필리프에게 노 하나를 건네고 남은 노 하나는 내게 주면서 말했어. "그걸로 세게 후려쳐요." 그러고는 내 표정을 보고 나직이 말하더군. "벤지, 이거 말곤 방법이 없어요."

우린 해가 중천에 뜰 때까지 기다렸어. 왜냐면 상어가 먹잇감을 찾아 돌아다닐 확률이 가장 낮은 때가 그때니까. 장필리프와 나는 노를 들고 녹초가 된 보초들처럼 뱃전 위로몸을 숙였고, 그러는 동안 제리는 숨을 한껏 들이쉬고 물속으로 들어갔어.

30분 동안, 우린 캄캄한 집 안에 앉아 정체 모를 살인범이 모습을 드러내기를 기다리는 것 같은 심정이었어. 다들 입도 뻥긋하지 않았지. 눈으로는 수면 이곳저곳을 정신없이 살피면서도 말이야. 제리는 수면 위로 올라왔다가, 다시 물속으로 들어갔다가, 다시 올라오기를 계속해서 반복했어. 제리 말이 튜브에 난 조그만 구멍을 찾기는 했는데, 물속에 있다 보니 접착제와 수선용 패치가 무용지물이라더군.

"밀봉재를 채워넣고 꿰매볼게요." 제리가 말했어.

우리는 또다시 수면을 유심히 관찰했어. 20분 후, 제리가 할 수 있는 수선은 다 했다고 말했어. 그러고는 다시 한번 물속으로 뛰어들었어.

"왜 저러는 걸까요?" 난 사람들에게 물었어.

수면 위로 다시 올라온 제리는 양손이 바닷말과 따개비로 가득했어. 제리는 그걸 보트 안쪽으로 던졌고, 우린 제리의 손을 잡고 끌어올렸어.

"보트 바닥에…… 아예…… 생태계가 하나 만들어졌어요." 제리는 숨을 헐떡이며 말을 이었어. "따개비. 모자반. 물고기도 봤는데, 여기저기 흩어져 있고…… 너무 빨리 움직여서…… 보트 바닥에 붙은 것들을 먹고 사는 물고기 떼가 있어요."

"잘된 거 아니에요? 물고기 말이에요. 우리가 잡을 수도 있지 않겠어요?" 내가 물었어.

"그래요……." 제리는 숨을 다 고르지도 못한 채로 대답했어. "그런데…… 상어 떼가 노리는 것도 바로 그거예요."

.[.].

애너벨, 조금만 더 적고 나서 나도 조금 쉴게. 이것도 꽤 힘든 일이거든. 머릿속으로 생각을 처리해야 해서 그래. 물과 식량이 아닌 다른 것에 관한 생각을. 난 제리를 도와 수선용 튜브에 펌프로 공기를 넣었어. 한 시간이 걸렸지. 다 끝나고 나서 우리 둘 다 그늘막 아래에 뻗고 말았어. 그 간단한 일로도 진이 빠지지 뭐야.

그건 그렇고. 어젯밤, 마치 은총 같았던 짧은 순간에, 우린 딴 세상처럼 신비로운 풍경을 목격했어. 그때는 자정이 넘은 한밤이었어. 난 자다가 감은 눈꺼풀 너머로 어떤 기척을 느꼈어. 누가 불을 켠 것 같은 느낌이 든 거야. 헉하고 숨을 들이쉬는 소리가 들리기에 눈을 떴더니, 정말이지 놀라운 광경이 보이더군.

온 바다가 환하게 빛나고 있었어.

수면 아래 이곳저곳에 조그만 전구 수백만 개가 켜진 것처럼 물속이 온통 환했는데, 수평선 끝까지 디즈니랜드의 조명 같은 청백색 빛으로 물들어 있더군. 바다는 한자리에 꾹 멈춰 있는 것처럼 적막하기 짝이 없었고. 그래서 꼭 환하게 불이 켜진 거대한 유리창을 바라보는 느낌이 들었어. 어찌나 아름답던지. 내가 혹시 목숨이 다해 저세상으로 건너온 게 아닌가 궁금할 지경이었다니까.

"저게 뭐죠?" 장필리프가 조그만 목소리로 물었어.

"야광충이에요." 제리가 대답했어. "플랑크톤하고 비슷해요. 뭐가 와서 건드리면 저렇게 빛을 내죠." 그러고는 멈칫하다가 말을 이었어. "원래 이런 먼바다에는 안 사는데."

"처음이에요. 이런 광경은 내 평생 처음 봐요." 장필리프가 감탄하더군.

난 주님을 흘긋 봤어. 곁에 꼬마 앨리스가 잠들어 있었지. *애야, 일어나. 난 그렇게 말하고 싶었어. 죽기 전에 저 놀라운 광경을 좀 보렴.*

그 말을 입 밖에 내지는 않았어. 사실 난 거의 움직이지도 않았어. 움직일 수가 없었거든. 난 빛나는 바다에 시선이 못 박힌 채로 경이감에 사로잡혔어. 그 순간, 내가 보잘것없다는 느낌이 평생 그 어느 때보다도 더 강하게 들었어. 스스로를 대단한 존재로 느끼려면 너무나 많은 것들이 필요해. 스스로를 하찮은 존재로 느끼려면 바다만 있으면 되는데.

"벤지." 장필리프가 소곤거리는 목소리로 내게 말했어. "이 거 주님이 만들었을까요?"

"우리 주님 말이에요?" 나는 고갯짓으로 뒤쪽을 가리키며 소곤소곤 물었어.

"예."

"아니에요, 장필리프. 저 사람이 만들었을 것 같진 않아요."

그 순간 장필리프의 눈동자에 비친 파란 빛이 보였어.

"이걸 만든 존재가 분명히 있을 거예요."

"있겠죠." 장필리프의 말에 나도 맞장구쳤어.

"뭔가 대단한 존재일 거예요." 장필리프는 그렇게 덧붙였 어. 그리고 빙그레 웃더군. 보트가 물 위에서 부드럽게 흔들 렸어.

이튿날 아침, 장필리프는 사라지고 없었어.

육지

르플뢰르와 스프레그 서장은 파란색 블레이저 차림의 남자가 주황색 고무보트에 다가가는 광경을 가만히 지켜봤다. 르플뢰르는 신발로 모래를 이리저리 헤집었다. *저 사람은 수첩이 있었던 걸 까맣게 모르겠지?*

"자네가 보기엔 갤럭시호에서 살아남아 저 보트에 탄 승객이 있었을 것 같나?" 스프레그가 물었다.

"그야 모를 일이죠." 르플뢰르가 대답했다.

"죽는 방법 중에서도 참으로 끔찍한 방법이야. 그거 하난 확실해."

"그러게 말이에요."

그때 휴대전화가 울렸다. 르플뢰르는 전화기 화면을 흘깃 봤다.

"사무실이네요."

르플뢰르는 돌아서서 전화기를 귀에 댔다. 시선은 여전히 구명보트 옆에 있는 남자에게 향한 채였다.

"카트리나?" 르플뢰르의 목소리는 나직했다. "지금은 좀 바쁘니까……."

"손님이 오셔서요. 벌써 한참 동안 기다리셨어요" 비서인 카트리나가 말했다.

르플뢰르는 시계를 봤다. *젠장.* 손님은 다름 아닌 롬이었다. 정오까지 사무실로 오라고 일러둔 참이었다. 파란색 블레이저 차림의 남자는 르플뢰르가 지켜보는 가운데 고무보트 안쪽으로 몸을 숙이고서, 지금은 비어 있는 주머니가 달린 보트 가장자리를 더듬는 중이었다. 혹시 저 남자가 방금 손을 멈췄나? 설마 뭔가 알아챘을까?

"자티?" 전화기 너머의 카트리나가 불렀다.

"응?"

"손님께서 봉투를 한 장 달라고 하시는데요. 제가 드려도 될까요?"

"어, 그래, 얼마든지……." 르플뢰르는 말끝을 흐렸다.

고무보트를 살펴보던 남자가 몸을 일으켰다.

"이 보트를 다른 데로 옮겨야겠어요! 트럭을 좀 불러주실 수 있을까요?" 남자가 외쳤다.

"바로 부르죠." 스프레그가 큰 소리로 화답했다. 그러고는 르플뢰르를 향해 손가락을 까딱거렸다.

"나 가봐야 해, 카트리나. 롬 씨한테 아무 데도 가지 말고 거기서 기다리라고 해."

제8장

바다

~~~~~~

장필리프가 사라진 날 아침, 내 수첩에는 이런 글이 적혀 있
었어.

벤지에게—

당신이 자는 동안, 난 많이 생각했어요. 수면에 손을 뻗어 그
파란 빛을 만져보기도 했고요. 느닷없이 커다란 물고기가 보
였어요. 보트 근처에서 헤엄치더군요. 난 노를 들고 기다렸어
요. 그 물고기가 내 쪽으로 오는 걸 보고 노로 힘껏 때렸어요.
제대로 맞혔죠. 그리고 물고기를 건졌어요.

난 먹을 물고기가 생겨서 기뻐요. 하지만 내 손으로 그 물고기

의 목숨을 빼앗은 것이 슬퍼요. 난 뭘 자꾸 뺏으면서 이 세상에 계속 있고 싶지 않아요, 벤지. 마지막으로 하는 일은 뭔가베푸는 거였으면 좋겠어요. 물고기는 당신이 다른 사람들하고같이 먹어줘요. 그리고 계속 살아가요. 난 사랑하는 베르나데트와 같이 있고 싶으니까요. 난 베르나데트가 안전하게 잘 있다는 걸 알아요. 어젯밤엔 베르나데트가 내게 천국을 보여준것 같아요. 지금은 하느님께서 날 기다리신다고 얘기하네요.당신이 무사히 집에 돌아가길 기도할게요. 물고기는 가방에넣어뒀어요.

주님께서 지켜주실 거예요, 친구.

나는 수첩을 덮고 고개를 숙였어. 너무 심하게 흐느껴서가슴이 다 아팠지만, 눈은 먼지 덩어리처럼 보송보송했어.난 그렇게 텅 빈 인간이 돼버린 거야, 애너벨. 눈물로 흘러나올 물조차 안 남아 있는 인간이 돼버린 거야.

그건 어제 일이야. 제리한테 그 얘기를 했더니 수첩을 가져가서 읽어보고는, 내게 돌려주고 곧바로 구난 가방을 확인하러 갔어.

물고기는 장필리프가 장담한 대로 커다랬어.

"이건 만새기라는 물고기예요." 제리가 말했어.

제리는 자기 칼로 물고기를 재빨리 해체해 먹는 부위와 따로 쓸모가 있는 부위, 그 밖의 부위로 나눴어. 우리 다섯은 곧바로 물고기를 조금 먹었어(고작 다섯 명이라고? 그게 정말 사실일까?) 그러고 나서 제리가 낚싯줄을 조금 잘라서 남은 물고기 살점을 매달았어. 그렇게 볕에 말려두면 하루이틀은 더 먹을 수 있을 거야.

내가 그 생선살을 바라보며 장필리프 생각에 슬퍼하고 있을 때, 주님이 슬그머니 다가오더니 보트 가장자리에 등을 기댔어. 덥수룩한 머리는 젖어서 번들거렸고, 까만 수염은 이제 제법 빽빽하더군.

"장필리프가 그렇게 된 거 알았어요?" 나는 나직이 물었어.

"나는 모르는 게 없어요."

"어떻게 자기 손으로 목숨을 끊게 놔둘 수가 있어요? 왜 그러지 말라고 설득하지 않았죠?"

"당신은 왜 안 했는데요?" 주님은 나를 똑바로 바라봤어.

난 화가 나서 몸이 떨렸어. "내가요? 난 그럴 수가 없었어요! 몰랐다고요! 장필리프가 혼자서 결정한 일이니까요!"

"맞아요. 그 사람은 혼자서 그렇게 하기로 결정했어요." 주님의 목소리는 부드러웠어.

나는 주님을 노려봤어. 자기가 세상을 좌지우지하는 것처럼 행세하며 즐거워하는, 그 건방진 망상증 환자를. 그 순간 내가 느낀 감정은 오로지 경멸뿐이었어.

"당신이 정말로 하느님이라면." 화가 나서 속이 부글부글 끓어오르더군. "그 사람을 멈췄을 거예요."

주님은 바다 쪽을 보며 고개를 가로저었어.

"하느님은 이런저런 것들을 *시작*해요. 멈추는 건 사람의 일이죠."

육지

르플뢰르는 지프차를 몰고 섬의 간선도로를 쏜살같이 질주했다. 스프레그와 파란색 블레이저 차림의 남자는 뒤차를 타고 따라왔다. 그 뒤로 구명보트를 실은 트럭이 따랐다.

르플뢰르의 휴대전화가 또다시 울렸다.

"무슨 일이야, 카트리나?" 르플뢰르는 사무실일 거라 짐작하고 으르렁대며 전화를 받았다.

"경감님, 《마이애미헤럴드》의 아서 커시 기잡니다. 요전날 저녁에 통화하신 적이 있는데요."

르플뢰르는 한숨을 내쉬었다. 지금은 그런 전화를 받을 때가 아니었다.

"통화를 하진 않았죠." 르플뢰르는 기자의 말을 바로잡아 줬다. "그리고 지금은 얘기할 시간이……."

"갤럭시호에서 나온 구명보트가 몬트세랫에서 발견됐다는 사실은 이미 확인했습니다. 발견 과정에 경감님이 연루됐다는 사실도요."

"사실이 아니에요! 난 그냥 전화만 받았으니까."

"그럼 *실제로* 발견은 됐군요?"

젠장. 르플뢰르는 속으로 중얼거렸다. 기자라는 족속들은 왜 항상 속임수를 쓸까?

"정보가 필요하면 서장님께 문의하세요."

"보트에 남은 게 있던가요? 탑승객 유해라든가?"

"말씀드렸잖습니까, 커시 씨. 서장님께 문의하세요."

"섹스턴트 쪽 사람들이 그 섬에 인원을 보낼 예정이라는 건 아시죠?"

"그게 누군데요?"

"섹스턴트캐피털. 제이슨 램버트의 회사잖아요. 그리고 혹시 제가 내일 경감님을 뵙고 싶다면, 어디로 가야 하나요?"

"서장님께 문의하세요. 나한테는 두 번 다시 전화하지 마시고." 르플뢰르는 윽박질렀다.

르플뢰르는 전화를 끊고 손목시계를 봤다. 3시였다. 롬과 만나기로 한 약속 시간으로부터 이미 세 시간이나 흐른 후였다. 어쩔 수 없었다. 르플뢰르는 먼저 본서에 들러 스프레그에게 왜 곧바로 보고하지 않았는지("일요일이었잖아요, 레니!"), 또 애초에 구명보트는 어떻게 발견했는지("웬 떠돌이가 마거리타만에서 발견했어요")부터 설명해야 했다. 스프레그는 언짢아했다. 그는 르플뢰르에게 기자들이 그 떠돌이를 인터뷰하려고 할 테니 먼저 찾아서 붙잡아두는 게 좋을 거라고 했다.

"이번 일을 망치면 안 돼, 자티. 잘하면 몬트세랫에 천지개벽을 일으킬지도 모르는 거니까."

"무슨 말씀이시죠?"

"관광업 경기가 바닥이잖아. 출입 금지 구역에 자살 여행을 하러 가는 괴짜들 말고 누가 이 섬에 오려고 하겠어? 이번 건을 기회로 삼아 상황을 바꾸는 거야."

"어떻게요?"

"사연을 고치면 돼. 몬트세랫에 화산 말고 다른 것도 있다고 알리는 거야. 그 사람은 부자야, 자티. 그 사람 친구들도 모두 부자고. 게다가 유명하기까지 했지. 이번 일에 온 세상이 집중할 거야."

르플뢰르는 깜짝 놀랐다. "그 구명보트에서 여러 사람이 죽었어요, 레니. 그런 걸로 관광업을 흥하게 할 순 없어요."

스프레그는 고개를 갸웃했다. "그 구명보트에서 사람들이 죽은 걸 자네가 어떻게 알아?"

"아…… 안다는 게 아니라요." 르플뢰르는 말을 더듬었다. "그냥 제 짐작에……."

"짐작은 필요 없어, 알았지? 가서 보트를 발견한 목격자나 데려와."

.·.

경찰서 앞에 차를 세우고 나서 르플뢰르는 자신이 읽은 수첩 속 글을 떠올렸다. 머릿속에 떠오른 장면은 구명보트에 탄 이방인이 다른 사람들을 구해주지 않겠다고 거절하는 광경이었다.

제가 그렇게 하려면 먼저 여기 계신 분들 모두 제가 말하는 제 정체를 진심으로 믿어야 해요.

르플뢰르는 그 대목에서 멈칫했다. 그도 그럴 것이, 그는 딸이 죽고 나서 곧바로 하느님에게 의지하기를 그만뒀기 때문이었다. 그의 마음속에는 네 살짜리 아이에게 자비를 베풀지 않는 힘이 머물 자리 따위는 없었다. 기도는 헛수고였다. 교회도 마찬가지였다. 헛수고보다 더 나빴다. 그건 약점이었다. 죽어서 '더 나은' 천국에 가는 식으로 평형을 이루는 가상의 저울 위에다 자신의 불행을 던져놓게끔 하는 의지처였다. 얼토당토않은 소리였다. 르플뢰르가 보기에 화산이 터질 때 할 수 있는 일은 돌아서서 달아나든가, 아니면 제자리를 지키며 막아보려고 주먹이라도 휘두르든가, 둘 중 하나였다.

사무실에 들어와서 보니 마침 카트리나가 수화기를 내려놓는 참이었다. 표정으로 보아 화가 난 모양이었다.

"오셨네요. 제가 계속 전화했는데!"

"휴대전화를 꺼놨어. 기자가 귀찮게 해서."

"손님은 갔어요."

"롬 말이야?"

"성함은 안 밝히던데요. 현관 옆 포치에 두 시간이나 앉아 있었어요. 진저에일을 한잔 드릴까 하고 여쭤보니까 좋다고 했고요. 그런데 막상 들고 나가보니 없더라고요."

"어디로 갔는데?"

"나도 몰라요, 자티. 보니까 맨발이던데. 그 발로 어딜 가겠어요? 내가 당신에게 열 번이나 전화했다고요!"

르플뢰르는 사무실에서 뛰쳐나가며 어깨 너머로 외쳤다.

"내가 찾아볼게."

카트리나는 금세 욱하는 타입이었다. 지금은 괜히 화를 돋울 때가 아니었다. 르플뢰르는 서류 가방을 조수석에 휙 던져놓고 지프차 운전석으로 뛰어올랐다. 룸. 차라리 그 남자를 만나지 않았더라면 좋았을 거라는 생각이 스멀스멀 올라왔다.

바다

~~~~~~

오늘 비행기를 목격했어.

제리가 제일 처음 발견했어. 우린 몸이 너무 쇠약해져서
이제는 거의 종일 그늘막 아래 가만히 누워 잠이 들었다 깼
다 할 뿐이야. 앞서 제리는 보트 꽁무니 쪽으로 기어가 태양
광 증류기를 한 번 더 확인했지만, 이번에도 헛수고였어. 그
러더니 손차양을 하고 하늘을 올려다보더군.

"비행기예요." 제리가 갈라진 목소리로 말했어.

"방금 뭐라고 했어?" 램버트가 중얼거렸어.

제리는 손으로 하늘을 가리켰어.

램버트는 돌아누워서 눈을 가늘게 떴어. 비행기를 발견하

고 일어서려고 하더군. 지난 며칠 동안 하지 않았던 행동이었어.

"이봐! ……나 여기 있어! 여기 있다고."

램버트는 팔을 휘저으려고 했지만, 양팔 모두 묵직한 바벨을 든 것처럼 축 처지고 말았어.

"고도가 너무 높아요." 제리가 갈라진 목소리로 말했어.

"신호탄 발사기!" 램버트가 악을 썼고.

"고도가 너무 높다고요. 우리가 보일 리가 없어요." 제리가 되풀이해 말했어.

램버트는 구난 가방 쪽으로 가려다가 그만 보트 바닥에 털썩 넘어지고 말았어. 제리는 몸을 던져 램버트의 앞을 막았고.

"안 돼요, 제이슨!"

"신호탄 발사기가 있잖아!"

"이렇게 낭비할 순 없어요!"

난 기진맥진해서 움직일 수 없었어. 그 두 사람과 하늘을 번갈아가며 계속 바라보기만 했지. 비행기를 제대로 알아보기도 힘들었어. 높은 구름 사이로 지나가는 점 같았으니까.

"저 비행기는 날 구하러 온 거라고, 젠장!"

램버트가 악을 쓰더니 제리를 때려눕히고 구난 가방을 바닥에 죄다 쏟아버렸어.

"안 돼요, 제이슨!" 제리가 외쳤어.

하지만 신호탄 발사기는 이미 램버트 손안에 있었어. 램버트는 무턱대고 팔을 휘두르다가 그만 균형을 잃고 방아쇠를 당겼고, 옆으로 발사된 신호탄은 수면 위를 가로질러 날아갔어. 40미터쯤 떨어진 곳에서 환한 분홍색 불빛이 바다로 추락해 치직거리며 꺼지더군.

"더! 신호탄 더 줘!" 램버트가 외쳤어.

"그만해요, 제이슨! 그만하라고요!"

램버트는 무릎을 꿇고 앉아 살찐 손으로 보트 바닥에 널린 물건들을 샅샅이 뒤졌어. 신호탄이 든 깡통을 찾으려고 다른 물건들을 옆으로 마구 던지면서. 불룩한 배를 들썩거리면서.

"나 여기 있어, 나 여기 있다고." 램버트가 계속 중얼거린 말이야.

제리는 남은 신호탄 두 개를 발견하고 몸을 날렸어. 그걸 가슴에 끌어안고 다시 보트 가장자리로 서둘러 돌아가더군.

"그거 이리 내놔!" 램버트는 무릎을 꿇은 채로 허겁지겁 제리의 뒤를 쫓아갔어. "당장 이리 내놓……."

쿵! 그야말로 난데없이, 주님이 램버트를 있는 힘껏 들이 받았고, 램버트는 뒤로 벌러덩 자빠지고 말았어. 주님이 어찌나 빨리 움직였던지 난 이쪽으로 오는 것도 못 봤어.

램버트는 고통스러워하며 신음했어. 주님은 제리를 부축해서 일으킨 다음, 내 쪽을 차분하게 돌아보며 말했어.

"벤저민. 물건들을 챙겨서 구난 가방에 넣어요."

하늘을 보니 비행기는 사라지고 없었어.

∴

그러고 보니 이때껏 꼬마 앨리스 이야기를 쓰지 않았네. 조용한 사람은 가끔 없는 사람 취급을 받곤 하지. 투명인간이 되기라도 하는 것처럼 말이야. 하지만 말수가 적은 것하고 눈에 안 보이는 건 완전 다른 문제야. 내 머릿속에는 늘 앨리스가 있었어. 내가 어떤 식으로 죽을지 가늠하지 못하는 것만큼이나 나를 괴롭히는 건, 바로 앨리스의 정체를 도무지 모르겠다는 거야.

아직 머릿수도 많고 기력도 충분했을 때, 우린 앨리스가 어디서 왔을지 추측하곤 했어. 램버트는 그 애가 누군지 못 알아봤어. 그럴 수 있지. 램버트가 자기 요트에 탄 사람을 못 알아본 경우는 나를 포함해 한두 번이 아니니까. 야니스가 말하길 금요일 오후에 록 밴드가 헬리콥터를 타고 도착했는

데, 그때 아이들을 본 기억이 난다고 했어. 아마 앨리스도 그
때 같이 왔나봐.

우린 앨리스에게 여러 번 물어봤어. "이름이 뭐니?"나 "엄
마 이름이 뭐야?" 아니면 "집이 어디야?"라고. 언뜻 보면 의
사소통을 할 능력이 없는 것 같아. 그러면서도 한편으로는
무엇 하나 놓치지 않고 파악하는 아이야. 눈이 우리보다 훨
씬 더 빨리 움직이거든.

눈 얘기가 나왔으니 말인데, 앨리스는 양쪽 눈 색깔이 달
라. 한쪽은 연청색이고 다른 한쪽은 갈색이야. 그런 사람이
있다는 얘기는 들어봤지만, 내 눈으로 직접 보기는 처음이
야. 제리는 그런 상태를 가리키는 말이 뭔지도 알던데, 난 듣
고 잊어버렸어. 눈 색깔 때문에 앨리스의 시선에서는 왠지
오싹한 느낌이 나.

앨리스의 시선은 주로 주님에게 고정돼 있어. 주님이 자
길 지켜주리라는 걸 안다는 듯이 주님 곁에 딱 붙어 있어.
그 애를 보면 난 교회에서 배운 가르침이 떠올라. 그리스도
께서는 아이들을 사랑하시기 때문에 천국은 아이들의 것이
라는 이야기 말이야. 신부님은 성서의 그 구절을 자주 인용
하셨고, 그럴 때면 어머니는 내 어깨를 쓰다듬어주셨어. 그
순간만은 모든 악으로부터 보호받는 기분이 들었지. 아이의

믿음보다 더한 믿음은 없어. 그래서 난 앨리스에게 믿음의 대상이 잘못됐다는 말을 차마 할 수 없었던 거야.

＋.

이제 아침이 밝았어. 미안해, 애너벨. 수첩을 무릎에 놔둔 채 깜빡 잠들었지 뭐야. 앞으로는 더 조심해야겠어. 축축한 보트 바닥에 떨어지면 읽을 수 없게 돼버릴 테니까. 제리 배낭 속에 비닐봉지가 하나 있었는데, 난 수첩을 더 안전하게 보호하려고 비닐봉지에 넣어 보관하기 시작했어. 언제 파도가 덮쳐서 쫄딱 젖을지 모르니까. 아니면 내가 영영 못 깨어날 수도 있고.

장필리프가 떠난 지 사흘이 지났어. 그 사람이 남기고 간 물고기는 이미 다 먹었고. 제리가 보트 바닥에서 따개비와 바닷말을 더 따왔는데, 그 속에 아주 조그만 새우가 들어 있어서 다들 정신없이 먹어치웠어. 그래봐야 눈곱만큼이야. 평소 같으면 한 입 거리도 안 되는 양이지. 하지만 우린 그걸 한 끼 식사처럼 음미해. 천천히 씹으면서, 삼키지 않고 참을 수 있는 데까지 참아가면서. 그런 식으로라도 해서 먹는다는 게 뭔지 다시 떠올릴 수 있다면 얼마나 좋을까.

제일 큰 문제는 여전히 마실 물이야. 제리는 태양광 증류기를 써먹으려고 온갖 방법을 다 시도했어. 하지만 계속할 수 있을 것 같진 않아. 마실 물이 없다 보니 우린 말라 죽어가는 중이야. 어젯밤에 자다가 눈을 떠보니, 보트 뱃전 너머로 몸을 숙인 램버트의 널따랗고 투실투실한 등이 보이더군. 처음에는 토하는 줄 알았지만, 뱃멀미는 우리 모두 이미 한참 전에 끝났거든. 그런데 램버트가 머리를 뒤로 젖히는가 싶더니 손을 입으로 가져가는 거야. 난 졸음에 겨웠던 탓에 뭐가 뭔지 통 알아보지 못했어. 오늘 아침에 제리에게 그 얘기를 했더니, 제리가 아직 잠들어 있는 램버트 쪽으로 몸을 기울여 뭔가를 찾는 듯했어. 그러다 한참 후에 내 팔을 툭툭 치며 손가락으로 한쪽을 가리키는 거야. 거기, 램버트의 왼쪽 다리에 살짝 가려진 곳에, 물을 퍼낼 때 쓰는 바가지가 있었어.

"저 사람 바닷물을 마시고 있어요." 제리가 소곤소곤 속삭였어.

뉴스

....

앵커   많은 사람의 기억에 남아 있는 가장 비극적인 해양
사고에 관한 뉴스 속보가 들어왔는데요. 타일러 브루
어 기자가 전해드립니다.

기자   제이슨 램버트의 요트인 갤럭시호는 지금으로부터
약 1년 전 카보베르데해안에서 80킬로미터쯤 떨어진
북대서양에서 침몰했습니다. 오늘, 침몰 지점으로부
터 약 3700킬로미터 떨어진 카리브해 몬트세랫섬에
서 전해진 소식에 따르면, 이 섬 해변에 갤럭시호의
구명보트가 떠내려왔다고 합니다. 구명보트는 비어
있었지만 섹스턴트캐피털이 고용한 해양 전문가들

은 그 보트에 누가 탔는지, 또 침몰 사고 당일 밤 갤럭시호에 무슨 일이 있었는지에 관한 단서를 찾기 위해 조사하는 중입니다.

정치 및 산업, 예술, 기술 분야의 세계적인 선구자들을 포함해 모두 44명이 그 참사에서 사망했으리라 추정되는데요. 구명보트를 발견한 덕분에 갤럭시호 침몰 해역을 수색하라는 요청이 다시금 제기됐습니다. 램버트의 회사인 섹스턴트캐피털은 "더 큰 슬픔을 초래할 뿐인 헛수고"라며 수색 시도를 저지했습니다. 또한 공해公海인 해당 수역의 통제권이 누구에게 있는지를 놓고도 분쟁이 벌어진 바 있습니다. 그런데 구명보트를 발견한 덕분에 앞으로 상황이 어떻게 바뀔지 알 수 없게 되었습니다.

앵커   타일러, 구명보트가 어떻게 발견됐는지, 또 누가 발견했는지 알 수 있을까요?

기자   현재로서는 알 수 없습니다. 경찰은 북쪽 해안에 떠내려온 보트를 바닷가에 있던 사람이 발견했다고만 밝힐 뿐입니다.

앵커   고무보트가 대양을 가로질러 그렇게 멀리까지 갈 가능성은 얼마나 되나요?

기자   확실히 말하기는 어렵습니다. 저희가 만난 전문가에
        따르면 그럴 가능성은 매우 낮지만, 그래도 보트에
        탄 사람이 살아서 이곳에 도착했을 가능성에 비하면
        훨씬 높다고 합니다.

바다

~~~~~~

죽음.

　이제 두 명 남았어, 애너벨…….

　너무나 많은 일이 일어났어. 난 차라리…….

　사랑하는 애너벨…….

　잘 있어, 애너벨…….

　하느님은 조그마한

육지

"뭘 어쩌라는 거예요, 레니? 없는 사람을 허공에서 만들어낼 수는 없잖아요!"

르플뢰르는 수화기를 쾅 하고 내려놨다. 롬은 사흘째 감감 무소식이었다. *어디 모텔 같은 데다 가둬놨어야 했는데.* 기자들은 '구명보트를 발견한 사람'을 내놓으라고 아우성쳤다. 기자들은 르플뢰르에게 달려들었고, 그중 몇몇은 매일 아침 그의 사무실에 나와서 기다리기까지 했다.

스프레그가 제대로 본 것이 하나 있었다. 이번 사건에 관심이 엄청나다는 것이었다. 승객 명단에 이름을 올린 전 미국 대통령과 몇몇 거대 기술 기업의 억만장자들 말고도 록 밴드 한 팀과 유명 배우 두 명, 텔레비전 방송국 기자 한 명도 함께 숨을 거뒀다. 그들 모두 팬과 폴로어가 있었다. 르플뢰르는 팬과 폴로어들이 광적이라는 것을 깨달았다. 끝없이 걸려오는 전화와 계속 늘어나는 SNS 포스팅, 이 섬에 하루가 다르게 늘어가는 취재진이 귀가 따갑게 질문 공세를 퍼붓는 걸 보면 알 수 있었다.

르플뢰르를 비롯한 수사진은 갤럭시호 잔해가 더 있는지 확인하려고 오랜 시간에 걸쳐 북쪽 해안을 이 잡듯이 샅샅이 뒤지고 또 뒤졌다. 스프레그 서장의 아이디어였고, 오로지 보여주기가 목적이었다. 사람들은 무슨 생각인 걸까? 구명보트 한 척이 기적처럼 대서양을 가로질러 이곳까지 왔으니, 요트 잔해도 뒤따라올 줄 알았을까?

하긴 아무도 모르는 채 이 섬에 도착한 물건이 하나 있기는 했다. 르플뢰르는 수첩을 집에 있는 낡은 서류 가방 속에 숨겼다. 사무실에 가져가기에는 너무 위험했다. 매일 밤 르플뢰르는 저녁을 먹고 퍼트리스가 잠자리에 들 시간까지 기다렸다. 아내가 잠들고 나면 그는 아래층으로 내려가 수첩에 적힌 글을 계속 읽어나갔다.

르플뢰르의 조마조마한 가슴은 곧 그가 규칙을 어기고 있다는 방증이었다. 경찰 수사의 엄격한 규율, 그리고 신뢰로 이어진 결혼 생활의 불문율까지도. 그러나 수첩은 그를 중독시켰다. 수첩에 적힌 글을 읽는 사이에 그는 마법에 걸렸고, 이제는 이야기가 어떻게 끝나는지 반드시 알아야만 했다. 수첩의 속지는 바스러질 것처럼 연약했고, 무슨 글씨인지 알아보는 것 또한 지루한 일이었다. 자정이 지나서 읽으려니 더욱 피곤했다. 르플뢰르는 어느새 메모하기 시작했고, 구명보트에 탄 열한 명의 행동을 표로 정리하기까지 했다. 나아가 갤릭시호 승객에 관한 오래된 기사를 검색해 그들의 이름과 수첩에 적힌 설명을 맞춰봤고, 이로써 그 글이 혹시라도 환각에 빠진 승객의 황당무계한 공상은 아닌지 확인하려 했다.

르플뢰르는 바로 이 점을 명분으로 삼아 수첩을 숨기는 자신의 행동을 정당화했다. 모든 것이 사기일 수도 있다. 만약 그렇다면 수첩의 존재를 밝혀서 무슨 이득이 있을까? 그저 혼란과 상심만 더할 뿐이다. 이것이 르플뢰르가 스스로에게 들려준 이야기였다. 그리고 이렇게 우리가 스스로에게 오랫동안 들려준 이야기는 우리의 진실이 되게 마련이다.

.⁺.

그날 저녁, 르플뢰르는 카트리나에게 집까지 태워다줄 수 있냐고 물었다. 술을 한잔하고 싶은데 경찰 지프차를 타고 갔다가는 사람들의 눈길을 감당하기 힘들어서였다.

"알았어요. 주차장까지 같이 가실래요?" 카트리나는 자리에서 일어서며 말했다.

"차를 사무실 뒤에다 좀 대줘."

르플뢰르는 차가 올 때까지 기다리는 사이에 책상 위에 놓인 사진을 흘깃 봤다. 퍼트리스와 그가 릴리의 양손을 잡고 비치 타월 위로 그네를 태워주는 광경이 보였다. 릴리가 순전히 기쁨에 물든 표정으로 하늘 높이 발을 뻗는 동안 양옆의 부모는 저마다 딸의 손을 꼭 잡고 있었다. 퍼트리스는 그 사진을 좋아했다. 르플뢰르도 마찬가지였다. 그러나 이제는 사진을 볼 때마다 딸에게서 점점 더 멀어지는 느낌이 들었다. 마치 무슨 밧줄이 끊어지는 바람에 딸이 우주 저 멀리로 떠내려가는 것만 같았다. 4년이라니. 그 애가 떠난 후로 어느새 그 애가 이 세상에 머물렀던 만큼의 시간이 흘렀다.

카트리나는 르플뢰르의 집에서 가까운 술집 앞에 그를 내려줬다. 집까지 걸어갈 수 있는 거리였다. 그는 의자에 앉아 맥주를 주문하고 술집 안을 빙 둘러봤다. 모두 동네 사람들이었고, 일부는 도미노 게임을 하고 있었다. 몇몇은 아는 얼굴이어서 고갯짓으로 인사를 건네기도 했다. 외신 기자들에게서 벗어나니 살 것 같았다. 르플뢰르의 생각은 어느새 수첩에 적힌 이야기와 그 이야기를 쓴 사람에게로 옮겨갔다. 벤지. 본명은 벤저민. 갑판원. 유명한 승객 무리에 속하는 사람은 아니었다. 어떤 기자도 그에 관해 묻지 않았다.

술집 문이 벌컥 열리더니 웬 남자가 걸어 들어왔다. 르플뢰르는 그가 이곳 주민이 아닌 것을 금세 알아봤다. 검은색 데님 바지에 가죽 장화를 신은 차림새 때문이었다. 주위를 두리번거리는 모습 또한 단서였다. 두 사람의 눈길이 잠깐 마주쳤다. 남자는 창가 자리에 가서 앉았다. 르플뢰르는 그 남자가 현지인 사이에 섞여 어슬렁거리다가 '악의 없는' 질문을 던질 생각으로 찾아온 또 한 명의 기자가 아니기를 바랐다.

르플뢰르는 맥주를 홀짝였다. 그러는 사이에 이쪽을 쳐다보는 남자의 기척을 두 번이나 눈치챘다. 그 정도면 충분했다. 르플뢰르는 지폐 몇 장을 테이블에 올려놓고 술집에서 나왔고, 걸음을 옮기는 동안 그 낯선 남자를 유심히 관찰했다. 하얀 얼굴, 길고 덥수룩한 머리카락, 군데군데 섞인 흰머리. 오랫동안 고단하게 살아왔음을 암시하는 주름진 얼굴.

술집에서 집까지는 여섯 블록 거리였다. 르플뢰르는 퍼트리스가 자지 않고 기다린다는 것을 알고 있었다. 그는 따뜻

한 밤공기를 들이마시며 천천히 걸었다. 휴대전화에서 문자 메시지 수신음이 울렸다. 그는 주머니에서 전화기를 꺼내 메시지를 읽었다.

그 친구 찾는 일은 잘돼가나?—레니

르플뢰르는 긴 한숨을 토했다. 걷다 보니 다른 사람의 발소리가 나란히 들리는 듯싶었다. 르플뢰르는 걸음을 우뚝 멈췄다. 그리고 뒤로 돌았다. 거리에는 아무도 없었다. 르플뢰르는 다시 집으로 향했다. 또다시 아까 그 발소리가 들렸다. 르플뢰르는 휙 돌아섰다. 아무도 없었다.

이제 두 블록만 더 가면 집이었기에 르플뢰르는 걸음을 서둘렀다. 또다시 발소리가 들렸지만 르플뢰르는 돌아보고 싶은 마음을 꾹 억눌렀다. 상대가 누군지는 몰라도 일단 가까이 오게 놔둬야 알아볼 수 있기 때문이었다. 모퉁이를 돌자 저 앞에 그가 사는 노란 집이 보였다. 근육에 힘이 들어가 불끈거리는 느낌이 났다. 그렇게 맞붙을 준비를 하는데, 웬 낯선 남자의 목소리가 들려왔다.

"실례합니다."

르플뢰르는 뒤로 돌아섰다. 아까 술집에서 본 그 남자였다.

"실례지만…… 경감님, 맞으시죠?"

남자의 말투에는 르플뢰르가 모르는 지방의 억양이 조금 섞어 있었다.

"이봐요. 내가 아는 사실은 다른 기자들한테 다 얘기했어요. 더 알고 싶은 게 있으면……" 르플뢰르가 말했다.

"전 기자가 아닙니다."

르플뢰르는 남자를 위아래로 훑어봤다. 남자는 숨을 헐떡거렸다. 고작 여섯 블록을 걷느라 기운이 다 바닥났다는 듯이.

"아는 사람이 있었어요. 갤럭시호에요. 제 사촌이."

남자는 그렇게 말하고 나서 긴 숨을 내쉬었다.

"저는 도비라고 해요."

제9장

바다

〰〰〰〰〰〰〰〰〰〰〰〰〰〰〰〰〰〰〰〰

사랑하는 애너벨. 정말 미안해. 혹시 나 때문에 겁먹었어?

마지막으로 글을 썼던 페이지를 보고 있어. 거의 다 휘갈겨쓴 낙서야. 언제 쓴 건지 기억조차 나질 않아. 아마 몇 주는 지난 것 같아. 이제는 아침과 밤이 서로 교대하며 지루하게 이어질 뿐이야. 그동안 일어났던 많은 일들을 생각해보면, 이렇게 맑은 정신으로 당신에게 편지를 쓰기는 이번이 처음인 것 같아.

난 이때껏 구명보트 바닥에 붙은 따개비와 조그만 새우를 먹으며 살아남았어. 어느 날 아침엔 웬 물고기가 보트로 뛰어들더군. 나한테는 그게 사흘 치 식량이었지. 며칠 전에는 소나기가 내려서 깡통 두 개를 마실 물로 채웠는데, 조금씩 나눠서 마시는 중이긴 해도 그 정도면 내 세포와 내장과 정신에 활력을 불어넣기에 충분해. 우리 몸은 정말이지 놀라운 기계야, 내 사랑. 영양분을 아주 조금만 공급해도 다시 철컥철컥 되살아나거든. 완전히 살아난 건 아니야. 내가 전에 알던 삶으로 돌아간 건 아니지. 심지어는 이 구명보트에 다른 사람들이 함께 있을 때로도 돌아가지 못했고.

하지만 난 이렇게 여기 있어. 난 살아 있어.

정말이지 힘 있는 문장이야. *난 살아 있어.* 갱도에 갇혔지만 아직 숨이 붙어 있는 광부처럼, 아니면 활활 불타는 집에서 비틀비틀 걸어나오는 사람처럼. *난 살아 있어.*

미안해. 생각이 자꾸 이상한 쪽으로 새네. 이제 상황이 바뀌었어, 애너벨. 우린 지금도 막막한 대서양을 표류하는 중이야. 지금도 사방 몇 킬로미터에 깊은 바다 말고는 아무것도 보이질 않아. 주님은 지금도 몇 걸음 떨어진 곳에 앉아서 나를 위로하려 하고.

내가 아까 말한 것처럼 미미한 식량과 물로도 살아갈 수 있는 건, 이제 그걸 나눠먹을 사람이 아무도 없기 때문이야.

난 살아 있어.

다른 사람들은 다 죽었어.

어떻게 설명하지? 어디서부터 시작해야 할까?

램버트 얘기부터 해볼까. 그래. 램버트부터 시작할게. 왜냐면 모든 게 그 사람 때문에 시작됐는데, 그 사람 때문에 시작된 건 모조리 안 좋게 끝난 것 같으니까.

당신에게 전하는 마지막 소식에 램버트가 바닷물을 마신다고 적었지. 제리는 그러지 말라고 여러 번 경고했지만, 아마도 램버트는 언제부턴가 스스로를 통제할 수가 없었나봐. 목이 바싹 타들어가는데 사방이 온통 물인 데다, 원래부터 원하는 걸 손에 넣는 게 익숙한 사람이기도 하니까. 램버트는 어두워질 때까지 기다리다가 바가지를 찾은 다음, 지금껏 살아오면서 탐닉했던 많은 것과 마찬가지로 바닷물도 실컷 퍼마신 것 같아.

그 행동의 결과는 며칠이 지난 후에 눈에 띄게 나타났지. 램버트는 변했어. 정신이 오락가락하더라니까. 제리가 설명해주길 바닷물은 민물보다 소금기가 네 배나 더 많은데, 우리 몸은 염분의 균형을 맞추도록 만들어졌기 때문에 여분의 소금기를 소변을 통해 몸 바깥으로 배출하려고 한대. 하지만 우리 몸은 실제로는 그렇게 할 수가 없어. 그래서 바닷물을 마시면 마실수록 괜스레 수분만 더 배출하고 소금기는 그대로 몸속에 남기 때문에, 땡볕 아래 갈증을 느끼며 가만히 누워 있는 사람보다 훨씬 더 빠르게 탈수증상이 나타난다는 거야. 탈수증상이 나타나면 우리 몸은 망가져. 근육은 위축돼. 내장도 마찬가지고. 심장박동은 빨라져. 뇌에 혈액이 공급되지 않아서 정신이 이상해지지.

램버트는 실제로 정신이 이상해졌어. 혼잣말을 중얼거리고. 무기력하게 축 처진 데다 의식도 몽롱했어. 그러다가 무더웠던 어느 날 아침, 우린 램버트가 고래고래 지르는 소리에 놀라 잠에서 깼어.

"내 보트에서 내려!"

램버트는 주님 앞에 버티고 서서 주님의 머리에 칼을 들이대고 있었어.

⁂

"내 보트에서 내려!" 램버트는 그 말을 거듭 외쳤어.

해가 아직 중천에 뜨기 전이라 진청색 하늘에 주황색 햇살이 흐릿하게 어른거리던 때였어. 파도가 거칠어서 보트가 불안하게 기우뚱거렸지. 졸리고 기운도 없던 나는 눈을 몇 번 깜빡거린 후에야 비로소 무슨 일이 벌어지는지 알아차렸어. 언뜻 보니 제리가 팔꿈치를 짚고 몸을 일으켜서는, 목청껏 외치더군.

"제이슨! 지금 뭐 하는 거예요?"

그늘막 절반이 잘린 채로 보트 바닥에 떨어져 있었어. 무슨 까닭에선지 램버트가 그늘막을 조각조각 잘라버린 거야.

"내 보트에서…… 내리라니까!"

램버트가 다시금 꽥 소리쳤어. 목소리마저 몸의 다른 부위들과 마찬가지로 바싹 말라 갈라졌더군. 그는 주님의 코앞에서 칼을 이쪽저쪽으로 흔들었어.

"넌…… 쓸모없어! 쓸모가 없다고!"

주님은 겁먹은 것 같지 않았어. 두 손을 펴서 램버트 앞에, 꼭 진정하라고 충고하는 것처럼 들어올렸으니까.

"여기 있는 것들 다 쓸모없어!" 램버트가 격분해서 외쳤어. "너희 중에 단 한 놈도 날 집에 데려다주지 않았어!"

"제이슨, 제발요."

제리는 무릎을 짚고 몸을 일으키면서 말했어.

"칼을 들 것까진 없잖아요. 내려놔요."

가만히 보니까 제리는 염려하는 눈빛으로 꼬마 앨리스를 흘깃거리면서, 램버트와 그 애 사이의 공간으로 조금씩 움직이는 중이었어.

"녹초가 된 건 다들 마찬가지예요. 그래도 우린 무사할 거예요."

"무사할 거예요, 무사할 거랍니다."

램버트는 로봇 같은 말투로 세리의 말을 따라했어. 그러고는 주님 쪽을 돌아봤어.

"어떻게 좀 해봐, 이 멍청아! 구조 요청을 하란 말이야!"

주님 역시 별일 없을 거라고 안심시키려는 듯 앨리스 쪽을 흘깃 보더니, 다시 램버트에게 눈을 돌렸어.

"내가 당신의 구원이에요, 제이슨 램버트. 나에게 와요." 주님의 목소리는 부드러웠어.

"너한테 오라고? 뭐 하게? 아무것도…… *안 하게?* 아무것도 안 하는 건 누구나 할 수 있어! 봐! 우리 모두 아무것도 안 하잖아! ……넌 실제로는 존재하지 않아! 쓸모없어! 넌 아무것도 아니야!"

램버트의 목소리는 속삭이는 것처럼 작아졌어.

"난 당신을 안 믿어."

"하지만 난 당신을 믿어요." 주님이 말했어.

램버트는 눈을 파르르 떨다가 질끈 감았어. 그러더니 대화가 지루해졌다는 듯이 돌아서더군. 나는 램버트가 쓰러져서 기절할 거라고 생각했어. 그런데 그 순간, 어떻게 된 건지 제대로 기억도 안 날 만큼 빠른 속도로, 램버트가 뒤쪽으로 몸을 휙 젖히더니 팔을 쭉 뻗어서는, 칼로 주님의 목을 그어버렸어.

주님은 양손으로 목을 감쌌어. 주님의 입이 벌어지더군. 눈은 휘둥그레졌고. 무슨 슬로모션 화면처럼, 주님의 몸이 보트 뱃전 너머로 천천히 넘어가 바닷속으로 떨어지고 말았어.

"안 돼!" 제리가 외쳤어.

난 정말이지 숨이 턱 막혔어. 눈도 깜짝할 수가 없었어. 램버트가 "됐다!"라고 외치며 칼을 떨어뜨리는 동안에도 난 넋이 나간 동물처럼 멍하니 바라보기만 했어. 제리가 칼을 향해 냉큼 달려들어 몸으로 덮었지만, 그러는 사이에 램버트는 보트 반대편으로 성큼성큼 걸어가 꼬마 앨리스를 붙들고는 보트 뱃전 위로 들어올렸어.

"모두 출발! 모두 출발!" 램버트가 악을 썼어.

앨리스가 바다에 빠지는 소리가 들리자 가슴이 어찌나 세게 뛰던지, 고막이 다 쿵쿵 울릴 지경이었어. 제리가 앨리스를 구하러 번개처럼 바다로 뛰어들자 보트에는 램버트와 나, 단 둘만 남았어. 램버트는 다리를 후들거리며 일어서서 내 쪽으로 비틀비틀 걸어왔어.

"잘 가, 벤지!" 램버트가 소리쳤어.

난 꼼짝도 할 수 없었어. 마치 내가 내 등 뒤에서 나를 바라보는 듯한 기분이었지. 램버트는 나를 향해 성큼성큼 다가왔어. 그의 핏발선 눈과 수염으로 덮인 입술과 누런 이와 자줏빛 혀…… 그 모든 것이 비로 코앞에 있어서, 난 그의 입에 통째로 삼켜질 것만 같았어. 그는 내 머리를 노리고 달려들었지만 붙잡히기 직전 아슬아슬하게, 용기보다는 두려움 때문에, 난 바람이 확 빠진 풍선처럼 털썩 쓰러졌고, 그는 내 몸 위를 비틀비틀 지나 엎드린 자세로 바다에 떨어졌어.

가슴이 미친 듯이 두근거렸어. 머릿속은 쿵쿵 울렸고. 보트 위에는 순식간에 나 혼자만 남았어. 난 이쪽저쪽 정신없이 두리번거렸어. 얼핏 보니 파도 사이로 허우적대는 꼬마 앨리스를 제리가 따라잡았는데, 조류에 실려 10미터쯤 떨어진 곳까지 떠내려갔어. 반대편에서는 램버트가 물속에서 철벅거리며 알아듣지 못할 소리를 중얼거렸어. 주님은 어디에도 보이질 않았고.

"벤지!" 램버트가 물을 뱉으며 외쳤어. "벤지, 부탁이야, 나좀……."

램버트의 입에서 그 말이 나오는 걸 듣기는 그때가 처음이었어. 언뜻 보니 램버트의 넙데데한 몸뚱이가 수면 아래의 악마와 싸우느라 버둥거리더군. 발목을 잡아당기며 달콤한 목소리로 이렇게 속삭이는 악마 말이야. *이제 다 끝났어,*

발버둥치지 마. 그 악마에게 램버트를 맡길 수도 있었지. 어쩌면 마땅히 그렇게 해야 했어. 램버트가 지금껏 내내 나라는 존재를 얼마나 냉담하게 대했는지 생각해보면 말이야. 물속으로 가라앉았다가 다시 떠오르는 램버트가 보였어. 몇 초만 더 지나면 영영 사라질 운명이었지. 이제 램버트의 이기적인 분노를 참아줄 필요가 없었어. 더는 조롱당할 일도 없었고. 하지만 그래도…….

"벤지." 램버트가 신음하더군.

나는 바다로 뛰어들었어.

⁘

갤럭시호가 가라앉은 밤 이후로 바다에 들어가기는 처음이었는데, 정말이지 가슴이 철렁했어. 오랫동안 걷질 않아서 다리 힘이 너무 약해진 탓에 물장구만 치는데도 엄청나게 힘들었지 뭐야. 아마 그래서 램버트도 보트로 돌아오는 짧은 거리를 헤엄치지 못했을 거야. 탈수 증상 때문에 약해진 탓도 있었겠지만 말이야. 난 팔로 물을 가르며 램버트 쪽으로 향했어. 램버트도 나를 봤지만 내 쪽으로 오지는 않더군. 눈은 번들거리고 입은 헤 벌어졌는데, 가만히 보니까 바닷물을 꿀꺽 삼키고도 뱉어낼 힘조차 없는 것 같았어. 난 램버트의 오른팔을 잡고 내 목에 둘렀어. 어찌나 무겁던지, 내 힘으로 함께 보트까지 갈 수 있을지 없을지 판단이 서질 않았어. 꼭 파도를 뚫고 냉장고를 끌고 가는 기분이었지.

"어서요. 물장구쳐요……. 이제 다 왔어요." 내가 재촉했어.

램버트가 뭐라고 중얼거렸어. 왼팔은 수면 위에서 퍼덕거리는 게, 꼭 죽어가는 물고기 지느러미 같았어.

"벤지." 램버트가 신음했어.

"나 여기 있어요." 난 쉰 목소리로 그렇게 말했고.

"그거…… 네가 한 짓이야?"

난 내 코앞에 있는 램버트의 얼굴을 물끄러미 봤어. 그는 눈빛으로 애원하고 있었어. 내 다리에서는 점점 힘이 빠졌고. 더는 그를 붙잡고 버틸 수가 없었어. 그러다 느닷없이, 아무 설명도 없이, 램버트가 내 목에서 팔을 풀고 나를 홱 밀었어.

"안 돼요, 그러지 마요!"

난 둥둥 떠내려가는 램버트를 보며 허겁지겁 외쳤어. 그러고는 그쪽을 향해 첨벙첨벙 헤엄쳤지. 램버트가 물속으로 쑥 가라앉았어. 난 숨을 들이마시고 물속으로 내려가 그를 끌어올리려고 했어. 전보다 훨씬 더 무거워져서 꼼짝도 않더군. 끝내는 수면 위로 데리고 올라갔지만, 그는 눈을 감고 고개를 뒤로 젖힌 상태였어. 숨도 쉬지 않았고.

"안 돼요!"

난 악을 썼어. 램버트의 셔츠를 틀어쥐고 당기려고, 어깨를 붙들려고, 목을 붙잡으려고 안간힘을 썼지만, 그는 자꾸만 내 손에서 빠져나갔어. 그러던 와중에 제리가 외치는 소리가 들려왔어.

"*벤지! 어디 있어요?*"

.+.

제리. 꼬마 앨리스. 누가 그 둘을 보트로 다시 끌어올려줄까? 아무도 타지 않아 가벼워진 보트는 둥실둥실 떠내려가는 중이었어. 뒤를 돌아봤지만 램버트는 흔적도 보이지 않았고, 주님도 마찬가지였어. 끝없이 펼쳐진 바다와 하늘 사이에서 눈에 띄는 거라곤 오로지 주황색 구명보트뿐이었지.

그래서 난 헤엄쳤어. 허파가 터질 것처럼 숨이 가빴지만, 보트 가장자리에 닿고 나서야 헤엄을 멈췄어. 보트 위로 올라가려고 낑낑대다 보니 갤럭시호가 침몰하던 밤에 보트를 기어올랐을 때 얼마나 힘들었는지 떠오르더군. 이번엔 그때보다 훨씬 더 힘들었어. 가뜩이나 약해진 체력이 램버트를 쫓아가느라 바닥나버린 거야. 발끝에서 턱까지 뜻대로 움직이는 근육이 하나도 없는 것 같았어.

올라가. 난 스스로에게 말했어. 그리고 그 명령을 따르려고 했고. 그러다 미끄러졌지. *올라가라고! 살길은 보트 위에 있어. 이 아래에 있으면 죽어. 올라가!* 마지막으로 보트를 힘껏 잡아당겨 목까지 올라온 다음, 어깨로 보트를 짚고, 보트에 체중을 실어 기울어지게 해놓고 몸을 앞으로 굴렸어. 마침내 몸통이 보트 바닥으로 미끄러져 들어갔어. 다리는 손으로 들어서 안으로 옮겨야 했지. 그 정도로 기진맥진했던 거야. 보트에 털썩 쓰러지고 보니 바닥이 있다는 게 그렇게 기뻤던 적은 정말이지 처음이었어.

나를 부르는 제리의 목소리가 조그맣게 들려와서, 난 보트 바닥을 엉금엉금 기어 제리와 앨리스가 가라앉았다 떠올랐다 하는 쪽으로 향했어.

"애를 데려가요, 애부터 데려가요."

제리가 헐떡거리며 말했어. 꼬마 앨리스의 표정을 보니 내 표정도 꼭 그럴 것 같더군. 입은 헤 벌어졌고 휘둥그레진 눈은 겁에 질려 있었으니까. 제리는 앨리스를 위로 밀어올렸고, 나는 떨리는 손으로 아이를 받아 보트 안으로 옮겼어. 앨리스는 보트 바닥에 벌러덩 자빠졌어.

"괜찮니, 앨리스? 앨리스? 너 괜찮아?" 나는 큰 소리로 그렇게 물었어.

앨리스는 나를 물끄러미 올려다볼 뿐이었어. 뒤를 돌아보니 제리는 수면 위에 양팔을 가만히 펼치고 고개를 뒤로 젖힌 모습이, 꼭 방금 막 경주를 마치고서 장거리달리기가 얼마나 엄청난 일인지 곰곰이 생각하는 마라톤 선수 같았어. 난 제리라는 여성이 존경스럽다 못해 얼굴이 다 화끈거렸어. 제리는 곤경에 처할 때마다 엄청난 투지와 엄청난 용기를 보여줬으니까. 나로서는 한번 가져봤으면 하고 바라는 게 고작일 만큼 대단한 용기를 말이야. 겁에 질린 와중에도 난 잠깐이나마 일말의 희망을 느꼈어. 제리가 도와주면 우린 어떻게든 이 위기를 넘기고 살아남을지도 모른다는 생각이 들었으니까.

"힘내요, 제리. 보트로 돌아와요." 내가 말했어.

"그래요." 제리는 헐떡이며 양팔을 위로 뻗었어. "좀 도와줘요."

난 보트 뱃전에 몸을 기대고 구명줄을 허리에 감았어. 그런 다음 제리에게 손을 내밀었어.

그런데 갑자기 제리의 표정이 바뀌었어. 몸을 부르르 떠는가 싶더니, 머리를 앞으로 쑥 내밀더군.

"왜 그래요?" 내가 물었어.

제리는 물속을 내려다보다가, 다시 나를 올려다봤어. 꼭 영문을 몰라 혼란스러워하는 사람 같더군. 머리는 한쪽으로 기우뚱 기울어졌고, 양팔은 힘없이 물 위로 철퍼덕 떨어졌어. 마치 플러그가 뽑히기라도 한 것처럼 말이야. 제리의 몸은 반듯이 누운 자세로 변했어. 두 눈은 뒤집혀서 흰자위만 보였고.

"제리……?" 내가 외쳤어. *"제리?"*

빨간 웅덩이가 퍼져나가며 제리 주위의 바다를 어둡게 물들였어. 제리의 몸통은 수면 위로 불쑥 떠올랐지만, 다리는 그러지 않았어.

"제리!"

그때 희끄무레한 회색 형상 두 개가 물속에 있는 제리의 몸을 둘러싸고 빙빙 도는 광경이 내 눈에 들어왔어. 제리가 들려줬던 경고들이 한꺼번에 머릿속에 떠오르면서, 난 상황을 파악하고 몸이 덜덜 떨렸어. *첨벙거리면 안 돼요. 주의를 끌지 마요. 물속에 조금도 오래 있지 말고요.* 상어 떼는 떠난 게 아니었어. 그냥 우리 주위를 맴돌았던 거야. 우리가 실수를 저지르기를 기다리기라도 한 것처럼.

난 충격에 빠진 채 돌아섰어. 물 쪽에서 첨벙거리는 소리가 들리기에 꼬마 앨리스를 품에 안고 눈을 가려줬어. 그 애가 못 보도록, 못 듣도록, 기억하지 못하도록. 그러면서 그 짐승들이 부디 우리 가운데 한 명만으로 만족하게 해달라고 기도했어. 섬뜩한 말이지만, 그 순간에는 솔직히 그런 생각이 들었어.

꼬마 앨리스를 끌어안은 채로, 난 고작 몇 분밖에 안 되는 끔찍한 시간 동안 얼마나 많은 일이 일어났는지 깨닫고 조금씩 흐느끼기 시작했어. 모두 다 죽었어. 다 죽고 앨리스랑 나만 살아남은 거야.

"미안해요! 내 힘으론 구할 수가 없었어요!" 난 흐느꼈어.

내 눈물을 가만히 들여다보는 앨리스가 너무나 슬퍼 보여서 난 가슴이 미어졌어.

"모두 죽었어, 앨리스! 주님마저도."

바로 그때, 그 어린애가 마침내 입을 열었어.

"*내가* 바로 주님이에요." 앨리스가 말하더군. "그리고 난 당신을 절대 버리지 않을 거예요."

제10장

육지

"저는 도비라고 해요."

르플뢰르의 가슴은 질주하는 산토끼처럼 정신없이 뛰었다. 도비라니, 수첩에 적힌 그 남자의 이름이 아닌가? 도비라면 부착형 기뢰를 요트에 들여온 장본인일 텐데? 수첩에 기록을 남긴 사람에 따르면 '미치광이'이자 '살인자'인데? 이런 저런 문장들이 르플뢰르의 머릿속에 불쑥불쑥 떠올랐다. *난 도비가 그자를 죽이고 싶어 한 것도 이해가 가……* *갤럭시호를 날려버리자는 건 도비의 발상이었지.*

"용건이 뭡니까?" 르플뢰르가 물었다. 목이 바싹 마른 느낌이 들었다. 둘이 마주 보고 서 있는 곳은 노랗게 칠한 르플뢰르의 집에서 30미터쯤 떨어진 포장도로 위였다. 도비가 대답하지 않자 르플뢰르는 이렇게 말했다. "여긴 우리 동네예요. 이웃들은 모두 아는 사람이고요. 분명 지금 창밖으로 우릴 내다보고 있을걸요."

도비는 그 말에 동요한 듯 주위를 두리번거리다가, 다시 경감에게 관심을 집중했다.

"제 사촌은, 이름이 벤저민 키어니였어요. 갤럭시호에 있었고요. 갑판원이었어요. 그 애가 어떻게 됐는지 저한테 알려주시지 않을까 해서요. 그 사람들이 해준 얘기 말고 다른 얘기를요. 뭐든 간에."

"그 사람들이라뇨?"

"섹스턴트에서 보낸 사람들요. 그 요트를 소유한 회사 말이에요."

"그 사람들이 뭐라고 하던가요?"

"별 도움은 안 되는 얘기였어요. '모두 실종됐습니다. 정말 유감입니다.' 틀에 박힌 헛소리죠."

르플뢰르는 망설였다. 이 도비라는 남자는 도대체 무슨 수작을 꾸미는 걸까? 그는 무슨 일이 일어났는지 다 알고 있다. 그가 범인이니까. 혹시 르플뢰르도 사건의 진상을 아는지 *떠보려고* 이러는 걸까? 이 남자를 당장 체포해야 할까?

무슨 혐의로? 그리고 무슨 수로? 르플뢰르에게는 총도, 수갑도 없었다. 이 남자가 얼마나 위험한 자인지도 알지 못했다.

시간을 끌어. 단서를 더 찾아봐.

"그냥 구명보트일 뿐이에요." 르플뢰르가 말했다.

"생명 반응이 있던가요?" 도비가 물었다.

"무슨 말이죠?"

"거기 사람이 탄 흔적이 남아 있던가요?"

그 말에 르플뢰르는 호흡을 가다듬었다.

"이것 보세요, 선생님……."

"도비라고 불러주세요."

"도비. 그 구명보트는 무려 3000킬로미터가 넘게 떠내려와서 이곳에 도착했어요. 그 말은 곧 3000킬로미터가 넘는 바다의 파도와 폭우와 강풍과 해양 생물을 견디며 이동했다는 뜻이에요. 그걸 다 이겨내고 살아남을 사람이 있겠어요? 그것도 1년 넘게?"

도비는 고개를 끄덕였다. 표정이 꼭 이미 납득한 이야기를 다시 듣는 사람 같았다.

"저는 그냥……."

르플뢰르는 다음에 이어질 말을 기다렸다.

"제 사촌은요. 그 애는 빠져나갈 방법을 잘 찾았어요. 힘들게 산 애였죠. 찢어지게 가난했거든요. 여러 번 포기했을 법도 했어요. 하지만 그러지 않았죠. 구명보트를 찾았다는 기사를 읽었을 때 무슨 생각이 들었냐면, 정신 나간 소리로 들릴지도 모르지만 어쩌면, 그 애가 이번에도 살아남을 방법을 찾았구나 싶었어요."

"그걸 알아보려고 비행기를 타고 여기까지 왔다고요?"

"그게…… 맞아요. 저희는 정말로 친했거든요."

차 한 대가 모퉁이를 돌아 길을 내려왔다. 전조등 불빛이 두 사람의 몸을 훑었다. 르플뢰르는 왼쪽으로, 도비는 오른쪽으로 서둘러 비켜섰다. 이제 둘은 도로 양편에 따로따로 서 있었다. 르플뢰르는 수첩에서 읽은 글을 더 자세히 떠올리려고 머리를 쥐어짰다. 다시 수첩을 펼쳐야 했다. 이 도비라는 남자가 실제로 무슨 짓을 했는지 모조리 파악해야 했다.

머릿속에 한 가지 생각이 떠올랐다. 위험한 생각이었다. 하지만 그것 말고 뾰족한 수가 또 있었을까?

"어디서 묵으시나요, 도비 씨?"

"시내에요. 게스트하우스에서."

르플뢰르는 자기 집 포치를 흘끗 봤다. 그리고 그곳을 비추는 불빛도.

"같이 저녁 드시겠어요?" 르플뢰르가 물었다.

한 시간 후, 도비가 자기 이야기를 늘어놓는 동안 르플뢰르는 퍼트리스가 만든 염소 고기 스튜를 홀짝거리며 억지로 빙긋 웃었다. 퍼트리스는 이 상황을 차분하게 받아들였다. 남편이 외국인 여행자를 집에 데려왔는데도. 그러면서 식탁에 한 사람 자리를 더 차릴 수 있겠냐고 물었는데도. 흔한 일은 아니었지만, 퍼트리스는 내심 반가웠다. 딸 릴리가 죽은 이후로 부부는 집 안에 그림자처럼 드리운 적적함을 견뎌왔다. 새로운 손님은 누구든 간에 환한 빛과 같았다.

"도비, 고향이 아일랜드 어디예요?" 퍼트리스가 물었다.

"칸도나라는 마을이에요. 한참 북쪽에 있어요."

"몬트세랫의 별명이 '카리브해의 에메랄드'인 거 알아요?"

"그런가요?"

"섬의 모양이 아일랜드하고 비슷해서 그래요. 오래전에 이곳에 정착한 사람 중에 아일랜드 사람이 많아서 그렇기도 하고요."

"하긴, 저도 어릴 적에 아일랜드를 떠났죠. 그 후에는 보스턴에서 자랐어요."

"보스턴은 언제 떠나셨나요?" 르플뢰르가 물었다.

"열아홉 살 때요."

"다른 곳에 있는 대학에 입학하셨나 보죠?"

"아뇨. 전 공부에는 소질이 없었어요. 벤지도 마찬가지였고요."

르플뢰르는 책 속 인물이 눈앞에서 살아 움직이는 것 같다고 느꼈다. 그가 도비에 관해 아는 사실 중에는 도비가 아직 자기 입으로 밝히지 않은 것들도 있었다. 그는 인내심을 갖고 도비가 입을 열도록 해야 했다.

"그다음엔 무슨 일을 하셨나요?"

"자티. 손님도 식사는 하셔야지." 퍼트리스는 남편의 손을 다독이며 말했다.

"죄송합니다."

"아뇨, 괜찮아요." 도비는 롤빵을 씹으며 대꾸했다. "전 갖가지 직업을 전전했어요. 별난 일도 많이 했고요. 여기저기 돌아다니기도 했죠. 그러다가 음악 공연 쪽에 정착했어요."

"음악가셨어요?" 퍼트리스가 물었다.

"되고 싶었죠." 도비는 빙그레 웃었다. "전 음악 장비를 날라요. 그걸 설치하고요. 해체도 하죠. '로드 매니저'라는 거예요. 더 그럴싸한 직함이었으면 좋았겠지만요."

"재미있겠네요. 유명한 사람도 엄청 많이 만날 거 아니에요." 퍼트리스가 말했다.

"예, 가끔은요. 저야 유명한 사람들 옆에 있으면 잘 안 어울리지만요."

"군대는요? 군인으로 복무한 적도 있나요?" 르플뢰르가 물었다.

도비가 눈살을 찌푸렸다. "그런 건 왜 물어보시는데요?"

"그래, 자티. 군대 얘기는 왜 물어보는 거야?" 퍼트리스도 맞장구를 쳤다.

르플뢰르는 얼굴에 피가 몰리는 느낌이 들었다.

"글쎄, 그냥, 궁금해서." 그는 얼버무렸다.

도비는 몸을 등받이에 기댄 다음, 길고 덥수룩한 머리를 손으로 빗어넘겼다. 이윽고 퍼트리스가 "혹시 부인이 계신가요?"라고 물었고, 이로써 대화의 흐름이 바뀌었다. 르플뢰르는 속으로 자신에게 욕을 퍼부었다. 더 조심스럽게 접근해야 했다. 만약 본인이 한 짓을 르플뢰르가 이미 안다는 것을 눈치채면, 도비는 르플뢰르가 수사를 시작하기 전에 이 섬에서 자취를 감출지도 몰랐다. 그리고 증거도 없이 무턱대고 도비를 체포할 수는 없었다. 증거란 다름 아닌 그 수첩이었다. 수첩이 증거라는 말은 곧 그가 왜 수첩을 몰래 챙겼는지 해명해야 한다는 뜻이었다. 꼬리에 꼬리를 문 생각들이 이 삼각 구도를 둘러싸고 어찌나 끈질기게 뱅뱅 돌았던지, 르플뢰르는 대화의 흐름을 깜빡 놓쳤다가 이윽고 이렇게 말하는 아내의 목소리에 흠칫했다.

"……우리 딸, 릴리예요."

르플뢰르는 눈을 힘껏 깜빡였다.

"그 애는 네 살이었어요." 퍼트리스가 말했다. 그러고는 자기 손으로 남편의 손을 감쌌다.

"그랬죠." 르플뢰르가 중얼거렸다.

"두 분 모두 정말 상심이 크시겠어요. 뭐라 드릴 말씀이 없네요." 도비가 말했다.

도비는 마치 공동의 적을 떠올리며 한탄하는 사람처럼 고개를 가로저었다.

"저 망할 놈의 바다." 도비의 말이었다.

.⁺.

그날 밤, 도비를 게스트하우스 앞에 내려주고 나서, 르플뢰르는 도로 건너편에 차를 세우고 엔진을 껐다. 그 남자에게서 눈을 떼면 안 되겠다는 생각이 머릿속 한구석을 떠나지 않았다.

휴대전화 신호음이 울렸다. 퍼트리스에게서 온 문자메시지였다.

커피 떨어졌어. 좀 사와.

르플뢰르는 입술을 깨물었다. 그러고는 답장을 보냈다.

도비랑 한잔하는 중이야. 이따가 들어갈게.

르플뢰르는 송신 아이콘을 누르고 한숨을 내쉬었다. 그는 퍼트리스에게 거짓말을 하는 게 질색이었다. 지금 둘 사이에 벌어진 틈도 마음에 걸렸다. 바로 얼마 전에 생긴 틈. 그의 마음속 깊은 곳에는 아내에 대한 분노도 자리 잡고 있었다. 자신은 아직도 릴리의 죽음 때문에 괴롭건만, 아내는 그 일을 편하게 받아들인 것처럼 보였다. 아내는 그 일이 하느님의 뜻이었다고 믿었다. *그분께서 세우신 계획의 일부야.* 아내는 주방에 성서를 가져다놓고 틈틈이 읽었다. 그럴 때면 르플뢰르는 자물쇠가 잠겨 들어갈 수 없는 문이 자기 앞에 생긴 듯한 느낌을 받았다. 그도 예전에는 신앙이 있었고, 릴리가 태어나던 날에는 정말이지 그 누구보다 더 큰 존재에게 축복받는 기분을 느끼기도 했다.

그러나 릴리가 죽고 나서 르플뢰르는 세상을 보는 관점이 달라졌다. 하느님이라고? 요즘 세상에 누가 하느님을 찾는단 말인가? 장모가 일광욕 의자에 누워 잠들었을 때 하느님은 어디에 있었을까? 딸아이가 파도에 휩쓸려 바다에 빠졌을 때 하느님은 어디에 있었을까? 어째서 하느님은 그 아이의 조그만 발을 반대 방향으로, 안전한 쪽으로, 집 쪽으로, 엄마와 아빠가 있는 쪽으로 돌려놓지 않았을까? 도대체 어떤 신이 어린애가 그런 식으로 죽게 내버려둘까?

보이지 않는 힘은 어떠한 위안도 주지 않았다. 르플뢰르에게는 그랬다. 오로지 눈앞에 놓인 문제와 그 문제를 어떻게 해결할 것인지만 중요했다. 그래서 그 수첩에 그토록 몰입했고…… 가끔은 불만을 품기도 했다. 표류자 한 무리가 자기네 보트에 하느님이 있다고 생각했다고? 그럼 왜 그를 꼼짝 못하게 붙들어놓고 물어보지 않았을까? 하느님이 이 세상에 일어나도록 허락한 그 많은 끔찍한 일의 책임을, 어째서 따져묻지 않았을까? 르플뢰르라면 그렇게 했을 텐데.

르플뢰르는 조수석 사물함을 열고 휴대용 술병을 꺼내 위스키 한 모금을 쭉 들이켰다. 그러고는 조수석에 놓인 서류가방으로 손을 뻗어 수첩을 꺼낸 다음, 실내등을 켜고 수첩 속 이야기로 돌아갔다. 게스트하우스 2층 창문 안쪽에서 쌍안경의 동그란 렌즈 너머로 도비가 이쪽을 지켜보는 중이었지만, 르플뢰르는 미처 눈치채지 못했다.

르플뢰르가 수첩의 마지막 페이지를 다 읽었을 때는 이미 자정을 넘긴 한밤중이었다.

내가 바로 주님이에요. 그리고 난 당신을 절대 버리지 않을 거예요.

르플뢰르는 수첩을 무릎에 툭 떨어뜨렸다. *그 조그만 여자애가 주님이라고?* 수첩에 속지가 더 있는지 찾아봤지만 헛수고였다. *그 조그만 여자애가 주님이었다니.* 그렇다면 이야기 흐름상 몇 가지 설명이 되는 구석이 있었다. 어째서 그 애가 자기 몫의 식량을 늘 이방인에게 줬는지. 그리고 어째서 말을 하지 않았는지도. 그 애는 처음부터 줄곧 일행들을 관찰했다. 벤지의 행동 또한 가만히 지켜봤다. 하지만 하느님을 자처한 남자의 정체는 뭐였을까? 그리고 그 남자는 어째서 죽는 신세가 됐을까? 그 여자애는 왜 구해주지 않았을까? 그 남자를…… 그리고 다른 사람들을?

르플뢰르는 손목시계를 흘끗 봤다. 자정이 지난 시각이었다. 자동차 계기판에 표시된 날짜 역시 막 바뀐 참이었다. 오늘은 4월 10일이었다.

르플뢰르는 몸이 굳었다.

릴리의 생일이었다.

살아 있었으면 오늘 여덟 살이 됐을 것이었다.

르플뢰르는 손끝으로 이마를 누르며 손바닥으로 눈을 가렸다. 머릿속에 딸과 함께한 추억이 물밀 듯이 밀려왔다. 딸을 잠자리에 뉘어주던 기억. 딸에게 아침을 만들어 먹인 기억. 시내에서 길을 건널 때 딸의 손을 꼭 잡았던 기억도. 무슨 까닭에선지 르플뢰르는 자신도 모르는 사이에 벤지의 이야기 속 마지막 장면을, 그리고 그때 벤지의 품에 안겼던 조그만 여자애를 머릿속에 떠올렸고, 그 여자애가 어떻게 생겼을지 상상했다. 상상 속에서 그 여자애는 릴리의 얼굴을 하고 있었다.

르플뢰르는 운전석에서 내려 차 뒤쪽으로 가서 트렁크를 열었다. 그러고는 스페어타이어에 덮어둔 연청색 담요를 한쪽으로 치웠다. 그곳에, 타이어 테두리 속에, 그가 3년 전에 숨겨둔 물건이 끼워져 있었다. 조그마한 봉제 인형이었다. 릴리가 갖고 놀던 갈색과 흰색이 섞인 캥거루 인형이었다. 그는 퍼트리스가 릴리의 유품을 상자에 모아 치우던 날 그 인형을 이곳에 숨겼다. 딸이 쓰던 물건들이 모조리 상자 속에 들어가는 것을 바라지 않아서였다. 그 인형을 고른 까닭은 그가 딸에게 네 살 생일 선물로 준 것이기 때문이었다. 아이의 마지막 생일에.

"아빠." 릴리는 캥거루 인형의 배를 가리키며 말했다. "아기 캥거루가 여기로 들어가는 거죠."

"그래. 그건 주머니라고 하는 거야."

"아기 캥거루는 주머니 속에 있으면 안전해요?"

"아기는 엄마랑 같이 있으면 언제나 안전하지."

"아빠랑 있어도 그래요." 릴리는 그렇게 덧붙이고는 빙그레 웃었다.

그 순간이 떠오르자 르플뢰르는 그만 울음이 터졌다. 어찌나 격하게 흐느꼈던지 다리에 힘이 풀릴 정도였다. 그는 캥거루 인형을 가슴 한가운데에 대고 꽉 끌어안았다. 그들은 아이를 안전하게 지켜주지 못했다. 다 그들 잘못이었다. 그는 수첩에 적힌 그 조그만 여자애의 말을 떠올렸다. *난 당신을 절대 버리지 않을 거예요.*

그러나 릴리는 그들을 버리고 떠났다.

뉴스

....

앵커　　　지난해 일어난 갤럭시호 침몰 참사와 관련해 새로운 사실이 밝혀졌습니다. 자세한 소식을 타일러 브루어 기자가 전해드립니다.

기자　　　카리브해 몬트세랫섬에서 갤럭시호의 구명보트가 발견됐다는 소식이 전해진 이후, 희생자 가족들은 바다에서 유해 수색 작업을 재개해달라고 다시금 요청했습니다. 제이슨 램버트의 전 회사였던 섹스턴트캐피털은 즉시 인양 작업을 시작할 예정이라고 오늘 발표했는데요. 이 회사는 램버트의 전 동업자였던 브루스 모리스가 인수했습니다.

모리스   "저희는 최근 보도를 보며 갤럭시호의 최후를 더 상
세히 조사해야 마땅하다는 믿음을 얻었습니다. 저희
는 세계 최고의 심해 탐사 기업인 네서오션 익스플로
레이션과 손잡고 갤럭시호의 마지막 무전이 송신된
지역을 수색하는 한편, 해저에 탐사선도 내려보낼 계
획입니다. 뭐든 찾을 만한 것이 있다면, 반드시 찾을
것입니다."

기자   브루스 모리스는 이러한 노력이 실패하는 경우가 많
다고 경고한 바 있습니다. 설령 뭔가 발견하더라도
모든 의문에 답을 얻을 가능성은 낮습니다. 하지만
몬트세랫에서 구명보트가 발견된 이후, 여러 나라 정
부와 영향력 있는 가문들이 점점 더 강하게 압박을
가하는 중입니다.

앵커   그래서 말인데, 타일러, 구명보트를 발견한 당사자는
찾았나요?

기자   아직 못 찾았습니다. 현지 언론사가 매일 탐문하는
중인데요. 아직은 아무런 소식이 없습니다. 하지만
보시다시피 이곳은 꽤 작은 섬이라서요. 사람이 오랫
동안 모습을 감추기는 힘들어 보입니다.

육지

"안녕히 주무셨어요!" 르플뢰르가 게스트하우스 문을 활짝 열고 나타나 외쳤다. "드라이브하러 가실래요?"

"지금 몇 시죠?" 도비는 눈을 비비며 구시렁거렸다.

"8시쯤? 구명보트가 발견된 바닷가로 갈 거예요. 보고 싶어 하실 것 같아서요."

도비는 코를 세게 훌쩍였다. 그가 걸친 옷은 검은색 롤링스톤스 티셔츠에 주황색 달리기용 반바지뿐이었다.

"예." 도비는 앓는 소리를 냈다. "사실, 저도 그러고 싶어요. 세수 좀 하고 오게 잠깐만 기다려주실래요?"

"그럼요. 차에서 기다릴게요."

르플뢰르는 이곳에 도착하기 전에 이미 계획을 세웠다. 먼저 도비를 아무도 없는 곳으로 데려간 다음, 자신이 아는 사실을 들이밀 작정이었다. 기자와 마주치는 상황은 단연코 피하고 싶었다. 르플뢰르가 아는 장소 중에 그런 상황을 피할 만한 곳이 한 군데 있었다.

한 시간 후, 지프차가 출입 금지 구역의 시커멓게 불탄 풍경을 지나는 동안 도비는 차창 바깥을 가만히 바라봤다. 섬 북쪽의 짙푸른 초록과 알록달록한 집들은 어느새 사라지고 없었고, 그 대신 달 표면처럼 움푹움푹 팬 진흙땅과 불룩한 회백색 언덕이 펼쳐져 있었다. 이따금 화산재 더미 위로 불쑥 솟은 가로등의 정수리나 주택 지붕의 위쪽 절반이 눈에 띄곤 했다.

몬트세랫섬 면적의 정확히 절반을 차지하는 출입 금지 구역은 온 사방에 펼쳐진 음울하고 공허한 풍경 때문에 현실 세계가 끝나고 저세상이 시작되는 곳 같은 분위기가 풍겼다. 수프리에르힐스 화산이 분화한 지 24년이 지났는데도, 이 지역은 여전히 출입이 제한됐다.

"이 도로에는 왜 다른 차가 한 대도 안 다니나요?" 도비가 물었다.

"허가받은 차량만 다닐 수 있어서 그래요."

"해변은 더 가야 나오나요?"

"예." 르플뢰르는 거짓말을 했다.

도비는 차창 밖을 내다봤다. "저 화산은 언제 폭발했죠?"

"1997년에요."

"이곳 분들은 그 해를 절대 못 잊으시겠군요."

"그럼요. 절대 못 잊죠."

마침내 지프차가 한때 이 섬에서 가장 큰 마을이었던 플리머스에 도착했다. 일찍이 이곳에는 주민 4000명이 살았다. 상점과 식당도 번창했다. 이제 플리머스는 폼페이와 마찬가지로 잿빛 폐허의 형상을 띠었다. 참으로 묘하게도 플리머스는 지금도 여전히 몬트세랫의 공식 정부 소재지로 남아 있지만, 인구가 0명이기 때문에 세계에서 유일한 유령도시 수도가 됐다.

"정말 끔찍하네요." 도비가 중얼거렸다.

르플뢰르는 고개를 끄덕이면서도 시선은 똑바로 앞을 향했다. 그곳의 풍경은 정말로 끔찍했다. 그러나 요트를 침몰시켜 거기에 탄 무고한 사람들을 고의로 몰살시키는 짓보다 더 끔찍할까? 르플뢰르는 이 도비라는 남자의 속을 알 수가 없었다. 그가 세상을 대하는 방식이 와닿지 않아서였다. 만약 수첩에 적힌 내용이 사실이라면, 그렇다면 이 벤지의 '사촌'은 본인의 범죄는 물론 죄책감까지 숨기는 솜씨가 엄청나게 능숙했다. 하지만 그렇다고 해도 가장 큰 의문은 여전히 해소되지 않았다. 도비는 갤럭시호에서 어떻게 내렸을까? 다른 사람들은 모두 실종됐는데 어떻게 혼자 탈출할 수 있었을까?

"저긴 교회인가요?" 도비가 한쪽을 가리키며 물었다.

"맞아요." 지프차의 속력을 늦추자 성당의 잔해가 눈에 들어왔다. 르플뢰르는 잠시 생각하다가 말을 이었다. "잠깐 구경하러 갈래요?"

도비는 조금 놀랐다. "그래요. 바쁘지 않으시다면요."

잠시 후, 두 사람은 화산 분화 때문에 안팎이 모두 불타 폐허가 된 건물에 들어섰다. 일찍이 지붕을 떠받치다가 지금은 휑하니 드러난 대들보 사이로 햇빛이 쏟아졌다. 신도들이 앉는 기다란 의자 가운데 몇 줄은 지금도 가지런히 놓여 있었지만, 나머지는 부서져서 밑판과 가로대가 산산이 흩어져 있었다. 바닥에는 화산재가 수북했다. 펼쳐진 채 방치된 기도서들이 눈에 띄었다. 여기저기 초록색 식물이 뻗어나갔다. 대지가 이 공간을 되찾아가는 중이라는 뜻이었다.

예배당 한복판, 시커멓게 불타버린 커다란 아치 입구 앞에, 제단과 그리로 올라가는 계단의 잔해가 남아 있었다.

"저 안에 가서 서보세요. 사진 한 장 찍어드릴게요." 르플뢰르가 제안했다.

도비는 심드렁하게 어깨를 으쓱했다. "아뇨, 괜찮아요."

"어서요. 이런 델 언제 또 와보겠어요?"

도비는 잠시 망설이다가, 이내 잿빛 땅 위로 장화 신은 발을 질질 끌며 제단 앞 계단 쪽으로 걸어갔다. 르플뢰르는 잠자코 기다렸다. 이마 위쪽에 땀방울이 송골송골 맺혔다. 제단은 높이가 허리까지 오는 둥그런 울타리로 둘러싸여 있었고, 울타리에는 온통 난간이 달려 있었다. 들어가는 길도 하나, 나오는 길도 하나였다.

제단 꼭대기에 도착한 도비는 설교대의 지저분한 가장자리에 팔을 얹었다. 만약 사제였다면 설교를 시작할 준비가 된 셈이었다.

"카메라 좀 꺼낼게요." 르플뢰르는 천천히 옆구리로 손을 가져간 다음, 숨을 들이마시고는, 총집에서 권총을 꺼냈다. 그는 양손으로 권총을 단단히 잡은 채로, 놀라서 눈이 휘둥그레진 도비에게 총구를 똑바로 겨눴다.

"자, 말해. 갤럭시호를 어떻게 한 거야?"

제11장

육지

"그게 무슨 소리예요? 지금 왜 이러는 거예요?" 도비가 외쳤다.

르플뢰르는 양팔이 부들부들 떨렸다. 그래도 총은 똑바로 앞을 겨눴다.

"그 사람들 모두 너 때문에 그렇게 됐잖아."

"그 사람들이라니, 누구 말이에요?"

"갤럭시호에 탄 사람들. 그 사람들 다 네가 죽였잖아. 넌 배에 기뢰를 들여와서, 어떤 방법을 동원해 그걸 폭파시켰어. 이제 나한테 말해, 어떻게 폭파시켰는지, 그리고 어떻게 배에서 탈출했는지."

도비의 표정이 어찌나 지독하게 일그러졌던지, 르플뢰르

는 그 표정이 틀림없는 연기일 거라고 생각했다.

"무슨 소린지 하나도 모르겠어요, 이 양반아! 진정해요. *제발요.* 그 총 내려놓으라고요! 도대체 뭘 보고 그런 상상을 하는 거예요?"

"지금 부인하는 거야?"

"부인하다니, 뭘요?"

"지금 *부인하*는 거냐고."

"그래요. 그래요! 부인하는 거예요! 맙소사, 진정해요. 난 지금 경감님이 무슨 소릴 하는지도 모르겠다고요. 설명을 좀 해줘요!"

르플뢰르는 참았던 숨을 한 입 가득 내뱉었다. 그러고는 권총에서 한쪽 손을 떼어 들고 온 서류 가방 쪽으로 뻗었다. 그가 가방에서 꺼낸 수첩을 앞쪽으로 내미는 동안 도비는 그 광경을 물끄러미 바라봤다.

"보트에서 찾은 거야. 여기 다 적혀 있어." 르플뢰르가 말했다.

⁘

그 후 3시간 동안 도비는 제단 위에 쭈그려앉아 있었고, 르플뢰르는 신도석에 앉아 수첩에 적힌 글을 큰 소리로 읽어 내려갔다. 권총을 쥔 손은 무릎 위에 올린 채 계속 도비를 겨눴다. 그는 일정한 간격을 두고 도비의 표정을 흘끔거리며 어떻게 반응하는지 살폈다. 도비는 처음에는 믿지 못하겠다는 눈치였지만, 르플뢰르가 계속 읽어나가는 사이에 어깨가 축 처지고 고개도 푹 수그러졌다.

르플뢰르는 도비에게 갤럭시호가 침몰한 사연을 읽어줬다. 베르나데트와 네빈이 숨을 거둔 사연도, 라가리 부인의 처절한 운명도 읽어줬다. 램버트가 나오는 대목, 램버트의 오만과 식탐과 자아에 관한 이야기는 더욱 힘주어 읽었다. 드럼 보관함 속에 든 부착형 기뢰가 나오는 대목은 천천히, 신중하게 읽었다. 벤지가 "우린 신을 흉내를 내선 안 돼"라고 하자 도비가 "안 될 건 또 뭔데? 하느님은 아무것도 안 하고 구경만 하는데"라고 대꾸하는 대목은 두 번 되풀이해 읽었다. 도비가 폭발에 휘말려 죽는 것을 두고 "개미처럼 사는 것보다는 그게 더 나아"라고 말한 대목을 인용할 때는 법정에서 유죄를 결정짓는 핵심 증거를 사람들에게 더 잘 공감시키려 하는 검사처럼 잠시 뜸을 들이기도 했다.

도비는 르플뢰르가 수첩을 읽는 동안 내내 한숨을 쉬었다. 가끔은 쿡쿡 웃었고, 눈물을 보인 적도 여러 번이었다. 어쩌다 한 번씩 양손에 얼굴을 파묻고 한숨을 쉬며 "어휴, 벤지"

라고 탄식하기도 했다. 그런 반응 가운데 일부는 르플뢰르의 눈에 기이하게 비쳤지만, 그러고 보면 이 상황 자체가 기이했다. 그는 지금 폐허가 된 교회에서 눈앞의 남자에게 죽은 사촌 형제의 수첩을 읽어주며 구명보트에 나타난 하느님 이야기를 하는 중이었으므로.

르플뢰르가 수첩을 다 읽었을 때는 이미 한낮이었다. 그는 수첩 읽기에 너무나 깊이 몰두한 탓에 시간이 흐르는 줄도 몰랐다. 마지막 줄, 그러니까 앨리스라는 꼬마 여자애가 "내가 바로 주님이에요. 그리고 난 당신을 절대 버리지 않을 거예요"라고 말하는 대목을 읽고 나서, 르플뢰르는 수첩을 덮고 소맷부리로 이마에 흐르는 잿빛 땀을 닦았다. 그런 다음 자리에서 일어섰다. 권총은 여전히 도비를 겨눈 채였다.

뜻밖에도 도비는 즉시 르플뢰르의 눈을 똑바로 마주 봤다. 동요하거나 쩔쩔매는 기색은 보이지 않았다. 오히려 슬픔을 가만히 억누르는 듯했다. 꼭 방금 막 장례식장에서 걸어나온 사람처럼.

"그건 구해달라는 절규예요, 이 양반아." 도비의 목소리는 나직했다.

"무슨 소릴 하는 거야?"

"그 녀석은 제정신이 아니었어요. 다 지어낸 이야기라고요. 생각해봐요. 그 녀석이 구명보트에 하느님하고 같이 있었다는 걸 진심으로 믿어요? 당신은 경찰이잖아요."

"그래, 경찰이지." 르플뢰르는 손에 쥔 수첩을 흔들며 말했다. "그리고 이건 네가 갤럭시호에 폭탄을 실었고, 그렇게 한 이유가 분명히 있고, 그 폭탄을 터뜨려 무고한 승객들을 모조리 살해했다는 증거야."

"그래요." 도비는 거의 웃는 표정으로 말했다. "바로 그게 제일 터무니없는 부분이죠."

"아, 그래? 어째서?" 르플뢰르는 멈칫했다.

"왜냐면 말이죠." 도비는 숨을 길게 내쉬었다. "난 그 배에 발 한 짝도 디딘 적이 없기 때문이에요."

뉴스

···

앵커   오늘 밤에는 갤럭시호, 그러니까 약 1년 전 북대서양
      에서 침몰한 호화 요트의 수색 작업에 관해 새로 들
      어온 소식을 전해드립니다. 보도에 타일러 브루어 기
      자입니다.

기자   고맙습니다, 짐. 지금 제 곁에는 플로리다주 네이플
      스에 자리 잡은 네서오션 익스플로레이션의 소유주
      앨리 네서 씨가 나와 계십니다. 며칠 후면 네서 씨의
      탐사선 일리어드호가 갤럭시호 침몰 현장으로 추정
      되는 대서양 해역을 수색할 예정입니다. 네서 씨, 수
      색 과정이 어떻게 진행되는지 설명 부탁드립니다.

네서   우선 마지막으로 확인된 무전 송신 지점과 해류에 근
거해 가로세로 약 8킬로미터에 해당하는 지역을 '수
색 상자'로 지정합니다. 저희 배는 측면 주사 음파탐
지기 및 자기탐지기를 물속에 늘어뜨린 채로 그 수색
상자 안을 돌아다닐 텐데요. 이 장비들은 자기장 안
에서 일어나는 모든 변화를 측정하고 실시간으로 이
미지를 전송합니다. 저희는 기본적으로 뭔가 커다란
것, 이를테면 침몰한 요트 같은 것의 신호가 잡히기
를 기대하며 해당 구간을 계속 샅샅이 훑을 예정입니
다. 만약 신호가 잡히지 않으면 상자의 크기를 넓힐
겁니다. 만약 신호가 잡히면, 탐사정을 내려보내 더
자세히 확인할 겁니다.

기자   그 배를 인양할 가능성도 있을까요?

네서   그건 수색 작업에 드는 비용을 지불하는 사람들에게
물어봐야 할 문제입니다.

기자   그래도 가능성은 있나요?

네서   뭐든 가능합니다. 그렇게 하시려는 이유가 뭔지는 모
르겠지만요.

기자   그 참사로 사망한 유명인들이 많잖습니까.

네서   예, 그리고 그 배가 바로 그 사람들의 무덤이죠. 진심

으로 그 사람들의 영면을 방해하고 싶으세요?

기자   그건 제가 결정할 일이 아닌 것 같은데요.

네서   그런 것 같군요.

기자   생방송으로 전해드린 소식, 지금까지 타일러 브루어

였습니다. 짐?

육지

도비는 양손을 머리 위로 올리고 제단에서 천천히 일어섰다.

"일어서게 해줘요, 제발요. 허리가 아파서 죽겠어요." 도비가 애원했다.

르플뢰르는 여전히 총을 꼿꼿이 겨눴지만, 슬슬 지치기는 그도 마찬가지였다. 수첩을 읽느라 기운이 빠진 탓이었다. 자백을 받아내러 출입 금지 구역에 들어오다니, 생각해보면 최고로 신중한 계획은 아니었다. 동료들의 지원을 받을 방법이 없기 때문이었다. 혹시라도 뭔가 잘못됐을 때 도와줄 사람들은 여기서 까마득히 먼 곳에 있었다.

"난 답을 아직 못 들었는데. 어떻게 한 거야? *왜* 그랬어?"

르플뢰르가 말했다.

　도비는 손을 내려 지저분한 설교대를 짚었다. 그러고는 손
끝으로 화산재를 살짝 털어냈다.

　"있잖아요, 나도 꼬치꼬치 다 얘기하고 싶진 않아요. 하지
만 형사님이 날 믿게 하는 방법은 그것밖에 없겠네요."

　"그 요트에 없었다고 말하려는 거야?"

　"난 그 배에 타지도 않았어요. 그 배를 본 적은 있어요. 벤
지하고 같이 카보베르데에 갔고, 배에 타는 날 아침에 부두
까지 차로 데려다줬거든요. 벤지가 걱정돼서 그랬어요. 이런
저런 고생을 많이 겪었는데, 행동거지가 좀 수상하더라고요.
불안해하면서요. 그래서 혼자 두고 싶지가 않았어요."

　"부두에는 왜 갔는데?" 르플뢰르가 물었다.

　"패션엑스의 매니저가 거기 오기로 했거든요. 그래서 인사
하러 갔어요. 솔직히, 그 사람이 다음 순회공연 때 나를 고용
해줬으면 하는 마음도 있었고요. 그게 다예요."

　"그럼 갤럭시호를 봤겠군."

　"봤죠. 그 수첩에 적힌 대로 무슨 거대한 괴물 같더군요.
탐욕과 무절제의 기념비랄까요."

　"이제야 수첩 속의 그자처럼 말하는군."

　"사실대로 말하는 것뿐이에요. 위쪽 갑판은 무슨 야외극장

처럼 무대도 있고, 의자도 수십 개나 있고, 엄청 큰 음향 설비까지 갖췄더군요. 게다가 그 요트에 초대받은 손님들은 저마다 시중을 드는 전담 수행원이 있었어요. 손님이 뭘 원하든 수행원은 제공해야 했죠. 마실 것, 수건, 한밤중에 난데없이 찾는 아이패드. 여행이 처음부터 끝까지 그런 식이었어요. 적어도 벤지가 들려준 얘기에 따르면 그랬다는 거예요. 벤지는 출발할 때부터 도착할 때까지 손님 네 명의 시중을 들어야 했어요. 난 그 손님들이 승선 절차를 밟는 동안 옆에 서서 지켜봤어요."

"그 사람들이 누군지 기억나?"

도비는 턱을 긁적이며 아래를 내려다봤다.

"예, 이제 기억나요."

"누군데?"

도비는 한숨을 내쉬었다. "한 명은 제리, 수영 선수죠. 또 한 명은 그리스 출신 남자, 야니스. 또 한 명은 인도 출신 여자, 라가리 부인. 그 부인은 똑똑히 기억나요. 왜냐면 내 옷이 자기 성미에 거슬린다는 듯이 날 흘겨봤고, 벤지한테는 귀걸이를 들고 있으라고 시킨 사람이니까요. 그리고 마지막은 키 큰 영국인 남잔데, 그 사람 이름은 잊어버렸어요."

"네빈 캠벨?" 르플뢰르가 물었다.

"맞아요. 그 네 명이 벤지 몫이었어요. 벤지는 그 사람들 담당이었죠."

르플뢰르는 고개를 가로저었다.

"작작 좀 해. 네가 방금 이름을 댄 승객 네 명은 *공교롭게* 도 모두 그 구명보트에 탄 사람들이잖아."

"그건 나도 알아요. 그리고 어쩌면 보트에 있던 다른 사람 들의 이름까지 댈 수 있을지도 몰라요. 장필리프하고 베르 나데트는 만나봤어요. 벤지가 소개해줬거든요. 좋은 사람들 이었어요. 재미있고."

"니나는 어때? 그 에티오피아 출신 여성 말이야."

"만난 적은 없어요. 본 적은 있지만요."

"보기만 하고 니나란 걸 어떻게 알았지?"

"장담하는데, 그런 여자는 한 번 보면 절대 못 잊어요. 이 만처럼 생겼더라니까요. 그 왜, 엄청 유명한 에티오피아 출 신 모델 말이에요. 니나가 벤지를 보고 손을 흔들어 인사하 기에 '누구야?'라고 물어봤어요. 그랬더니 벤지가 그러더군 요. '니나. 저 사람이 내 머릴 잘라줬어.'"

르플뢰르는 숨을 내쉬었다. 터무니없는 소리였다. 도비는 방금 수첩 속 이야기에 나오는 거의 모든 승객들의 이름을 술술 댔다. 너무나 간단하게. 보나마나 그 사람들의 이름을 아무렇게나 늘어놓는 것뿐이었다. 그러면서 자신만의 이야기를 지어내는 중이었다.

"그 조그만 여자애는? 앨리스 말이야."

"그 애는 못 봤어요."

"제이슨 램버트는?"

도비는 입술을 깨물며 시선을 돌렸다.

"왜 그래?" 르플뢰르가 물었다.

"그 총 내려놓으세요, 경감님. 그러면 이야기를 하나 들려드릴게요."

르플뢰르는 꿈쩍도 하지 않고 버텼다.

"어서요. 경감님도 속으로는 그 수첩에 적힌 이야기를 안 믿잖아요. 총 내려놓으세요, 다 설명해드릴 테니까."

르플뢰르는 왼손으로 눈을 비볐다.

"왜 굳이 이야기 하나를 통째로 들어야 하는 거지? 제이슨 램버트가 뭐가 그리 대단하다고?"

도비는 숙였던 고개를 다시 들었다.

"벤지는 램버트가 자기 아버지일 거라고 생각했어요."

부서진 교회 천장으로 햇살이 내리쬐는 동안, 도비는 르플뢰르에게 벤지의 어린 시절 이야기를 들려줬다.

"벤지 어머니의 이름은 클레어였어요. 우리 어머니는 에밀리아였고요. 둘은 친척 자매였죠. 아주 친한 자매요. 아버지가 돌아가시고 나서, 어머니하고 난 벤지가 그 수첩에 적은 것처럼 미국으로 이주했어요. 하지만 벤지는 우리가 *왜* 미국으로 갔는지는 적지 않았죠. 벤지 아버지는 아마도 미국인이었을 거예요. 그건 사실이에요. 그리고 벤지 어머니는 실제로 스코틀랜드에서 그 애 아버지를 만났어요. 골프 대회가 열렸던 한 주 동안에요. 작고 가난한 우리 고향 마을의 많은 여자들과 마찬가지로, 벤지 어머니도 너무 어린 나이에 임신을 했어요. 그 사실을 털어놓을 상대는 우리 어머니 말고는 아무도 없었죠. 하지만 일단 배가 부르기 시작하자 클레어 이모의 부모님은 딸을 부끄러워했어요. 우리 고향에서는 그런 경우에 아기 아빠가 누군지 밝혀지면 난리가 났어요. 사람들에게는 비난을 퍼부을 표적이 필요했으니까요. 하지만 클레어 이모는 아기 아빠를 비밀에 부치는 바람에 처지가 더욱 곤란해졌죠. 사람들은 클레어 이모가 잘못해서 그렇게 된 것처럼 굴었어요. 참 지독했어요, 이모를 어떻게 대했는지 생각해보면. 이모는 영리한 사람이었어요. 뛰어난 운동선수였고요. 하지만 아기를 낳고 나서 이모는 외톨이가 돼 있었어요. 그리고 칸도나는 외톨이로 살기에 녹록한 곳이 아니었죠. 클레어 이모는 혼자 힘으로 벤지를 키웠어요. 낮에는 정육점에서 일하고 밤에는 정육점 위층에 있는 셋집에서 살림을 돌보면서요. 그 모자는 빈털터리나 다름없었어요. 마을 사람들한테서는 천덕꾸러기 취급을 받았고요. 이모는 부모님의 도움을 일절 거부했어요. 자존심이 강했고, 솔직히 조금은 고집불통이었거든요. 어머니한테 들은 얘긴데, 어느 날 밤에 클레어 이모가 잔뜩 흥분해서 집에 찾아왔다더군요. 잡지에서 벤지 친아버지에 관한 기사를 읽었다면서요. 그때 그 사람은 크게 출세해서 보스턴에 살고 있었대요. 클레어 이모는 그 남자를 찾아가서 아들 이야기를 해줄 거랬어요. 그 남자가 아버지로서 책임을 다할 거라고 믿었던 거예요. 물론 우리 어머니는 이렇게 말했고요. '바보 같이 굴지 마. 그 남자는 널 거지 취급하면서 문전박대할 거야.' 하지만 클레어 이모는 확신이 있었어요. 그래서 벤지를 데리고 우리 집에 들어와 거의 1년 동안 같이 살았죠. 버는 돈을 고스란히 저축해서 비행기표를 사려고 말이에요. 나랑 벤지는 그때 엄청 친해졌어요. 한 침대에서 자고, 한 식탁에서 아침을 먹었으니까요. 우린 서로를 형제로 여겼어요. 왜냐면 우리 둘 다 친형제가 없었거든요. 아무튼. 일이 어떻게 됐는지는 경감님도 수첩에서 읽으셨겠죠. 두 사람은 머나면 미국으로 이주했지만, 우리 어머니 말이 맞았어요. 그 남자가 클레어 이모를 받아들이지 않았던 거예요. 이모는 단단히 낙담했어요. 우리 어머니는 이모하고 편지를 주고받고 전화 통화도 하면서 낌새를 챘어요. 그래서 우리 가족도 보스턴으로 이주한 거예요. 이모 곁에 있어주려고요. 자매애가 끈끈했거든요. 그 사랑은 일에 대한 애착보다, 나라를 아끼는 마음보다 더 끈끈했어요. 생각해보면 재밌죠, 벤지하고 나 사이에도 그런 비슷한 유대가 생겨났으니까요. 어쨌거나, 우리 가족이 보스턴에 도착했을 무렵에 벤지는 영 다른 아이가 돼 있더군요. 그 애는 자기가 아버지한테 버림받은 걸 알았어요. 그 사실 때문에 어머니가 어떻게 변했는지도 목격했고요. 그 애는 부자라면 무조건 미워하기 시작했어요. 자기보다 우월한 척하는 사람도 마찬가지였고요. 아마 자기를 탐탁잖게 여겼던 아버지와 그 사람들을 동일시했던 것 같아요. 하지만 머릿속으로는 언제나 그런 아버지를 생각했죠. 십대 시절에 우린 펜웨이파크 야구장 외야석에 몰래 숨어 들어가곤 했는데, 벤지는 거기서 비싼 좌석에 앉은 사람들을 내려다보며 이렇게 말했어요. '저 남자들 중에 한 명이 파렴치한 우리 아빠인지도 몰라.' 어떤 날은 학교가 파한 후에 전철을 타고 부자 동네인 비컨힐에 가서는, 값비싼 양복 차림의 남자들이 퇴근해서 집으로 향하는 광경을 담배를 피우며 구경하곤 했어요. 벤지는 똑같은 얘길 꺼냈죠. '어쩌면 저 남자인지도 몰라, 도비. 아니면 저기 저 남자일지도…….' 난 벤지한테 시간 낭비니까 그만하라고 했어요. 헛수고라고요. 오해하진 마세요. 나도 부자들한테는 불만이 한두 가지가 아니니까요. 벤지하고는 방식이 다르지만요. 그러다 벤지어머니가 공장에서 다치는 바람에, 벤지는 학교를 그만두고어머니를 돌보게 됐어요. 그건 부당한 처사였어요. 클레어이모는 잘못한 게 하나도 없었거든요. 밟고 서 있던 비계가무너졌을 뿐인데, 공장 측은 의료비 종신 지급을 피하려고소송까지 걸었어요. 상상해보세요. 걷지도 못할 만큼 심하게 다쳤는데 그것 때문에 비난까지 당하면 어떤 심정일지. 벤지가 화를 낸 것도 당연해요. 한번은 그 두 사람을 만나려고 보스턴에 돌아간 적이 있어요. 그때 난 해군에서 복무하는 중이었고, 클레어 이모는 휠체어에 앉아서 지냈죠. 살아있는 이모를 본 건 그때가 마지막이었어요. 벤지는 그때도여전히 애초에 왜 자기 어머니가 그 공장에서 일해야 했는지, 자기네 모자를 부양할 책임이 있는 아버지는 도대체 어디 있는지 같은 소리를 늘어놓더군요. 그 망할 인간이 누군지 알기만 하면 자기가 직접 찾아갈 거라고도 했어요. 하지만 클레어 이모는 그 비밀을 무덤까지 가져갔죠."

도비는 잠시 입을 다물었다가 계속 말했다.

"적어도 저는 그런 줄 알았어요."

"뭐라고?" 르플뢰르는 고개를 번쩍 들었다.

"우리 어머니는 아일랜드로 다시 돌아갔어요. 그러고는 몇 년 후에 암에 걸렸죠. 임종이 가까워진 어느 날 밤, 어머니는 아무한테도 털어놓지 않겠다고 맹세한 비밀을 나한테 들려줬어요. 벤지 아버지가 부자일 뿐 아니라 꽤 유명한 사업가가 됐다고 하더군요. 그래서 클레어 이모가 딱하게도 미국 신문에 실린 그 사람 기사를 봐야 했다는 거예요." 도비는 망설이다가 말을 이었다. "그런데 그 남자 이름이 제이슨이었어요."

르플뢰르는 눈을 크게 깜빡였다. 머릿속이 핑핑 도는 느낌이 들었다.

"램버트 말이야?" 르플뢰르가 물었다.

"나도 몰라요. 그 남자의 성이 뭐든 간에, 우리 어머니는 기억하지 못했어요. 그러고는 한 달 후에 돌아가셨고요."

"그럼 벤지는 어떻게……?"

"내가 가르쳐줬어요! 어휴!" 도비는 그렇게 법석을 떨며 교회 지붕을 올려다봤다. "멍청하게! 멍청하게! 벤지가 이런 저런 얘기를 늘어놓을 때였어요. 자기가 왜 그렇게 가난한 지. 왜 도무지 쉴 틈이 없는지. 그때 벤지는 몰골이 말이 아니어서, 보기조차 딱하더군요. 하지만 벤지가 자기 아버지 얘기를 또 꺼냈을 때, 난 그만하라고 말했어요. 그 남자를 영영 못 찾을 거라고, 설령 찾더라도 아무 일도 안 일어날 거라고 했어요. 바로 그때 어머니한테서 들은 얘길 벤지한테도 들려준 거예요. 무심코 불쑥 뱉어버렸어요. 벤지는 그저 멍하니 저를 바라볼 뿐이었죠. 넋이 나간 표정으로."

"그게 언제 적 일이지?" 르플뢰르가 물었다.

"벤지가 갤럭시호에서 일을 시작하기 한 달 전이었어요. 분명 그 애가 제이슨 램버트를 찾아냈을 거예요. 부자인가? 보스턴 출신인가? 이름이 일치하는가? 그런 식으로요. 솔직히, 난 그럴싸한 연관 관계가 있을 거라는 *상상조차* 안 해봤어요. 경감님이 그 수첩에 적힌 글을 읽어주기 전까지는요. 하지만 이젠 알겠어요. 벤지는 정말이지 제정신이 아니었으니까요. 맙소사. 이제 모든 게 딱딱 들어맞네요." 도비는 양손에 얼굴을 파묻었다.

"잠깐만. 지금 그 말은 벤지가 자기 아버지한테 너무 화가 난 나머지……."

"난 램버트가 벤지 아버지라는 말은 한 적이 없는데……."

"이름이 제이슨인 남자한테 너무나 화가 난 나머지 요트를 폭파하기로 마음먹었다는 거야? 복수한답시고? 이거 왜 이래."

"경감님은 몰라요. 벤지는 그것 때문에 자포자기한……."

"기뢰는? 부착형 기뢰의 작동법을 벤지한테 가르쳐준 적이 없다는 거야?"

도비는 한숨을 쉬었다.

"그건 오래전 일이에요. 해군 시절 이야기를 들려주다가 나온 거고요. 벤지가 그걸 기억하고 있었다니, 믿기가 힘드네요."

르플뢰르는 권총을 고쳐쥐며 손등으로 이마의 땀을 훔쳤다.

"하나같이 너무 딱딱 맞아떨어지는데."

르플뢰르의 말에 도비는 잠시 생각에 잠겼다.

"아닐지도 모르죠. 혹시 작화증이라는 병에 대해 들어본 적 있어요?"

"아니."

"내가 아는 음악가가 몇 년 전에 작화증을 겪었어요. 자기가 상상한 것하고 진짜 기억을 혼동하는 증상이에요."

"나한테는 그냥 거짓말을 설명하는 것처럼 들리는데."

"그치만 거짓말은 아니에요. 당사자는 자기가 하는 말을 진심으로 믿으니까요. 아주 지독한 트라우마를 겪는 사람한테 생기곤 하는 증상이에요."

"트라우마란 말이지."

"예. 예컨대 사랑하는 사람을 잃는 경험 같은 거요. 아니면 타고 있던 배가 폭발한 후에 바다에서 살아남으려고 발버둥 치는 경험이라든가. 그런 일을 겪고 나면 진짜가 아니란 걸 알면서도 믿게 돼요. 나하고 대화한 것처럼 쓴 수첩 속 모든 장면에서 벤지는 사실 혼잣말을 했을 거예요. 스스로를 의심하면서, 스스로를 괴롭히면서……."

"그만!" 르플뢰르는 도비의 말허리를 잘랐다. "그러니까 벤지는 아버지가 없었던 것뿐이잖아. 그런 아이들은 많아. 그 아이들이 다 아버지 없이 자란 보상을 받겠다고 요트를 침몰시키진 않아."

도비는 양손을 뒷덜미에 깍지를 낀 채 햇살을 응시했다.

"지금 요점을 놓치시는 거예요, 경감님."

"무슨 요점을?"

"벤지가 누구한테 편지를 썼죠? 그 모든 이야기를 누구한테 들려주고 있나요? 수첩 맨 앞에 적힌 이름이 뭐예요?"

도비는 형사를 똑바로 마주 봤다.

"모르시겠어요? 중요한 건 제이슨 램버트가 아니에요. 애너벨이에요."

르플뢰르는 눈을 질끈 감았다. 그의 어깨가 축 처졌다.

"애너벨." 르플뢰르가 중얼거렸다. "맞아. 그런데 그 여자를 찾으려면 어디로 가야 하지?"

"못 찾아요. 이미 죽었거든요."

제12장

육지

돌아오는 길에 두 사람은 거의 입을 열지 않았다. 해가 지자 출입 금지 구역은 으스스한 회색빛을 띠었다. 르플뢰르는 늦은 시각에 이곳에 오는 것이 질색이었다. 낮 시간에도 충분히 으스스한 곳이었으므로.

"알겠지만, 난 당신을 유치장에 넣어야 해. 당신의 알리바이를 확인할 때까지는." 르플뢰르가 입을 열었다.

"예. 알아요." 도비는 창밖으로 눈을 돌렸다.

"영장도 청구해야 할 거야."

"그러시든가요."

"무슨 혐의로 청구하면 될까?"

"진지하게 물어보는 거예요?" 도비가 고개를 돌렸다.

르플뢰르는 어깨를 으쓱했다.

"주취 소란 혐의는 어때요?" 도비는 창밖으로 시선을 돌리며 말했다. "경감님이 한잔 사시면 제가 협조해드릴 수도 있는데."

"좋지."

르플뢰르는 어찌나 피곤하던지 운전하는 동안 눈이 감기지 않도록 자꾸만 눈을 깜빡거려야 했다. 낮에 분출했던 아드레날린은 깨끗이 사라졌고, 이제 그의 몸은 속이 텅 빈 것처럼 느껴졌다. 운전대를 쥔 손이 후들거렸다.

지금으로서는 누구를 믿어야 할지 알 수가 없었다. 도비는 무엇을 물어보든 술술 대답했지만, 그는 자기 입으로 설명하기 전에 이미 수첩의 내용을 통째로 들었다. 그 정도로 똑똑한 사람일까? 거짓말을 그렇게 금세 지어낼 만큼? 아니면 벤지, 수첩에 글을 적은 그 사람이 망상에 빠졌던 걸까? 그리고 어쩌면 갤럭시호 폭발 사건도 벤지 소행이었을까?

도비는 애너벨에 관해 언급하기는 했지만, 애너벨이 희귀 혈액질환 때문에 사망했고 벤지가 그런 애너벨의 치료비를 구하느라 고생한 것 외에 더 자세한 사연은 들려주지 않았다. 총구 앞에서 당당히 버티던 인내심도 결국에는 바닥났기 때문이다.

"내가 용의자가 아니라고 보장해주지 않으면 난 이제 한마디도 안 할 거예요. 난 그 요트에 안 탔다는 걸 증명할 수 있어요. 돌아가서 전화 몇 통만 걸게 해줘요."

르플뢰르는 마지못해 동의했다. 달리 뾰족한 수가 있었을까? 마음 깊숙이서, 그는 도비의 말이 *진실*이기를 바랐다. 거짓말을 그토록 천연덕스럽게 하는 인간과 이토록 가까이 있고 싶지 않아서였다.

"그 구명보트를 어떻게 발견했는지 아직 안 가르쳐주셨는데요." 도비가 말했다.

"내가 발견한 게 아니야."

"그럼 누가 했어요?"

"어떤 남자. 떠돌이야."

"지금 어디 있는데요?"

"다들 그걸 알고 싶어서 난리야."

"그 사람 이름은 있어요?"

"롬 로시라고 해."

"롬 로시요?" 도비는 르플뢰르 쪽을 돌아봤다.

"왜?"

도비는 고개를 가로저었다. "이상한 이름이네요."

"그러게."

차 앞유리 너머로 르플뢰르의 눈에 보이는 커다란 표지판에는 **이제 화산 위험 지대에서 벗어납니다**라고 적혀 있었다. 안도감이 격하게 밀려왔다. 두 사람은 섬 북쪽으로 돌아왔다. 산 자들의 세계로.

"이제 20분 남았어." 르플뢰르가 말했다.

"뭐 좀 먹고 가면 안 돼요? 유치장에 들어가기 전에요." 도비가 물었다.

.+.

두 시간 후, 도비를 섬에 하나뿐인 유치장에 내려준 다음, 르플뢰르는 경찰서로 돌아와 사무실 불을 켰다. 피곤해서 몸이 천근만근 무겁게 느껴졌다. 그는 서류 가방에서 수첩을 꺼내 책상에 올려놨다. 그러고는 양손으로 얼굴을 감싸고 눈을 감은 채 힘껏 마른세수를 했다. 꼭 머릿속에 있는 답을 탈탈 털어 꺼내려는 사람처럼.

아무 답도 나오지 않았다. 르플뢰르는 처음 출발했던 곳으로 돌아와 있었다. 가라앉은 요트로. 발견된 구명보트로. 황당무계한 이야기로. 변명거리가 있는 피의자에게로.

한잔 마시고 싶었다. 르플뢰르는 책상 아래쪽 서랍을 열었다. 섬의 양조장에서 산 조그만 럼주를 숨겨두는 곳이었다. 비서인 카트리나는 주기적으로 그 서랍을 확인하고 술병을 치우곤 했다. 독실한 기독교도인 카트리나는 르플뢰르가 근무 중에 술을 마시는 것을 용납하지 못했지만, 대놓고 그에게 말하지는 못했다. 그는 조그만 술병을 가져다가 서랍에 넣어뒀고, 어느 날 술병이 보이지 않으면 카트리나가 버렸거니 하고 생각했다. 그는 카트리나에게 결코 항의하지 않았다. 그것은 두 사람의 사소한 게임이었다.

다만 이번에는 아래쪽 서랍을 열자 뭔가 못 보던 것이 르플뢰르의 눈을 사로잡았다. 커다란 황갈색 봉투였는데 왼쪽 상단 모서리에 경찰서 직인이 찍혀 있었다. 봉투는 봉인된 상태였다.

르플뢰르는 카트리나에게 전화했고, 전화를 받은 카트리나는 발신자가 누구인지 알고 놀란 눈치였다.

"종일 어디 계셨어요? 사람들이 찾느라 난리였어요."

"음, 볼일이 좀 있어서. 저기. 혹시 내 책상에 봉인된 봉투 넣어놨어?"

"뭐라고요?"

"내 책상 서랍에. 알잖아. *아래쪽 서랍.*"

"아, 맞아요. 지난주에 받은 거예요, 그 남자한테서요. 기억나죠? 마거리타만에 발이 묶였던 그날 말이에요."

"롬이 준 거라고?"

"이름은 몰라요. 안 가르쳐줬으니까요. 기다리는 사이에 봉투를 하나 달라고 해서 줬어요. 줘도 된다고 하셨잖아요, 기억 안 나세요? 그러고 나서 다시 찾으러 나가 보니까 사라지고 없었어요. 계단에 그 봉투를 놔뒀기에 가져다가 서랍에 넣어뒀고요."

"왜 나한테 얘기 안 해줬어?"

"얘기했잖아요." 카트리나는 잠시 멈칫했다. "*한 줄 알았는데.* 어떡하죠, 자티. 요즘 일이 너무 많아서요. 제가 혹시 깜빡한 거라면 죄송……."

르플뢰르는 말을 끝까지 듣지도 않고 전화를 끊었다. 봉투를 뜯자 접힌 종이 뭉치가 나왔다. 종이 가장자리는 닳았고 적혀 있는 글의 필체는 눈에 익었다. 르플뢰르는 그 종이가 어디서 나왔는지 대번에 알아차렸다.

르플뢰르는 의자에 다시 앉아야겠다는 생각을 할 틈도 없이 다짜고짜 종이에 적힌 글을 읽기 시작했다.

바다

～～～～～～～～～～～～～～～～～～～～～～～～～

내 사랑 애너벨.

마지막으로 한 번만, 용서를 빌게. 마지막으로 당신에게 편지를 쓴 게 벌써 몇 달 전이야. 난 지금도 바다 위에 있지만, 이제는 바다에 맞서 싸우지 않아. 난 살아남을지도 몰라. 죽을지도 모르고. 그건 중요하지 않아. 장막은 이미 걷혔으니까. 이제는 내가 해야 할 말을 다 할 수 있어.

내 모습을 보면 무척 놀랄 거야, 내 사랑. 지금은 아주 반쪽이 됐거든. 팔은 앙상해졌어. 허벅지는 가느다란 장작개비 같고. 이는 몇 개나 흔들거려. 입고 있던 옷은 이제 천 쪼가리일 뿐이야. 구석구석 스며든 소금기 때문에 다 바스러졌거든. 여기서 유일하게 많아진 건 빗장뼈를 향해 아무렇게나 자라는 내 턱수염뿐이야.

대서양을 얼마나 멀리까지 건너왔는지 모르겠어. 어느 날 밤에는 수평선에 커다란 배가 보였어. 난 신호탄을 발사했어. 아무 반응도 없더군. 몇 주 후에는 화물선 한 척이 눈에 띄었는데, 어찌나 가깝던지 선체가 무슨 색인지 알아볼 수 있을 정도였어. 이번에도 신호탄을 발사했어. 역시 반응이 없더군.

구조될 가망이 없다는 건 이미 받아들였어. 난 너무 작으니까. 너무 하찮고. 어차피 구명보트에 탄 신세라서, 살아남을지 어떨지는 조류가 결정할 문제야. 세상의 큰 바다는 모두 이어져 있어, 애너벨. 그러니까 난 어쩌면 지구가 쉬지 않고 회전하는 동안에는 한 대양에서 다른 대양으로 건너가야 할 운명인지도 몰라. 아니면, 결국에는, 어머니 바다가 나를 집어삼킬지도 몰라. 병들어 약해진 새끼 곰을 엄마 곰이 먹어치우는 것처럼 말이야. 내 고통을 끝내주는 거지. 어쩌면 그게 최선일지도.

앞날에 뭐가 기다리든 간에, 결국에는 그렇게 될 거야. 병든 노인은 가끔 이렇게 말하지. "날 보내줘. 이제 주님을 만날 준비가 됐어." 하지만 내가 그런 식으로 포기할 필요가 있을까? 난 이미 주님을 만났는데.

∴

이 수첩을 앞으로 넘겨보면 알 수 있듯이, 난 꼬마 앨리스가 처음으로 말을 한 이후로 글쓰기를 그만뒀어.

그 후로는 어둠밖에 기억나지 않아. 난 아마 정신을 잃었나봐. 램버트와 제리가 죽었다는 충격 때문에, 몇 주 동안 꼼짝 않다가 갑자기 헤엄을 치느라 힘들었기 때문에…… 그런 이유들 때문에 난 텅 빈 기름통 같은 상태였을 거야.

정신을 차렸을 땐 이미 해가 져서 저녁 하늘이 쪽빛으로 물들어 있었어. 앨리스는 달빛이 비치는 보트 구석에 앉아 있더군. 가느다란 양팔로 팔짱을 끼고서. 제리의 하얀 티셔츠를 입고 있었는데, 기다란 티셔츠 밑단이 무릎을 덮었어. 잔바람이 불자 앨리스의 앞머리가 나부꼈어.

"앨리스?" 나는 나직이 불렀어.

"왜 나를 그렇게 부르는 거죠?"

앨리스의 목소리는 어린애 같았지만, 그러면서도 맑고 또렷했어.

"그래도 부를 이름은 있어야지. 네 진짜 이름은 뭐니?"

앨리스는 빙그레 웃었어. "그냥 앨리스면 돼요."

난 목이 바싹 말랐고, 잠이 덜 깨서 눈도 제대로 뜨기 힘들었어. 주위를 둘러봤더니 휑뎅그렁한 보트에서 사무치도록 우울한 느낌이 빌려오더군.

"모두 *가버렸어.*"

"그래요."

"상어 떼가 제리를 잡아갔어. 내 힘으론 구할 수가 없었어. 그리고 램버트도. 난 그 사람도 구하지 못했어."

난 물속에서 보낸 마지막 순간들을 떠올렸어. 그러자 기억이 돌아오더군.

"앨리스?" 난 팔꿈치를 짚고 몸을 일으켰어. "너 그때…… 네가 *주님*이라고 말했지?"

"맞아요."

"그게 무슨 뜻이야?"

"방금 말한 그대로예요."

"하지만 넌 *어린애잖아.*"

"주님은 모든 어린애 안에 계시지 않나요?"

나는 눈을 몇 번이나 깜빡거렸어. 머릿속이 흐릿했거든.

"잠깐만……. 그럼 우리가 바다에서 건진 남자는 누구지?"

앨리스는 대답이 없었어.

"앨리스? 그 남자는 왜 죽은 거야? 넌 그냥 그 남자 흉내를

내는 거니? 네 진짜 정체가 뭐야? 왜 이때껏 아무 말도 하질
않았어?" 나는 더 큰 목소리로 말했어.

앨리스는 팔짱을 풀고 일어서더니, 조금도 휘청거리지 않
고 나를 향해 걸어왔어. 그러고는 내 곁에 앉아 짧은 다리로
책상다리를 하더군. 내가 말없이 물끄러미 지켜보는 사이에,
앨리스는 내 오른손을 들어 자기 양손으로 감쌌어.

"내 곁에 앉아요, 벤저민." 앨리스가 말했어.

우리는 그렇게 앉아 있었어. 저녁이 다 가도록, 그리고 밤
이 새도록 한마디도 하지 않았어. 말을 할 수가 없어서 그랬
던 건 아니야, 애너벨. 말하고 싶은 마음이 갑자기 사라져서
그런 거야. 이상한 얘기인 건 나도 알지만, 그때는 내 안의
모든 반감이 사라져버렸어. 앨리스의 손을 잡으니까 꼭 자
물쇠에 열쇠를 꽂고 돌리는 듯한 느낌이 들더군. 난 몸의 긴
장이 풀렸어. 호흡도 차분해졌고. 시간이 갈수록 나는 점점
더 작아지는 것 같았어. 하늘은 어마어마하게 넓어졌고. 반
짝이는 별들이 기다랗게 늘어서서 하늘을 가득 채웠을 때,
내 눈에선 눈물이 흐르기 시작했어.

우리는 새벽까지 그렇게 앉아 있었어. 수평선 위로 해가
떠올라 온 사방으로 햇살이 퍼져나갈 때까지. 바다에 비친
햇살이, 반짝이는 다이아몬드로 이루어진 길을 잔물결 사이

로 뻗어 우리 보트에까지 닿았어. 그 순간, 나는 믿을 수 있었어. 세상은 오로지 물과 하늘뿐이고 육지는 하나의 개념조차 아니라는 걸, 그리고 인간이 그 위에 세운 모든 것이 하찮을 뿐이라는 걸. 난 깨달았어, 모든 것을 놔버리고 하느님과 단 둘이 되는 경지란 바로 이런 것을 의미한다는 걸.

그리고 난 내가 그 경지에 있다는 걸 알았어.

"자, 벤저민." 앨리스가 부드럽게 말했어. "궁금한 게 있으면 나한테 물어봐요."

입에서는 목구멍 깊숙이 파묻힌 것 같은 목소리가 나왔어. 난 우물에서 물을 길어올리듯이 말을 끌어올려야 했어.

"그 사람은 누구였죠? 자기가 주님이라고 한 남자요."

"내가 말을 전하는 통로로 이용한 천사였어요."

"그럼 왜 식량과 물을 달라고 했나요?"

"당신들이 나눠주는지 보려고요."

"그 사람은 왜 그렇게 조용했죠?"

"당신들이 귀를 기울이는지 보려고요."

"램버트가 그 사람을 죽였어요." 난 고개를 돌렸어.

"그랬나요?"

난 다시 앨리스 쪽으로 고개를 돌렸어. 그 애의 표정은 차분했어. 난 힘껏 침을 삼켰어. 다음 질문을 해야 할지 말아야 할지 나 스스로도 확신이 서지 않았지만, 그래도 속으로는 해야 한다는 걸 알고 있었어.

"제이슨 램버트는 제 아버지였나요?"

앨리스는 고개를 가로저어 아니라고 대답했어.

난 순식간에 격한 감정에 휩싸였어. 내가 그 남자에게 품었던 증오가, 그 남자 때문에 세상을 향해 품었던 분노가, 내 안에서 한꺼번에 쏟아져나왔어. 누가 내 배를 쉬지 않고 때리기라도 하는 것처럼 말이야. 어떻게 그렇게 큰 착각을 했을까! 어떻게 그렇게까지 엉뚱한 분노를 퍼부었을까! 난 축축한 보트 바닥을 주먹으로 두들기며 내 영혼의 바닥이 드러날 때까지 울부짖었어. 그 바닥에는 당신을 잃고 나서 매 순간 내 삶을 앞으로 나아가게 한 질문이 있더군.

난 앨리스를 똑바로 마주 보며, 그 질문을 던졌어.

"내 아내는 왜 죽어야만 했나요?"

⁙

앨리스는 그렇게 물을 줄 알았다는 듯이 고개를 끄덕였어. 그러고는 다른 손을 내 손바닥 위에 올려놓더군.

"벤저민, 누가 죽으면 사람들은 꼭 이렇게 물어요. '하느님께서 왜 저들을 데려가셨을까요?' 그보다 더 나은 질문은 이

거예요. '하느님께서 왜 저들을 우리에게 주셨을까요?' 우리가 무슨 수로 저들의 사랑과 기쁨과 즐거운 순간들을 함께 누릴 자격을 얻었을까요? 당신도 애너벨과 그런 순간들을 누리지 않았나요?"

"날마다 누렸어요." 난 갈라진 목소리로 대답했어.

"그런 순간들은 선물이에요. 하지만 그런 순간들이 끝나는 게 곧 벌은 아니에요. 나는 결코 잔인하지 않아요, 벤저민. 나는 당신이 태어나기도 전부터 당신을 알았어요. 당신이 죽은 후에도 당신을 알 거예요. 당신을 위한 나의 계획은 이곳에 국한된 게 아니니까요. 시작과 끝은 지상의 개념일 뿐이에요. 나는 계속돼요. 그리고 내가 계속되기 때문에, 당신도 나와 함께 계속돼요. 상실감은 당신이 지상에 있는 까닭의 한 부분이에요. 상실감을 느낌으로써 당신은 인간의 삶이라는 덧없는 선물을 만끽하고, 내가 당신을 위해 창조한 세계를 어떻게 아끼고 간직할지 배워가는 거예요. 하지만 인간의 형상은 영원하지 않아요. 처음부터 그렇게 만들어지지 않았으니까요. 영원이라는 선물은 영혼의 몫이에요. 난 당신이 눈물을 흘렸다는 걸 알아요, 벤저민. 누군가 지상을 떠날 때면 언제나 그 사람을 사랑하는 이들이 눈물을 흘리죠."

앨리스는 빙그레 웃었어.

"하지만 장담하는데, 떠나는 당사자들은 울지 않아요."

앨리스는 한 손을 들어 위쪽을 가리켰어. 그러자 그 순간, 애너벨, 난 그 순간을 제대로 묘사하기조차 힘들어. 탁 트인 하늘이 한쪽으로 휙 열리는가 싶더니, 대기 중에 반사된 파란 빛이 녹아내려 더없이 찬란한 빛으로, 뭐라고 형용할 수조차 없는 색으로 변했어. 그 빛 속에서 나는 하늘의 별보다 많은 사람들을 봤어. 그런데 어째선지 그들 한 명 한 명의 만족한 표정이 또렷이 보이더군. 그중에는 내가 사랑하는 어머니의 얼굴도 있었어.

그리고 당신도 보였어.

다른 건 아무것도 필요 없었어.

육지

남은 페이지가 또 있었지만 르플뢰르는 더 읽지 않았다. 그
는 봉투를 서류 가방에 넣고 황급히 사무실을 나서며 눈물
을 훔쳤다.

집까지 운전하는 동안 르플뢰르는 몸이 덜덜 떨렸다. 노란
색 집에 들어선 그는 위층으로 부리나케 올라갔다. 딸의 방
문 손잡이에 손을 얹고서, 그는 4년 만에 처음으로 그 문을
열었다. 그러고는 그 자리에 우두커니 섰다. 조그만 침대와
천장에 손수 그려넣었던 분홍색 별을 물끄러미 바라보는 사
이에, 퍼트리스가 그의 등 뒤로 다가와 물었다.

"자티? 무슨 일 있어?"

르플뢰르는 돌아서서 아내를 꼭 끌어안았다. 그리고 흐느끼듯 숨을 들썩이며 속삭였다.

"릴리는 괜찮아. 그 애는 괜찮아. 그 애는 잘 있어."

퍼트리스도 덩달아 울음을 터뜨렸다.

"나도 알아, 여보. 나도 그 애가 잘 있다는 걸 알아."

부부는 서로를 꼭 끌어안았고, 나중에 그때를 돌이켜보며 자신들이 얼마나 오랫동안 포옹을 풀지 않았는지 기억하지 못했다. 그날 밤 두 사람은 중간에 한 번도 깨지 않고 내처 잤다. 그리고 이튿날 아침에 눈을 떴을 때, 르플뢰르는 아주 오랫동안 잊고 지냈던 어떤 것을 느꼈다. 바로 평온한 기분이었다.

뉴스

....

앵커   오늘 밤, 갤럭시호 수색 작업의 놀라운 진전에 관해
보도해드립니다. 타일러 브루어 기자가 지금 탐사선
일리어드호에 탑승해 있습니다.

기자   그렇습니다, 짐. 새로 발견된 게 있는데요. 8킬로미
터 범위의 '수색 상자' 끄트머리에서 연구원들이 해
저 약 5킬로미터 깊이에 가라앉은 대형 난파선을 발
견했습니다. 이 난파선은 옆으로 누워 있는 상태로
보입니다. 지금 이곳, 탐사선 내부의 '별실'에는 네서
오션 익스플로레이션의 앨리 네서 씨가 함께 나와 계
십니다. 네서 씨, 뭘 발견하셨나요?

네서   어젯밤 늦게 탐사선의 소나 시스템이 해저에 있는 커다란 덩어리를 감지했습니다. 수치를 보면 갤럭시호 크기의 선박으로 추정되는 물체였기 때문에, 저흰 그 배를 발견했다는 예감을 강하게 받았습니다. 그래서 원격조종 무인 탐사정을 내려보내 잔해의 사진을 촬영했습니다. 지금 제 뒤에 보이는 스크린에 그 사진 이미지를 받아 데이터를 분석하는 중입니다.

기자   데이터에서 무엇을 발견할 수 있었나요?

네서   그게, 해저는 칠흑같이 어둡기 때문에, 저희에게는 무인 탐사정의 불빛이 닿는 범위 안에 있는 것밖에 보이지 않습니다. 그래도 저희는 이 배가 갤럭시호일 거라고 확신합니다. 선체 겉면의 도색 부분이 보이거든요. 그리고 갤럭시호는 아주 독특한 배였죠.

기자   침몰 원인도 파악할 수 있을까요?

네서   더 많은 데이터를 확보하기 전에는 어떤 추측도 금물입니다. 하지만 이 사진들을 보면 많은 것을 알 수 있습니다. 선체를 한번 보세요. 경량 유리섬유라서 손상되기 쉽죠.

기자   손상이라면 지금 보이는 저 구멍 말씀인가요?

네서   저건 뱃머리고요. 기관실이 있던 선미에서 찍은 이

사진을 보세요.

기자   이쪽 구멍은 더 크군요.

네서   그렇습니다. 무슨 일이 일어났든 간에, 두 번 이상 일
        어났습니다. 구멍이 하나가 아니거든요. 세 개예요.

제13장

바다

~~~~~~

내가 쓰는 편지는 이게 마지막일 거야, 내 사랑. 난 당신이 언제나 내 곁에 있다는 걸 이제야 깨달았어. 그래서 당신을 상상만 해도 내 생각을 전할 수 있어. 하지만 혹시라도 다른 누가 이 수첩을 발견하면, 난 그 사람이 내 이야기의 결말까지 알아주면 좋겠어. 그리고 거기에 혹시라도 무슨 의미가 있는지 판단해주면 좋겠어.

앨리스가 내 눈앞에 천국을 보여준 다음 날, 비가 내렸어. 덕분에 우린 마실 물을 충분히 모았고, 난 기운을 차려서 그때껏 너무 우울하다거나 엄두가 안 난다는 이유로 미뤄뒀던 일에 도전했어. 망가진 태양광 증류기를 찬찬히 살펴본 다음, 구멍 난 곳을 보트 수선용 패치로 때웠어. 뜨거운 햇볕이 비닐 증류기에 내리쬐자 수증기가 응결하기 시작했고, 결국에는 수조 부분에 조금씩 마실 물이 고이더군. 구난 가방에 있던 낚싯줄도 꺼냈고, 갤럭시호에서 보낸 마지막 밤에 바지 주머니에 넣어뒀던 라가리 부인의 귀걸이 한 짝으로 낚싯바늘도 만들었어. 낚싯바늘에 낚싯줄을 묶어 매듭을 짓고, 낚싯줄을 묶은 노의 손잡이를 꽉 잡아 뱃전 너머로 낚싯줄을 던져놓은 다음, 몇 시간이고 기다렸어. 아무것도 안 잡히더군. 하지만 이튿날 아침 일찍 다시 던졌더니, 이번에는 작은 개복치가 한 마리 잡혔어. 난 그 개복치를 거의 다 먹고 미끼로 쓰려고 조금 남겼어. 그리고 이튿날에는 그 미끼를 이용해 만새기를 잡았는데, 그건 포를 뜬 다음 그늘막 이쪽 끝에서 저쪽 끝까지 쳐놓은 낚싯줄에 걸어 말렸어. 원시적인 낚시였지만, 그래도 새로 얻은 식량 덕분에 난 집중력이 더 늘었어. 뇌가 다시 깨어나는 느낌이 들더군.

　그때부터 난 물고기와 식수를 조금씩 확보하게 됐어. 가장 큰 적은 외로움이었지만, 앨리스가 곁에 있어서 이겨냈어. 우린 여러 가지 주제로 이야기를 나눴어. 하지만 마음속 깊숙한 곳에서, 난 내가 앨리스에게 진실을 숨긴다는 걸 알고 있었어. 갤럭시호가 최후를 맞는 과정에서 내가 무슨 짓을 했는지에 관해 당신에게 숨겼던 것처럼 말이야. 말이 안 되는 소리란 건 나도 알아. 죽은 사람에게, 또는 주님에게 거짓말을 한다는 거. 그런데도 우리는 그런 거짓말을 해. 어쩌면 우린 그들이 어디에 있든 우리의 부끄러운 행동을 용서해주길 바라는지도 몰라. 아무튼. 시간이 흐르면 진실은 밝혀지게 마련이야. 슬픔은 분노로, 분노는 가책으로, 가책은 고백으로 이어지니까.

마침내 어느 날 아침, 눈을 떠보니 바다가 물웅덩이처럼 잔잔했어. 나는 햇빛이 눈부셔서 눈을 깜빡거렸어. 앨리스가 내 앞에 서 있더군.

"물에 들어가요." 앨리스가 말했어.

"왜요?"

"이제 때가 됐으니까요."

무슨 말인지 알 수가 없더군. 그런데도 난 어느 새 일어서는 중이었어.

"이걸 가져가요." 앨리스가 말했어.

난 아래를 내려다봤어. 눈이 휘둥그레졌지. 어떻게 된 건지, 구명보트 한복판에, 초록색 부착형 기뢰가 있는 거야. 그 기뢰는 내가 인터넷으로 찾았을 때하고 똑같은 상태였어. 기뢰를 가지고 온 남자하고 나는 보트 창고에서 만났어. 거래는 10분도 안 돼서 끝났지. 기뢰는 내가 갤럭시호에 들고 탄 드럼 보관함에 숨겼어.

"저걸 들어요. 놓으면 안 돼요." 앨리스가 말했어.

거절하고 싶었지만, 내 몸이 말을 듣지 않았어. 난 기뢰를 들어올렸고, 맨살에 금속 모서리가 닿는 감각을 느끼면서, 앨리스가 시키는 대로 했어.

물에 빠지자마자 차가운 냉기가 내 몸을 감쌌고, 난 묵직한 기뢰 때문에 순식간에 물속으로 가라앉았어. 그렇게 점점 더 깊이 내려갔어. 눈이 질끈 감기고, 이게 내가 받는 벌이구나 하는 확신이 들더군. 난 바다 밑바닥에서 죽을 운명이었어. 나 때문에 죽은 다른 사람들처럼 말이야. 우리가 한 일은 모두 스스로에게 돌아오는 법이야. 하느님의 심판은 원을 그리며 순환하니까.

물속이 점점 더 캄캄해지면서 내 몸이 울부짖는 느낌이 들었어. 숨을 쉬어야 한다고, 피 속에 축적되는 이산화탄소를 몸 바깥으로 배출해야 한다고 말이야. 내가 인간으로서 지닌 형상은, 몇 초 후면 끝장이었어. 바닷물이 내 허파를 채우고, 내 뇌는 산소를 잃고, 죽음이 나를 찾아올 판이었지.

그런데 그 순간, 애너벨, 난 뭔가 새로운 것이 나를 휩쓰는 느낌이 들었어. 뭔가 해방감이 느껴졌어. 그 모든 일을 겪은 후에, 내가 저지른 모든 일이 끝난 후에, 난 그런 최후를 정당하다고 생각했어. 왜냐면 난 이 세상도 정당한 곳으로 받아들였으니까. 그런 식으로 나는 하느님이, 아니면 꼬마 앨리스가, 아니면 우리 모두가 응답해야 하는 뭔지 모를 힘이 내 운명을 정당하게 결정지었다고 받아들였어.

난 믿었어. 그리고 구원받았어.

주님이 약속하신 그대로.

느닷없이, 내 손이 가벼워졌어. 기뢰가 사라진 거야. 내 머리 위에는 완벽한 동그라미 모양의 환한 빛이 보였는데, 그 동그라미 속에 온 하늘과 해가 자리를 잡고 고슴도치 가시 같은 햇살을 뿜어내고 있었어. 내 몸은 그 동그라미 한복판을 향해 두둥실 떠오르기 시작했어. 난 아무것도 할 필요가 없었어. 그렇게 떠오르는 사이에 이게 바로 죽음이라는 확신이 들었고, 두려워할 건 아무것도 없다는 걸 알 수 있었어. 주님이 옳았어. 하늘에 떠 있는 천국은 언제나 우릴 기다리고 있었던 거야. 지상의 파란 물속에서도 보이는 저곳에서 말이야. 세상은 정말 경이로운 곳이었어.

잠시 후, 나는 수면 위로 솟구쳐 숨을 헐떡였어. 20미터쯤
저편에 구명보트가 보이더군. 꼬마 앨리스가 양팔을 휘저으
며 외쳤어.

"여기예요! 이쪽이에요!"

그러자 그 목소리를 들은 적이 있다는 생각이 퍼뜩 떠올
랐어. 갤럭시호가 침몰하던 밤에, 손전등을 든 사람에게서
들은 목소리였어.

보트 뱃전의 사다리에 도착하자 앨리스가 보트 안으로 올
라오도록 도와줬어. 난 숨을 몰아쉬면서도 말을 하려고 애
썼어.

"그날 밤…… 보트에서 날 구해준 사람은…… 바로 당신
이었어요."

"맞아요."

난 무릎을 꿇고 모든 걸 털어놨어.

"앨리스, 내가 그 폭탄을 배에 실었어요…… 내가 한 짓이
에요. 도비가 아니라. 내가 배를 날려버릴 계획을 세웠어요.
내가 한 짓이에요."

자백은 생각보다 더 쉽게 쏟아져나왔어. 흔들리는 이가 몇
시간 동안이나 고통스럽게 덜렁거리며 붙어 있다가 느닷없

이 혀 위로 툭 떨어지는 것처럼.

"난 화가 났어요. 제이슨 램버트가 내 아버지라고 생각했으니까요. 난 그 사람이 용서받지 못할 짓을 저지른 줄 알았어요. 어머니한테…… 그리고 나한테요. 그래서 고통을 주고 싶었어요. 나에게 소중한 사람은 내 아내뿐이었는데, 난 아내를 잃었어요. 아내의 치료비를 감당하지 못해서요. 치료에 드는 비용이 너무 컸어요. 다른 사람들한테는 있지만 나한테는 없는 돈이었죠. 난 스스로를 탓했어요. 모든 게 다 너무나 불공평해 보였어요. 내가 겪은 고통을 고스란히 되갚아 주고 싶었어요. 내가 잃은 만큼 제이슨 램버트도 잃게 해주고 싶었어요."

"그 사람의 목숨을요." 앨리스가 말했어.

"맞아요."

"그건 당신이 가져갈 수 있는 게 아닌데."

"이제는 나도 알아요." 난 고개를 숙이며 말했어. "하지만……." 말을 잇기가 망설여지더군.

"그래서 내가 *계획을 끝까지 실행하지 않은 거예요.* 난 그 기뢰를 폭발시키지 않았어요. 그걸 숨겨뒀어요. 제발 믿어줘요. 누군가 다른 사람이 폭발시킨 거예요. 나도 다 설명하진 못해요. 그 사실 때문에 난 그 일이 일어난 후로 줄곧 너무

나 괴로웠어요. 미안해요. 정말 미안해요. 내 잘못이라는 거
나도 알아요…….”

난 울음을 터뜨렸어. 앨리스는 내 머리를 부드럽게 쓰다듬
더니, 이내 일어섰어.

“그날 밤 갤럭시호에서 마지막으로 한 일이 뭔지 기억해
요?” 앨리스가 묻더군.

난 눈을 감았어. 마지막 순간에 갑판 위에 있었던 내 모습
을 머릿속에 그려봤지. 비가 억수같이 퍼붓는 와중에, 난간
에 팔꿈치를 짚고, 고개는 푹 숙인 채로, 난 시커먼 파도를
물끄러미 내려다봤어. 끔찍한 순간이었지. 난 내가 당신을
어떻게 실망시켰는지 생각하는 중이었어, 애너벨. 그리고 내
가 슬픔에 겨워 저지를 뻔했던 섬뜩한 짓도, 내가 얼마나 한
심하고 텅 빈 인간이 돼버렸는지도 생각했어.

“벤저민?” 앨리스가 다시 물었어. “마지막으로 한 일이 뭐
였죠?”

무아지경에서 깨어나는 사람처럼, 나는 천천히 눈을 떴어.
마침내, 눈물이 뺨을 타고 흘러내리는 와중에, 난 진실을 털
어놨어. 나직이 중얼거렸어. 그때껏 내내 당신에게도, 앨리
스에게도, 나 자신에게도 숨겨왔던 말을.

“난 뛰어내렸어요.”

내가 다시 입을 열기까지는 한참이 걸린 것 같아. 앨리스는 양손으로 턱을 괴고 기다렸지.

"더 살고 싶지가 않았거든요." 내가 나직이 말했어.

"알아요. 나도 들었어요."

"어떻게요? 난 그때 아무 말도 안 했는데."

"절망에는 고유한 목소리가 있어요. 그건 다른 어떤 기도하고도 닮지 않은 기도 소리예요."

난 고개를 숙였어. 나 스스로가 부끄러워서.

"상관없어요. 어쨌거나 갤럭시호는 폭파됐으니까요. 난 기관실에서 연기가 솟는 걸 봤어요. 배가 가라앉는 것도 봤고요. 내가 한 짓은 아니에요. 그래도 내 잘못인 건 마찬가지만요."

앨리스는 보트 꽁무니 쪽으로 걸어갔어. 튜브로 된 뱃전 위로 올라서는데 조금도 망설이지 않더군. 그러고는 내 쪽을 향해 돌아섰어.

"고개를 들어요, 벤저민. 당신은 책임이 없으니까요."

난 천천히 시선을 위로 향했어.

"잠깐만요……. 그게 무슨 말이에요?"

"그 기뢰는 폭발하지 않았어요."

"이해가 안 가요. 그럼 뭐가 그 배를 침몰시킨 거죠?"

앨리스는 깊은 바다 쪽으로 눈길을 돌렸어. 느닷없이 거대한 고래 세 마리가 수면 위로 솟구치는데, 어마어마하게 커다란 암회색 몸뚱이들이 비행기 날개만 한 지느러미를 활짝 펼치고 있었어. 분명 내가 이 지상에서 본 생명체 중에 제일 거대했을 거야. 고래들이 다시 수면에 부딪치자 그 충격 때문에 일어난 물보라가 허공을 지나 날아와서는, 우리를 바닷물로 뒤덮었어.

"저 아이들이 그랬어요." 앨리스가 말했어.

잠시 후, 하늘이 밝아지기 시작했어. 바람도 잠잠해졌고. 어째선지 우리가 함께하는 시간도 이제 끝이라는 예감이 들더군.

"앨리스." 난 머뭇거렸어. "난 이제 어떡하죠?"

"스스로를 용서하세요. 그리고 이 은혜로 나의 정신을 널리 전하세요."

"어떡하면 되는데요?"

"이 항해에서 살아남아요. 일단 살아남은 후에, 절망에 빠진 다른 영혼을 찾아내요. 그리고 그 영혼을 도와주세요."

앨리스는 보트 뱃전 위에서 빙그르르 돌아섰어. 조그만 발을 떼지도 않은 채로. 그러고는 가슴 앞으로 팔짱을 끼었어.

"잠깐만요. 날 버리지 마요." 나는 목이 메었어.

앨리스는 내가 농담이라도 했다는 듯이 빙그레 웃었어.

"난 당신을 절대 버리지 못해요."

그 말에 나는 허물어지듯 주저앉았고, 내 손은 젖은 보트 바닥에 철썩 부딪혔어. 그 순간, 난 완전히 투항한 상태였어. 앨리스가 나를 마지막으로 한 번 돌아보고 나서 한 말은, 애너벨, 당신이 그토록 자주 했던 바로 그 말이었어.

"벤지, 사람은 누구나 붙들고 버틸 무언가가 필요해요." 앨리스가 말했어. "나를 붙들어요."

앨리스는 보트에서 떨어졌어. 물보라도 일으키지 않았어. 난 뱃전으로 허겁지겁 달려갔어. 보이는 건 그저 파란 물뿐이었어.

뉴스

....

앵커   오늘 밤은 1년 전에 침몰한 요트 갤럭시호의 기이한 사연과 관련된 놀라운 발견으로 시작하겠습니다. 이쪽은 섬나라인 카보베르데에서 온 타일러 브루어 기자입니다.

기자   고맙습니다, 짐. 지난주 일리어드호의 무인 탐사정이 갤럭시호의 잔해를 다시 찾아갔는데요. 이번에는 크기가 토스터만 한 로봇 카메라를 물속에 내놨습니다. 이 장비는 침몰한 요트 선체의 부서진 틈으로 들어가 선명한 이미지를 촬영해 전송했습니다.

앵커   그 결과가 오늘 발표됐나요?

기자   예. 예비 보고서에 따르면 "요트 외부에 가해진 반복
      적인 충격" 때문에 커다란 구멍이 세 개 만들어졌고,
      그중 하나 때문에 기관실이 파손되면서 침수 및 폭발
      이 일어나 배가 더욱 빠르게 침몰했을 가능성이 있
      다고 합니다. 미사일은 아니었던 것으로 추정되는데,
      이는 선체에 난 구멍이 그런 종류의 타격과 일치하지
      않기 때문입니다. 한 과학자는 배 위에서 시끄러운
      음악을 연주하는 바람에 흥분한 고래의 소행일 수도
      있다고 가정하는데요. 그런 이유 때문에 선박을 공격
      하는 고래가 가끔 있다고 합니다. 요트 바닥을 보면
      붉은색으로 칠해졌는데, 이것 또한 고래를 유인하는
      색상입니다.

앵커   승객들, 그러니까 항해 용어를 사용하자면 배에 탄
      '영혼들'은 어떤가요? 거기에 대해서는 어떤 이야기
      를 들려주시겠습니까?

기자   짐, 기억하시겠지만, 그날 밤의 영상을 보면 폭발 당
      시 폭풍우 때문에 승객 대부분이 2층 갑판 소연회장
      에 모여 록 밴드 패션엑스의 공연을 관람했던 것으로
      보입니다. 무인 탐사정이 전송한 이미지를 보면 승객
      대부분은 그 연회장에서 사망한 것으로 보이는데요.

유해 또한 식별할 수 있고, 몇 구인지 셀 수도 있습니다. 물론 갤럭시호의 실제 탑승객 명부는 모조리 유실됐고 헬리콥터로 오간 승객들 때문에 정확히 계산할 수는 없습니다. 다만 섹스턴트캐피털의 대변인은 저희에게 이렇게 말했습니다. "확인된 유해 수는 탑승했으리라 추정되는 전체 인원수와 거의 비슷합니다."

앵커　그럼 탈출하거나 살아남은 사람은 없겠군요?

기자　그런 것 같습니다.

에필로그

육지

르플뢰르와 도비는 몬세라트 공항의 작은 터미널 바깥, 주차된 지프차 안에 앉아 있었다. 하나뿐인 활주로에 파란색과 흰색으로 칠한 프로펠러기가 내려앉는 중이었다.

"이제 끝인 것 같네요." 도비는 문 손잡이로 손을 뻗으며 말했다.

"잠깐만요. 아무래도 이걸 드려야 할 것 같아서."

르플뢰르는 조수석 사물함을 열고 비닐봉지를 꺼냈다. 봉지 속에는 수첩 원본이 들어 있었고, 수첩 속에는 나중에 찾은 속지도 함께 끼워져 있었다. 그는 봉지를 도비에게 건넸다.

"진심이세요?" 도비가 물었다.

"그 사람은 당신 가족이잖아요."

도비는 비닐봉지 속 내용물을 살펴봤다. 그의 표정이 찡그려졌다.

"이것 때문에 무슨 문제가 생기진 않겠죠, 설마?"

"그건 존재하지도 않는 물건이에요. 어쨌거나 당신은 그 배에 탄 적이 없으니까요. 그리고 배를 가라앉힌 건 기뢰가 아니었고요. 정말이지, 그건 누구의 잘못도 아니었어요."

"하느님의 역사다, 이건가요?"

"아마도요."

도비는 이마를 긁적였다.

"벤지는 정말 엉망진창이었어요. 그래도 나한테는 형제 같은 녀석이었죠. 그 녀석이 보고 싶어 죽겠어요." 도비는 잠시 입을 다물었다. "벤지가 어떻게 죽었을 것 같아요?"

"딱 잘라 말하기는 힘들어요. 폭풍우? 상어 떼에 습격당했을까요? 어쩌면 끝에 가서는 그냥 포기했을지도 모르죠. 혼자서는 그렇게 오래 살아남기 힘드니까요."

도비는 차문을 열었다.

"있잖아요, 그 구명보트가 발견된 곳으로는 끝내 안 데려다줬어요."

"그냥 바닷가예요. 여기서 멀지도 않아요. 마거리타만이라는 곳이죠."

"다음에 또 오면 들르든가 할게요." 그 말은 농담이었다.

"그래요."

르플뢰르는 도비의 얼굴을 찬찬히 뜯어봤다. 눈가의 주름을, 덥수룩한 머리를, 창백한 낯빛을. 그는 다시 검은색 데님 바지에 장화 차림이었다. 자기 삶으로 돌아갈 준비를 마친 셈이었다.

"저기, 처음 만났을 때 힘들게 했던 거 사과할게요. 난 그냥…… 그때는 좀, 그랬어요." 르플뢰르가 말했다.

도비는 고개를 천천히 끄덕였다.

"우린 둘 다 누군가를 떠나보내고 애도하는 사람들이잖아요, 경감님."

"자티라고 불러요."

"자티." 도비는 씩 웃었다. 그러고는 차에서 내려 한 걸음 내딛다가, 다시 돌아섰다. "이름 얘기가 나와서 말인데, 내 생각엔 '럼 로시'였던 것 같아요."

"예?"

"럼 로시요. 구약성서 「시편」에 나와요. 히브리어 원전에요. '내 머리를 들어주시는 하느님'이라는 뜻이에요. 어릴 적에 배웠어요. 신부님한테서요. 알잖아요, 아일랜드 사람들은 가톨릭인 거."

르플뢰르는 도비를 물끄러미 봤다.

"지금 무슨 얘길 하는 거예요?"

"구명보트를 발견한 사람이 누구든 간에, 내 생각엔 그 사람이 당신을 골탕 먹인 것 같아요, 자티."

도비는 더플백을 어깨에 걸치고 터미널로 들어섰다.

✥

르플뢰르는 차를 몰고 사무실로 돌아오는 동안 도비가 한 말을 곱씹었다. 롬과 처음 만났던 날을, 그와 함께 마거리타 만에 갔던 일을 머릿속에 그려봤다. 롬은 르플뢰르가 혼자서 구명보트를 살펴보도록 내버려뒀다. 그리고 르플뢰르가 흘끔거릴 때마다 번번이 눈길을 돌려 먼 산을 바라봤다. 꼭 그 장소에 처음 와보는 사람처럼.

그러나 롬은 전에도 그곳에 와본 적이 있는 사람이었다. 그렇지 않으면 어떻게 그 장소를 알려줬겠는가? 게다가 마거리타만은 접근하기가 쉽지 않은 곳이었다. 전망대에 차를 세워놓고 길을 따라 내려와야 하기 때문이었다. 십대 아이들이 자주 그곳에 모여 담배를 피우고 술을 마셨는데, 왜냐면 혹시 내려오는 사람이 보일 경우에는 냉큼 숨을 수 있기 때문에…….

르플뢰르는 브레이크를 밟고 차를 돌렸다.

.·.

20분 후, 르플뢰르는 바다로 이어지는 길을 서둘러 내려 갔다. 바닷가에 도착해서는 신발을 벗고 젖은 모래톱을 찰박찰박 걸어갔다. 하늘은 구름 없이 맑았고 바다는 청록색으로 물들어 있었다. 높다란 바위 무리의 가장자리를 빙 둘러 조금씩 나아가는 사이에 저 멀리 앉아 있는, 호리호리하고 콧수염을 기른 사람이 눈에 띄었다. 그 사람이 손바닥을 짚고 몸을 뒤로 젖힌 채 앉아 있는 곳에 잔물결이 밀려와 부서져서는, 그 사람의 발을 적시고 다시 물러갔다.

그 사람은 르플뢰르가 몇 발자국 떨어진 곳까지 다가간 후에야 고개를 돌렸다.

"롬?"

"안녕하세요, 경감님."

"당신을 찾으러 다닌 사람이 아주 많아요."

남자는 말이 없었다. 르플뢰르는 남자 곁에 쪼그려앉았다.

"이 섬에 온 지 얼마나 됐어요? 실제로는?"

"조금 됐어요."

"그럼 구명보트는 당신이 경찰서에 오기 한참 전부터 여기 있었군요."

"맞아요."

"당신은 내가 그 수첩을 찾아낼 거라는 걸 처음부터 알았어요, 안 그래요? 수첩은 이미 읽어봤을 테고요."

"예."

"그리고 수첩의 마지막 페이지들을 봉투에 넣어서 내 앞으로 남겨뒀죠."

"그랬어요."

르플뢰르는 입을 한일자로 다물었다.

"왜요?"

"도움이 될 거라고 생각해서요." 롬이 고개를 돌렸다. "그랬나요?"

"예." 르플뢰르는 한숨을 내쉬었다. "사실, 도움이 됐어요." 그는 잠시 입을 다물고 롬의 표정을 살폈다. "그런데 나한테 도움이 필요하단 건 어떻게 알았어요?"

"처음 만났을 때 알았어요. 경감님 가족사진을 보고요. 경감님 부인. 어린 따님. 경감님 눈에는 고통이 보였어요. 그 사진 속에 먼저 떠나보낸 사람이 있다는 걸 알아차렸죠."

르플뢰르의 입에서 끙 하는 소리가 나왔다. 롬은 손으로 갈퀴질하듯 모래를 헤집었다.

"경감님은 본인이 읽은 이야기를 믿으세요?"

"일부는요."

"어떤 부분을요?"

"글쎄요. 벤지가 구명보트에 탔던 건 믿어요."

"벤지만요?"

르플뢰르는 곰곰이 생각했다.

"아뇨. 그 사람 한 명만 믿는 건 아니에요."

롬이 손가락을 꼬물거리자 모래 속에서 조그마한 게가 기어나왔다. 롬은 그 게를 허공으로 들어올렸다.

"게는 살아 있는 동안 허물을 서른 번이나 벗는 거 아세요?" 롬은 바다를 바라봤다. "세상은 가끔 괴로운 곳이 되기도 해요, 경감님. 때로는 자신으로 살기 위해 자신을 버려야 해요."

"그래서 이름을 바꿨나요?" 르플뢰르가 물었다. "럼 로시죠? 뜻은 '내 머리를 들어주시는 하느님'이고."

남자는 웃기는 해도 르플뢰르 쪽을 돌아보지는 않았다. 르플뢰르는 뒷덜미에 내리쬐는 뜨거운 햇살을 느꼈다. 공허하고 파란 수평선을 바라봤다. 카보베르데에서 이 바닷가까지는 수천 킬로미터 거리였다.

"어떻게 한 거예요, 벤지? 그 먼 거리를 이동하면서 어떻게 혼자서 살아남았어요?"

"난 결코 혼자가 아니었어요." 남자가 대답했다.

✢

시간이 흐르자 몬트세랫은 상당히 조용해졌다. 기자들은 섬을 떠났다. 구명보트는 보스턴에 있는 연구소로 보내졌다. 경찰서장 레너드 스프레그는 언론의 관심 덕분에 호기심을 끌기는 했어도 섬을 찾는 관광객은 늘지 않았다는 점에 실망했다.

텔레비전 방송국 기자인 타일러 브루어는 갤럭시호 사건을 심층 보도해 상을 받은 다음, 다른 뉴스거리를 찾아나섰다. 사고 분석 전문가들은 침몰 사건은 부주의 때문이 아니라, 취약한 선체에 바다짐승이 부딪혀서 낸 구멍 때문이며, 이 구멍 탓에 기관실에서 치명적인 폭발이 일어났다고 결론지었고, 이로써 그 요트를 책임지는 보험회사는 거액의 합의금을 지불해야 했다.

바다에서 사망한 이들의 유가족은 사랑하는 식구가 영면에 든 장소가 어딘지 알게 된 덕분에 어느 정도는 슬픔에 마침표를 찍을 수 있었다. 그리고 이후 몇 주에 걸쳐 몇몇 유가족에게 특이한 편지가 도착했다. 네빈 캠벨의 막내아들인 알렉산더 캠벨은 이름을 밝히지 않은 발신인에게서 그의 아버지가 그와 더 많은 시간을 함께하지 못해 후회했다는 내용의 편지를 받았다. 라사 라가리 부인의 남편인 데브 바트는 귀걸이 한 쌍이 들어 있는 봉투를 받았다.

6개월 후, 자티 르플뢰르와 퍼트리스 부부는 병원에 갔다가 임신 소식을 들었다. "정말이에요?" 퍼트리스는 이렇게 묻고 나서 눈물을 터뜨리며 남편을 끌어안았고, 남편은 기쁘고 놀라운 소식에 입을 다물지 못했다.

그로부터 얼마 지나지 않아 렌터카 한 대가 마거리타만 위쪽 전망대에 멈춰서더니, 검은 데님 바지에 장화 차림의 남자가 차에서 내려 바닷가로 걸어 내려갔다. 손에는 너덜너덜한 수첩을 들고 있었다. 그 남자는 자신 쪽으로 걸어오는 깡마른 남자를 발견했고, 두 남자는 서로의 이름을 외치며 달려간 끝에, 마침내 오랫동안 고대했던 재회의 포옹을 나눴다.

결국에는 바다가 있고, 육지가 있고, 그 사이에서 일어나는 뉴스가 있다. 그 뉴스를 널리 전파하고자 우리는 서로에게 이야기를 들려준다. 때로 그 이야기의 주제는 생존이다. 그리고 때로는, 주님의 존재가 그렇듯이, 믿기 힘든 이야기인 경우도 있다. 믿음으로써 그 이야기를 진실로 만들지 않는다면 말이다.

지은이 **미치 앨봄**

미치 앨봄은 국제적으로 유명한 소설가이자 저널리스트, 영화 시나리오 작가, 희곡 작가, 방송인, 음악가다. 그의 작품 중 7종이 《뉴욕타임스》 베스트셀러에 오른 바 있다. 그의 책은 전 세계에서 총 4000만 부 이상 판매됐으며, 49개국에서 47개 언어로 출판됐다. 그의 여러 책은 텔레비전 영화로 만들어져 에미상을 수상하고 비평가들의 호평을 받았다. 앨봄은 본인이 설립한 'SAY 디트로이트' 산하의 자선단체 9곳을 운영하고 있다. 또한 아이티의 포르토프랭스에 '해브페이스Have Faith' 고아원을 설립하고 매달 방문한다. 현재 아내 재닌과 함께 미국 미시간주에 살고 있다.

옮긴이 **장성주**

출판 편집자를 거쳐 번역자 및 기획자로 일하고 있다. 켄 리우의 『종이 동물원』, 『제왕의 위엄』, 『어딘가 상상도 못할 곳에, 수많은 순록 떼가』, 『신들은 죽임당하지 않을 것이다』, 토머스 새비지의 『파워 오브 도그』, 스티븐 킹의 『별도 없는 한밤에』, 『언더 더 돔』, 「다크 타워」 시리즈, 윌리엄 깁슨의 『모나 리자 오버드라이브』, 옥타비아 버틀러의 『씨앗을 뿌리는 사람의 우화』, 데즈카 오사무의 『아돌프에게 고한다』 등을 우리말로 옮겼다. 2019년 『종이 동물원』으로 제13회 유영번역상을 수상했다.

신을 구한
라이프보트

펴낸날 초판 1쇄 2023년 7월 3일

지은이 미치 앨봄

옮긴이 장성주

펴낸이 이주애, 홍영완

편집장 최혜리

편집3팀 장종철, 강민우, 이소연

편집 양혜영, 박효주, 김하영, 문주영, 홍은비, 김혜원, 이정미

디자인 윤신혜, 박아형, 김주연, 기조숙, 윤소정

마케팅 정혜인, 김태윤

해외기획 정미현

경영지원 박소현

펴낸곳 (주)윌북 **출판등록** 제 2006-000017호

주소 10881 경기도 파주시 광인사길 217

전화 031-955-3777 **팩스** 031-955-3778

홈페이지 willbookspub.com

블로그 blog.naver.com/willbooks **포스트** post.naver.com/willbooks

트위터 @onwillbooks **인스타그램** @willbooks_pub

ISBN 979-11-5581-622-6 (03840)